梁鴻

中国はここにある

貧しき人々のむれ

鈴木将久・河村昌子・杉村安幾子訳

みすず書房

中国在梁庄

梁 鴻

First published by Jiangsu People's Publishing, Ltd. (江苏人民出版社), 2010
Japanese translation rights arranged with the author

中国はここにある――貧しき人々のむれ　目次

まえがき

梁庄から出発する

かなり長いあいだ、私は自分の仕事に疑問を抱いていた。こんな虚構の生活は、現実と、大地と、魂と、何の関わりもないのではないか。私は羞恥心さえ抱いていた。毎日授業をし、高尚な議論をし、どうでもよい文章を日夜書き続けている。何もかも意味がないのではないか。思考の奥深くで、いつも、注意を促す声が聞こえていた。これはほんとうの生活ではない、人間の本質的な意義を体現できる生活ではない。今の生活は、自分の魂、故郷、あの土地、広大な現実からどんどん遠ざかっている。

あの土地とは、私の故郷、穣《ラン》県の梁庄《リアンジュアン》である。私はそこで二〇年間暮らした。そこを離れてからの十数年、私はいつもそこを気にかけてきた。そこは私の生命における最も深遠で、最も苦痛に満ちた情感そのものである。私は、そこを注視せずにはいられない。関心を寄せずにはいられない。とりわけ、そこ、そして幾千万の同じような場所が、中国の病巣のように見なされ、中国の悲しみとなりつつある今こそ。

農村が民族の厄介者となり、改革、発展、近代化の反面とされるようになったのはいつからだろう？　農村が、底辺、周縁、病理の代名詞となったのは、いつからだろう？　日ましに荒れ果て、さびれていく農村のことを思うと、あるいは都市の暗黒のかたすみであくせく働く出稼ぎ労働者、列車の駅にひしめいている無数の出稼ぎ労働者のことを思うと、痛ましくて泣きたいような感覚に襲われるのは、いつからだろう？　こういったことすべては、いつ発生したのだろう？　またどのように発生したのだろう？　そこにはどれだけの歴史の矛盾と誤りが内包されているのだろう？　どれだけの生命の苦痛と叫びが含まれているのだろう？　あるいはそれは、中国の農村に関心を寄せる知識人が、必ず向かい合わねばならない問題かもしれない。

そのため、私にはずっと、一種の衝動があった。農村に戻り、自分の村に帰り、マクロ的な視点で中国の歴史変革および文化変革における現代の農村の位置を調査し、分析し、検証したい。内在的視点から広大な農村の現実の生活の景観を描き出したい。自分の目を通して、村の過去と現在、変わったものと変わらないもの、村が味わってきた喜び、被ってきた苦しみ、受け入れてきた悲しみを、歴史の地表にゆっくりと浮かびあがらせたい。それによって、変わりゆく現代社会において農村の感情、心理、文化状況、物理的状態がどうなっているのか、現代中国の政治経済改革、近代化の追求と中国の農村はどのような関係にあるのかを見抜きたい。ひとつの村がどのように衰退し、新しくなり、離散し、再編されたか？　これらの変化のうち、現在および未来と関係があるものは何か？　一度壊滅してしまったら二度と取り戻すことはできないが我が民族にとって非常に重要なものとは何か？

二〇〇八年と二〇〇九年に、春休みと夏休みを使って、私は梁庄に戻った。梁庄は、中原の辺鄙なところにある貧しい小さな村である。五か月近く、腰を落ち着けて滞在した。私は毎日、村の老人、中年、青年と一緒に食事をし、おしゃべりをした。村の家系、宗族関係、一族のメンバー、家屋の状態、個々人の行方、婚姻と出産などについて、社会学的、人類学的と言えるような調査を行った。私は自分の目と足で、村の土地、樹木、溜め池、川の流れを測り、かつての友人、目上の人、もう亡くなっている身内を訪ねた。ほんとうに農村に入り込むと、とりわけ偶然の帰郷者として距離を置いて観察するのではなく、身内の感情を持って村に入り込んでいくと、長いあいだ農村を離れていた人間は、そこを理解していないことがわかる。存在の複雑さ、直面している問題、感情面で被っている打撃、内に秘めた希望を、きちんと整理するのは難しく、理解もしづらい。心を込めて耳を傾け、彼らを漠然としたグループではなく、一人ひとりの人間として見なければ、彼らの苦痛と幸福を感じとることはできない。彼らの感情、言語、知恵は、じつに豊富で、本質をつかまえており、往々にして、私のような、文字と思想で生計を立てている人間でさえ、驚嘆するほどである。というのも、彼らの感情、言語、知恵は、大地および大地での生活に根差しているからだ。

ヘイドン・ホワイトは、歴史家が記述する「事実」についてこう考えている。歴史家は「事実」の「虚構性」を認識しなければならない。いわゆる「事実」とは、論者のアプリオリなイデオロギーと文化観念によって決定づけられている。では、私の「アプリオリなイデオロギー」とは何だろう？ 苦しむ農村？ 没落した農村？ 救われるべき農村？ 近代性のすき間で自分の特性と生存の空間を失った農村？ 私は、自分のアプリオリな観念を捨て去りたいと思った（その後の調査において、それは非常に困難であることがわかった。話す方向ひとつとっても、自分の観念と、話している相手を自分の方向性に沿って思考させようとする意図があらわになるものだ)。一人の懐疑する者として、右であれ左であれどんな観念にも警戒心を保ち、故郷に入るパスワードを更新した感情豊かな者という態度で農村に入り、そこに内在するロジックを探りたいと思った。もちろん、これは依然として、一種の努力にすぎない。なぜなら、言語による「コード」化をしなければならず、たくさんのまったく無関係な、生命力のない話を物語として仕立てあげ、隠喩を通さなければ、人に表現することはできないのだから。「隠喩」というプロセスが必要であることそれ自体から、必然的に、叙事は文学でしかありえない、あるいは文学風でしかありえなく、徹底的な「真実」ではないことが定められる。

こう問われたことがある。「あなたはいったいどういう課題を仕上げようとしているのですか?」「あなたの観点は?」私は問われてしばし呆然とし、そしていささか怖くなった。私の観点は? 私は必死に頭の中を探った。今日、農村とは結局のところどのような存在なのか? 農村はどのような社会問題と発展の問題を照射しているのか? 私は、農村はもはや完全に没落しているという多くの論者の観点にはまったく同意しない。ただし、間違いなく、農村は穴だらけだ。私は、農民の境遇が最も困難なレベルになっているとも思わない。しかし、社会全体の最大の問題はたしかに、農民と農村に集中して現れている。それと同時に、出稼ぎ労働者と農村に対する政府のさまざまな政策や努力は役に立っていないようで、農村の衰退は加速し続けている。農村は都市モデルに向かって突進しており、まるで巨大なニセモノの都市のようだ。私は、はっきりとした傾向性のある語り、ああいうまるで、ラディカルでなければ知識人としての良知を体現できないと言わんばかりの激高した語りには反対である。だが同様に、私のやり方のように、相対的に冷静で、客観的な立場から農村の景観を描こうとするのは、穏健な立場であり、思考する人間の早すぎる老衰とある種の順応であることも、よくわかっている。なぜなら、今の時代にあって、学術および学術的思弁は、主流イデオロギーと妥協した存在になってしまっているからだ。ともあれ、私は自分に、ある種の潮流や派閥に入ってはならないと警告した。私は、自分の限定された目と知識で、何らかのものを体験する、一人の懐疑する者であろうとした。私は、自分の判断に、何らかの偏見が含まれていることを恐れている。そのような偏見は、きまって「真理」の姿で現れるものだ。

それゆえこの本は、農村調査というより、帰郷者の故郷への再入場であり、啓蒙者の視点ではなく、生命のはじめに立ち返り、再び大地を感じ取り、その土地に生きる親しい人々の精神と魂を再び受けとめるものである。農村を表現するものであって、判断や結論ではない。困惑、ためらい、歓喜、感傷がこもごも一緒になっている。というのも、私が目にしたのは、中国が近代化のモデルチェンジをして以来、郷土中国の、文化、感情、生活様式、心理構造の方面における変化とは、巨大な矛盾した存在であって、簡単に是非正否を量れるものではないということだったからだ。

もしかしたら、私が書いたのは単なる文学者のルポで、故郷のため、自分の故郷の親しい人のためのささやかな小伝なのかもしれない。というのも、私が親しんでいるこれらすべては、あっという間に消え失せてしまうだろうからである。同時に、故郷というのは、大人から見た、あるいは時代についての言い方である。今成長しつつある児童にとっては、私が言うところの「現在」や「喪失」こそが、彼らの故郷である。

中国で、梁庄は、人に知られてはいない。なぜなら梁庄は、中国の無数の似たような村のひとつで、特殊なところなど何もないからだ。だが、梁庄から出発することで、中国という形象をくっきりと目にすることができるだろう。

第一章　私の故郷は梁庄

穣県に帰る

昨夜はほとんど眠っていない。列車がガタゴト揺れるため、ようやく三歳二か月になったばかりの息子は、ぐっすり眠れず、少しでも心地が悪いと、腕をバタバタさせて何度も寝返りを打った。私は息子が寝台から落ちないよう、その足もとに寝て、両足で壁を作ったが、寝ている子供に何度も押された。私は仕方なく起き上がり、枕元のライトをつけて、持ってきた本『ケープコッドの海辺に暮らして』を読んだ。アメリカの環境文学作家ヘンリー・ベストンが、一九二〇年代に人里を離れたケープコッドの海辺で一年暮らして書いた作品である。作者は、ケープコッドの壮大な海、たくさんの海鳥、変幻自在な天気、しばしば発生する海難などと深いところで結びついている。読者は作者の眼差しに込められた、豊かで、細やかで、深い愛情を感じとることができる。そこでは大自然と人類が一体化しているのだ。

君が人間のあるべき姿に対してどのような姿勢をとるにせよ、自然に対する姿勢の投影でなければ意味がない。人生はしばしば舞台の上の一場面にたとえられるが、一つの儀式にたとえる方がよりふさわしい。威厳、美、詩といった人間のあり方を支える古くからの価値観は、すべて自然に対するインスピレーションから生まれたものだ。世界の不思議と美から生まれたものなのだ。地球を辱めれば、人間を辱めることになる。炎に手をかざすように、地球に手をかざしたまえ。自然を愛するすべての人に、自分の血管の戸口を開いて自然を招き入れようとするすべての人に、自然は力を与えてくれる。自然の暗黒の生活のぞくぞくするような興奮でもって、そうした人々を支えてくれる。(村上清敏訳、本の友社、一九九七年)

そうだ。大自然と一体化したときに初めて、生命の意味、人類生存の本質が見えてくるのだ。そこでは、人間はちっぽけであり、偉大であり、また永久でもある。なぜならば人間はその中の一部分と化しているからである。

カーテンを開けた。ぼんやりした夜の中、列車が疾走している。原野がまたたくまに立ち去り、また立ち現れる。林の中に見え隠れする家屋は沈黙していて、夜の呼吸がかすかに聞こえる。無意識のうちに、これから始める故郷の旅に思いを馳せていた。私の村、親しい人々、小川、それに小川の中の私の青春を刻み込んでいる大木……どれも壮麗な風景で、荘厳な思考ができるだろうと思い描いた。

明け方、列車はゆっくりと県政府所在地に近づいていった。町の橋が見えた。穣県はもうすぐだ。穣県は私の旅の最初の目的地だ。昔この橋の上で、世界一美しい月を見たことがある。空が暗くなり始めた黄昏、月はすでに空高く上がり、宣紙《せんし》のような不思議な淡い黄色をしていた。真ん中にひとひらのうすい雲がかかっていた。優雅で、潤いがあり、青春の哀愁のような、ことばに言い表せない精緻さがあった。あのとき私は一三歳、初めて県政府所在地に行き、初めて列車を見たのだったが、いちばん印象に残ったのは月だった。ところが、町に入り、縦横に走る大通りで姉の職場を探そうとしたとき、私はパニックに陥った。私は道を尋ねることができなかった。リラックスして道を歩いている人々を見て、私は見知らぬ土地に来たと感じ、前に進むことができなくなったのだった。ある建物の前で、私は長いあいだ躊躇した。中に入って道を尋ねようとした。姉の職場の近くのはずだ、ひょっとしたら職場そのものかもしれないと、なんとなく感じた。ところがそれができなかった。今思えば、小さな町にすぎなかったのだが、農村の子供にとっては、明らかな階層の違いと距離があるように見えたのだ。

穣県はかつて「中原に鹿を逐う」最も重要な戦場であった。歴史上何度も残酷な戦争が起こり、多くの厳しい自然災害も被った。こうして穣県の人はしだいにほとんど絶滅した。しかし地理的に良い場所にあり、気候が良く、交通が便利であったため、穣県の人口に空白が出現するたび、すぐ移民がやってきた。歴史資料によると、秦の昭襄王二六年（紀元前二八一年）に「不規の徒」が穣に移民、唐の開元一〇年（七二二年）に河曲六城の「残胡」五万余戸が許、汝、唐、穣の諸州に移民、等とある。中でも規模が最も大きく、広く言い伝えられているのは、明の洪武二年（一三六九年）の山西、江西、福建などからの移民である。穣県の人はみな、自分の祖先は山西の洪洞《ホンドン》県の人だと言う。つまりこのときの移民の子孫である。

穣県の経済の中心は農業である。古来より「穀倉地帯」と呼ばれ、小麦、綿花、タバコ、トウガラシ、落花生などがよくとれた。国家の糧食、肉牛、輸出タバコの生産拠点であり、綿花、ゴマの重点的産地と指定されていた。しかし、大企業はほとんどゼロで、産業を支える工業がなかった。そのため、改革開放のもとでは終始劣位に置かれた。経済が発達しておらず、風気は保守的で、観念は後進的というのが、公的場面における穣県に対する基本的な概括である。

列車が停まった。車窓の外に、親族たちが大挙してひしめいていた。父、いちばん上の姉、二番目の姉、三番目の姉、それに妹一家まで、総勢一〇名を超えている。ドアが開いたとたん、早々とドアの前に行っていた息子が、突然、降りたくないと泣き出した。地面を指して「汚い！」と言っている。みな大笑いした。昨夜、穣県に雨が降り、ホームが濡れていた。地面に泥水がたまり、雨に濡れた果物の皮や紙屑やゴミがむき出しで散らばり、ハエがたかっていた。息子はそれを見て怯えたのである。

お昼は、一家でレストランに行った。かつては両親に七人姉妹の九人家族だったが、今では二〇人を超える大家族になっている。ひとつのテーブルでは座りきれず、子供たちは別のテーブルで騒いでいる。大人たちのテーブルも話がはずみ、笑いが絶えない。よその人が見たら、幸せな家族だと思うだろう。少なくとも物質的には、この家族は長い貧窮生活を脱し、レストランで食事できるまでになった。私の息子は、このにぎやかな光景を見て、驚き、怖がって、私にピッタリくっついてきた。都会の子供は、このようなにぎやかな大家族を体験したことがないのだ。

夜、いつものように、妹の家に家族が集まった。父、姉、義兄は、いつもは「闘地主〔トランプのゲーム。賭けて遊ぶ〕」をやりにいくのだが、この日は行かなかった。闘地主はここ七、八年、彼らが最も熱中しているゲームで、北方の田舎町の人々の共通の娯楽である。みなは集まって、村のことを話し始めた。姉たちは若くして嫁ぎ、その後都市に引っ越したので、実家は彼女たちにとっても、すでに「故郷」になっていた。だから、村のことを話し始めると、彼女たちの好奇心と興奮ぶりは私に劣らなかった。

みなが興奮したのには、もうひとつ理由があった。私がついに家に戻りしばらく留まれるからである。二〇歳で進学のために家を離れて以来、帰省しても私は短い期間しかいなかった。今回ついに長い時間一緒に暮らせるのだ。

方向感覚を失う

県政府所在地から外に出る公道は、川に沿っていた。川面から十数メートル高いところを走ることもあって、車内から川面の様子が見えた。砂掘機が轟音を立て、砂の山がたち並び、大型トラックが行き来していた。にぎやかな建設現場だった。ただ、十数年前には奔流が流れていた川水、広々とした川の流れはなくなり、上空を旋回していた水鳥も、もちろん姿を消していた。

改革開放以来三十数年、村の変化でいちばん目立つのは、道路である。道路がたえず拡張され、増設されてきた。今では各地を結び、村のあいだ、町のあいだの距離を縮めている。私が子供のころ、バスに乗って県政府所在地に行くには、待ち時間を入れないで、最低でも二時間かかった。道はでこぼこで、勢いでバスの天井に頭をぶつけて痛くなるほどだった。あのころはバスに乗ることも滅多になかった。往復のバス代は二元だったが、それは六人家族の一か月の生活費だった。私が県の師範学校に通っていたとき、大部分の学生は自転車を借りて家に帰った。二人の学生で交互にこいで、六時間かけて家に帰った。いつもおしりが痛くなった。でも、青春を迎えたばかりの若者は、そんなことは気にしなかった。川に沿って走ると、水鳥が空を旋回していた。道端には溝が長く伸びていて、青や緑の野草や色とりどりの野の花が咲き誇り、溝の高さに合わせながら、空の果てまで続いていた。ピュアで美しかった。村が樹木の向こうに見え隠れしていた。静かで、質素で、永遠を感じた。

しかし、それは思い出にすぎないと、私は知っていた。永遠の村は、ひとたび現実に引き戻されれば、たちまち穴だらけになる。たとえば、この路幅の広い高速道路は、原野を貫きながら、人々に向けて、「近代化がすでに村の入口まで来ている」と宣言しているようにも感じられる。しかし、村にとって、それは依然として遠いかなたのものである。むしろより遠ざかったと言えるかもしれない。数年前には、高速道路が開通したばかりで、村人たちがまだ充分な教育を受けていなかったためだろう、高速道路上で自転車に乗る者、歩く者、オート三輪車に乗る者、逆走する者、横切る者などがたくさんいた。耳障りなクラクションとブレーキの音が原野にしょっちゅう響いた。私の故郷の人々は悠然と高速道路を歩き、道路脇の金網に大きな穴を空けていた。

ところが、現在では、高速道路を歩く人はもういない。きっと充分な教育と教訓を得たのだろう。彼らは自分の道と定められた場所に戻らなければならなかった。高速道路を疾走する自動車は、村の人々とは何の関係もなくなり、むしろ村の人々の、近代社会における「他者」の立場が強化された。土地が占拠されたことは言うまでもない。それどころか、もともとはすぐ近くで、食事のたびに行き来できたふたつの村が、今では数キロ回り道しなければいけなくなった。村の生態系も破壊された。

生命体の破壊は、建設前に政策決定した人の考慮の範囲には入っていなかった。村の人がどう感じるか、考えた人はいなかった。人が通り抜けできる入口もあったが、基準となるデータ通りに作られたものだ。高速道路は、巨大なかさぶたのように、原野の陽光のもとで、強烈なアスファルトと金属の匂いを発散させている。

呉鎮《ウージェン》が近づいてきた。

私たちの目的地は、呉鎮で商売をしている兄の家だった。呉鎮は県政府所在地の西北四〇キロのところにある。穣県の「四大名鎮」と呼ばれ、市で繁盛していた。町〔原文は「鎮」。県の下の行政単位。村よりは大きい〕は大通りを中心に、十字に広がっている。私の子供のころ、市があるたび、特に三月一八日のお祭りのときには、大勢の人が出た。私たちは町の北の端から南の学校に向かって歩こうとして、ほとんど地面に足がつかないまま押し流された。車は前に進めず、クラクションを響かせていた。でも誰も聞いていないようで、そちらに目をやる人すらいなかった。誰もがにぎやかな雑踏に没入していた。町の北の端は、回民〔ムスリム〕の居住地であった。私は通学するとき、いつも彼らの家のあいだを通り抜けた。羊をさばくところや、出棺、読経などを見たことがある。彼らの生活スタイルに、いつもどこか近寄りがたさと、畏敬の念を感じていた。町には工場や企業はなかった。最低限の公務員と商人を除いて、住民のほとんどは農民で、ときどき小商いをして、自分の家の食糧、鶏卵、果物などを物々交換していた。

兄と兄嫁は、町で小さな診療所を開いている。兄は時代の流れに順応して、ちょっとした商売もしていた。土地の請負経営をやったこともあったし、ゲームセンターをやったこともあった。しかしどれも失敗した。最近では、友人と「不動産」をやっている。兄の家の前には、砂、石、鉄筋が積まれていて、コンクリートミキサーが大音響をたてていた。以前に買った建物をふたつに分けて、一部を売りに出し、購入したときの借金を返済するつもりだという。

兄の家で少し休んで、爆竹と墓で燃やす紙を買うと、村まで祖父と大おじの墓参りに行った。帰省したら必ず最初にやることである。二十数年来拡大してきた結果、梁庄は呉鎮のほとんどすぐ近くになっていた。兄の家は今や村から五〇〇メートルしか離れていない。子供のころ、夜の自習を終えて呉鎮から村に帰るのは、私にとって最大の恐怖だった。何もなく静まりかえった道の両側に、黒々と大きなポプラの木がそびえ立ち、風が吹くと、ガサガサと音が鳴った。恐怖で、頭のうしろがヒヤリとした。呉鎮の学校から村までの道は、世界でいちばん長い道だった。もちろん、美しい風景も見た。私の青春期は、瓊瑶《チオンヤオ》や金庸《ジンヨン》〔両者とも有名な通俗小説家〕が流行したころだった。彼らの本は手に入るかぎり狂ったように読んでいた。そのせいか、夜の道で、恐怖と狼狽の中で、白馬の王子様が遠くから颯爽と現れて、恥じらいながらも情を込めて私の手をとり、家まで送ってくれるのを夢見ていた。

今では、親類と、昔の家と、墓の存在がなければ、ここがかつて二十数年暮らした村だとはとても信じられない。歩きながら、私は方向感覚を失っていた。帰属感を感じられず、記憶も喚起されなかった。

祖父と大おじは昔の家の裏庭に葬られている。裏庭といっても、塀はすでに崩れ、人の背丈の半分ほどもある雑草が生い茂っている。爆竹の澄みきった音が村の上空に響き、沈黙をやぶった。霊魂を呼び覚ましたように感じられた。私たちは跪拝をして、紙を焼いた〔中国の墓参りの習俗。あの世で使

えるようにと、お金などを模した紙を焼く」。父は目をこすって言った。「爺さんは、一九六〇年に養老院に集められた。行ったときは元気だった。おしゃべりもしてたし、歌も歌っていた。小さい尿瓶《しびん》まで持っていった。ところが四日後、むしろに乗って帰ってきた。死んでいた。むざむざ餓死させられたんだ」。墓参りに行くと父はいつもこの話をする。私は祖父に会ったことはなかったが、父の話をいつも聞いていたので、丸い帽子をかぶり、いつも豆腐を担いでいたので腰が曲がってしまったお爺さんの姿を思い浮かべることができた。お爺さんは布団を抱え、もう一方の手で尿瓶を持ち、よろよろと村から二キロほどのところにある養老院に歩いていった。

爆竹の音を聞いて、村人が出てきた。神妙な顔をして私を見ると、父に聞いた。

「やあ、この子は何番目の娘さんかい? 四番目じゃないよな。こんなに太ってないだろう?」その懐かしくもあり、見知らぬようでもある顔を見ながら、私は歳月の痕跡をはっきりと感じていた。そして自分も驚くほど変わっていることに気づいた。

裏庭の右には新築したばかりの二階建ての家があった。張道寛《ジャン・ダオクワン》の家だと父が言った。張道寛の兄弟はみな大学に合格して村を出ていき、彼だけが村に残った。道寛は口下手で、農作業も下手だった。美人の四川人の奥さんをもらったが、その人は気性が荒かった。何度も家から逃げては、そのたびに連れ戻され、結局最後はいなくなった。道寛はあらゆる苦しみをなめ尽くし、村中の物笑いの種になった。

膝まで伸びた雑草や灌木をかき分け、家の前にたどりついた。私はここでまるまる二〇年間暮らしたのだ。家の庭も同じように雑草が生い茂り、半分崩壊した厨房は、村人が便所の代わりに使っていた。家畜がほじくり返した痕もあった。母屋の屋根には大きな穴が空いていて、土台もやや傾いていた。数年前兄がひと通り片づけたが、誰も住んでいないので、すぐにまた荒れ始めていた。外の壁には、妹が字を書き始めたときに書いた詩が残っていた。間違いがたくさんあった。毎年帰省するたびに、みんなで音読して、姉妹たちは笑いこけるのだった。父が鍵を忘れてきたので、母屋には入れなかった。父と姉は家の前に立って写真を撮った。道寛の新築の家と我が家の対照がショッキングだった。

母の墓は、村のうしろの川岸の公共墓地にある。遠くから眺めると、霧がたちこめ、広々として、静寂だった。永遠の生命と永遠の自然が感じられた。いつもここに来るたび、私は悲しみではなく、静けさと温かみ、家に帰ったという感覚を覚える。生命の源に帰ってきたのだ。ここには母親がいて、おそらく私の最後の落ち着き先でもある。紙を焼き、跪拝をして、爆竹を鳴らした。私は息子にも私にならって三度の礼をさせた。息子に、「お婆さんよ」と話した。息子は私に「お婆さんって誰？」と聞いた。「お母さんのお母さん、お母さんにとっていちばん親しい人よ」と答えた。私たちは昔と同じようにお墓の傍らに座り、ひとしきり家のことをおしゃべりした。

いつもここに来るたび、いちばん上の姉は繰り返す。「お母さんがいてくれたらよかったのに」。そうだ。「お母さんがいてくれたら」。家中の人が何度となくその場景を想像してきた。それは家族の永遠の夢であり、永遠の痛みである。墓のまわりの草と爆竹の燃えかすを見ながら、母の一生と私たちの苦難の歳月を思い起こした。家族の概念、親族の情の意味が、一瞬のあいだに立ち現れた。それがなかったら、そして故郷がなく、故郷とつながる私たちの過ぎ去った歳月とかつての生命の痕跡が立ち現れることがなかったら、私たちの生命に、私たちの奮闘に、そしてあらゆる成功と失敗に、いったい何の意味があるだろうか。

昔話

予定によれば、今日は父に「インタビュー」しなければならない。インタビューとはいささか奇妙である。父はいつも私の身近にいた。父の性格も、気性も、人柄も、よく知っている。父の物語もおおむね知っている。子供のころ賢かったこと、母の母が彼を気に入って結婚の申し込みをしたこと、父がこっそり母を見に行ったこと、文化大革命中に批判され、殴られ、逃げ回ったこと、などなど。とはいえ、おおむねでしかない。父のことを思うと、すべてはバラバラな気がする。はるかかなたの茫漠とした歳月と、その歴史は、彼という個人の逝去とともに消えてなくなりそうである。父の今にも倒れそうな姿を見ながら、私は間に合わない恐怖を感じていた。

父に「インタビュー」するのは、もうひとつ理由があった。彼は村の生き字引なのである。今年で七〇歳になる父は、村の歴史、三世代以上前の人々の家系図、去就、性格、婚姻、感情、およびその変化の様子について、はっきりと覚えていて、自分のことのように詳しかった。中華人民共和国建国後の村の権力闘争と指導層の交代についても、深く理解していた。というのも実際に関わった人間だったからである。他人と違うのは、彼は「破壊者」や批判される人間として関わったことである。父は風格があり、「役人風」とも言われたが、同時に「トンガリ」「おせっかい」とも言われた。一生のうち一日たりとも官職に就かず、ひたすら官と闘争した。家族が罪を被ったのも、そのためだった。

梁光正《リアン・グアンジョン》、七〇歳。皮と骨ばかりに痩せこけ、鼻は高く、頬はこけ、両目は濁っている。曲がった背中で椅子に腰かけると、輪郭までぼんやりしてくる。彼は腰かけ、黙り込んでいる。老いた身体を見ていると、死の巨大な陰影が間近に迫っているように感じる。ただまだ頑強な気質が年老いた身体からほとばしり出てもいる。それは苦難の運命によって生み出されたある種の楽観と度量であり、この人物がたとえ死に直面してもたやすく屈服しないことを示していた。

爺さん（六六歳）は一九六〇年二月一四日に死んだ。大おじさんは一月七日に死んだ。爺さんは養老院で餓死したんだ。あのころは老人ならば、子供がいようとなかろうと、家があろうとなかろうと、みんな養老院に集められ、集団で面倒をみられた。行ったときは、爺さんは元気だったよ。手に尿瓶を持ち、布団を背負ってな、いちばん健康だった。ところが四日で餓死したんだ。

あのころ、わしは黒坡《ヘイポー》の周営《ジョウイン》でダム建設をしていた。適当に爆破して、爆発させたところに行って仕事をした。それで工事だと言っていたんだ。あのころはみんな腹が減ってメチャクチャだった。誰のことも構っちゃいられなかったよ。帰ってきたら、兄さんの全身がむくんで、テカテカしていた。足には大きなできものがあり、空腹で声も出なかった。それを見て、わしはつらかったよ。それでも泣いてなんかいられなかった。まずは食い物を見つけなきゃならない。「一九六〇年はみんな賊、盗みをしなけりゃ飢え死にする」ってことばがある。生産隊のものでなければ、どんなものでも、樹の葉っぱでも、食べ尽くした。ほんとうのことを言うと、あのときは葉っぱだってなかったんだ。一九五八年に全部焼き尽くしちまって、農村には一本の樹だって残ってなかったんだからな。焼けるものはなんでも焼き尽くして村の製鉄の燃料にした〔大躍進運動の際、各地で土法炉による製鉄がなされた〕。人はみんな餓鬼のようになって、あちこちで燃やした。

わしら梁庄の梁一族は、一九六〇年には二〇〇人以上いたんだが、一九六〇年に六、七〇人餓死した。ほとんどすべての家で餓死者が出た。村の保管員だった梁光明《リアン・グアンミン》の家の餓死者がいちばん多かった。爺さん、婆さん、嫁さん、みんな餓死した。次男の嫁さんは夜中に麦を盗んで、見つかって足を折られた。梁光明にも見捨てられて、結局餓死したよ。その娘も誰にも世話してもらえず、やっぱり餓死した。梁光明は薄情なヤツでな、誰のことでも批判した。誰かを批判するときは、あいつがいちばん積極的で、いちばんひどく殴ってた。

　死者がいちばん多かったのは一九六〇年二月だ。一人あたりの一日の食糧は四両〔二〇〇グラム〕だったが、二両半に減った。全然腹いっぱいにならなかった。あとで劉少奇《リウ・シャオチー》〔当時の国家主席。経済の立て直しに努めた〕が七両たっぷりと命令を出して、人が死ぬのがだいぶ減ったよ。あのころ、食糧は大隊の倉庫に管理されていてな、置きっぱなしで腐っても、食べさせなかった。梁光明が一心に見張っていたんだ。麦を収穫したあと、また年寄りが何人も死んだ。空腹が長かったから、胃腸が細ってたんだな、そこへたくさん食べたものだから、耐え切れずに死んだんだ。王《ワン》家のかしいだエンジュの樹を覚えているか？　いつも畑に出るとき公道から降りて曲がる所だ。一九五八年の製鉄運動のとき、大きな穴が掘られて、その後、人が埋められた。死人が積み重なったよ。紙を焼くとき、ある人は父親を弔い、ある人は母親を弔い、またある人は子供を弔った。だから王家のあの場所を、今でもみんな忌避するんだ。

　一九六二年には「四清〔政治、経済、思想、組織を清算する運動〕」があって、汚職を働いた農村幹部が処分された。でも形式だけで、誰も批判されなかった。家に食べるものが何もないから、わしは仕方なく、タバコの葉っぱをとって、カゴを担いで、山に行って食糧や柴と換えてきた。山の人はタバコが好きだからな。ところが予想しなかったことなんだが、別の県に行ったとき、交換して手に入れた食糧を荷車ごと全部没収されちまったんだ。あのころは、柴をとることは許されたが、食糧と交換することは許されなかったんだよ。わしは泣きながら、何もかも失って、夜中に家に帰った。けど、母さんは何も責めなかったよ。

虚偽報告が何年も続いた。あのころ、生産高が高いのは、密集して植えるからだと言われていた。麦畑にはウサギも入れないほどだってな。すぐにウソだとわかる。ウサギも入れなくて、どうやって麦の穂が実るんだ。会議で生産高を報告するとき、最初に報告した人が損を見た。みんなそいつよりも多く報告したからだ。「勇気がなくちゃ、生産量もない」ってな。

わしは小さいころから「ウソ、話を大きくすること、中身のないこと」が嫌いで、時間になると畑に出るくせ仕事をさぼっているヤツが嫌いだった。あのころ深く土を掘ることが提唱されて、西坡《シーポー》に「幸福水路」を掘って、幸せを探したもんだが、実際には水無し溝を掘っただけだった。

父は、何の話であっても、「昔話」をするときはいつも、祖父が養老院に行ったことから始めた。父は休み休み話した。古稀を迎えたはずなのに、記憶力は驚くほど良かった。四、五〇年前の一年ごとについて、提唱されたスローガンや政策の方向性について、はっきりと語ることができた。気がついたら昼になっていた。兄嫁に何度も昼食を食べるよう促されたが、父は追憶の中にひたっていた。

お昼ご飯は故郷の麺だった。父は私たちの強い反対を押し切って、頑固にトウガラシを入れた。彼の胃粘膜はこの刺激に耐えられないはずだ。ところが父は言う。「トウガラシを食べられないなら、生きていて何の意味があるんだ。さっさと死んだ方がましだ」。子供のころ、おかずも油もなく、トウガラシでご飯を食べたのだった。冬になると、トウガラシはなくなった。どんなにがんばって節約しても、砂に埋めておいたダイコンもなくなった。父はトウガラシをひいて粉末にして、お椀に散らして、汗をかきながら食べた。村にはこんな人が何人もいる。ときには、習俗とは貧困と関連があるものだ。

お昼を食べ終わると、父は私を急き立て、すぐに続きを始めた。私は年代史はやめにしてもらい、村の家族構造とおおまかな家族の歴史を先に話してもらうことにした。

この梁庄の歴史は悠久と言うべきだ。我らが国家は、昔から民族の移動が絶えなかった。戦乱、洪水、移民がいつでもあった。梁庄には三大氏族がある。梁、韓《ハン》、王だ。韓一族は嘉慶年間〔清朝の時代。一八〇〇年前後〕に、郭韓湾《グオハンワン》からやってきた。梁一族は明朝の時代に山西から移民してきた。つまりよく言う山西洪洞県の大エンジュの樹から来た人だよ〔明朝初期の強制移住は「山西洪洞大槐樹移民」と称されている〕。じつは河南の多くの人は、そのときの移民でやってきたんだ。中原で戦乱があり、死者がすごく多くてな。だからみんな移民なんだ。

韓一族の文化レベルはまずまずで、かなりちゃんとした知識を持っていた。韓一族の大家族はみんなたいしたものだった。韓立閣《ハン・リーゴー》は開封《カイフォン》の大学を卒業し、韓立挺《ハン・リーティン》はクリスチャンになった。土地改革のとき、地主、悪ボス、富農はみんな韓一族から出た。

韓立閣は大学を出たあと、国民党政府で県の兵役科長になった。そのあと龐橋《パンチアオ》二区の区長もやった。だいたい一九四一年か四二年のことで、七、八年やったな。あいつが村に帰ってきたときのことを覚えているよ。角張って黒々とした顔で、殺気と威厳があった。だけど人には礼儀正しかったよ。家まで五キロのところで馬を降り、歩いて家に戻った。人に会うと頭を下げて挨拶した。村に帰ったら、韓一族、梁一族、王一族を一軒ずつ訪ねたんだ。国民党が倒れたあと、あいつは北京に逃げた。一九五〇年、政府が匪賊への寛大な処置を宣伝した。韓立閣はきっと帰ってきて、やり直しのチャンスを得るだろうと思ったよ。それにあいつの母親は家でいつも批判されていた。一九五〇年秋、あいつは戻ってきて、畑仕事を始めたが、年の暮れに逮捕された。一九五一年はじめに公開裁判があり、銃殺の判決が下った。村の人たちは泣いて、あの人は良い人だと陳情をした。だけどやっぱり銃殺されたよ。

それから「隠し財産を掘り出す」ってのもあった。地主に隠し金を出させる運動だよ。地主は走り回って親戚から借金をした。韓立閣の親父も見せしめに殺された。あいつの母親と叔母さんは、それを見てすぐ首をつった。きれいな服を着て、死ぬ前には油旋饃《ヨウシュエンモー》［小麦を練って焼いたもの］まで食べた。はじめは気の毒がった人もいたが、死ぬ前に良いものを食べたことを知って、悪口を言い始めたよ。あいつの叔父さんは早くに牢屋に行った。そいつの息子は倉庫の主任だったけど、やっぱり銃殺された。ちょっと聞こえが悪いが、男女関係があって、そのうえ食糧徴集のとき、ズルして農民からたくさんとっていたので、民の怒りがあったんだな。あのころ銃殺は町の第二中学の校庭でやった。今でもあのあたりに行くと寒気がするよ。

韓立閣の弟の韓殿軍《ハン・ディエンジュン》も開封の大学を出た。まだ官職に就かないうちに国民党が倒れた。一九五七年に帰ってきたけど、やっぱり批判されて、甘粛まで逃げて捕まった。韓立閣の女房は地主の財産を出させる運動のとき足をダメにして、すぐに死んだよ。息子の韓興栄《ハン・シンロン》は女房をもらえず、何年か前に死んだ。この一家はダメになった。

韓立挺は教会で医学を独学で修得した。母親にならって、あいつもキリスト教に入信した。そのあと教祖、長老になった。昔は入信する人間がとても多かったんだ。八〇年代、キリスト教がまた盛んになったことがあってな、信者が大いに増えて、小冊子を印刷した。韓殿軍が印刷して、信者が売った。そのあと韓立挺は病気で寝たきりになった。家に世話をする人がなくて、教会の信者が順番で世話をしたんだ。葬儀に息子が来て祭文をとなえたとき、村人が騒いで、息子を罵った。「おやじが病気のとき、顔をまったく見せないで、なにが神を信じる家庭だ!」とな。

もうひとつの大家族に韓建文《ハン・ジェンウェン》がいる。一家みんなで入信し、みんな医者だった。韓一族は学問があった。わしが物心ついてからは、旧正月のときの梁庄の対聯《ついれん》〔対句を書いた掛け物〕はみんな韓一族の人が書いてたな。

韓一族の家系は栄えた。どの家にも何人も息子が生まれた。でも仲が悪かったんだ。息子同士で喧嘩するわ、大騒ぎをするわ、大した利益でもないのに諍いをするわ、裁判沙汰にするわ、老人の面倒をみないわ、なんてことがしょっちゅうだった。だから尊敬されなかった。

梁一族ははじめ兄弟が二人で、息子が七人いた。その七人が家庭を作った。だから梁一族は七家系ある。五番目の息子と七番目の息子の家は家系が続かず、早くに途絶えた。今の梁一族は数十家あるが、残った五家系の子孫ってわけだ。

韓一族に比べると、梁一族の人はあまり知識がない。地位を得てうまくやるヤツもいるが、生真面目で損するヤツもいた。ただ梁一族は政治闘争が得意で、家族内の闘争も多かった。だから、土地改革のあと、梁一族は栄えたんだ。権力を握り、元老になって、県の共産党書記も出した。村の昔の支部書記の梁 興隆《リアン・シンロン》の悪党ぶりは、話すまでもないだろう。大隊の支部書記を何十年もやって、梁一族の人はみんなあいつにいじめられたよな。あるとき、梁 清立《リアン・チンリー》が鉈を持ってあいつを村中追いかけ回したことがある〔第五章参照〕。あれはいじめられてどうしようもなくなったんだ。犬だって追い詰められたら壁を飛び越えるだろう。

保管員の梁光明も悪党だったな。彼は三人兄弟だったんだが、梁光富《リアン・グアンフー》は独り身で、梁光懐《リアン・グアンホワイ》は餓死して、その嫁は殴り殺されたものだから、家財がみんな梁光明のものになった。杜玲子《ドゥー・リンズー》は、おまえ子供のころ仲良かったよな。両親が死んだあと、叔母さんが玲子を梁光明の一人息子に嫁がせるって言った。玲子は嫌がった。そうしたら、玲子が結納金を返さないと言って、玲子の家が光明に奪い取られたんだ。

梁一族を代表するのは梁光基《リアン・グアンジー》だ。県の武装部長までやったからな。退職したあと、人事アーカイブ〔個人に関するあらゆる情報をまとめたアーカイブ〕をなくしてな、年金をもらえなくなった。だけど梁一族の人は誰も同情しなかったよ。なぜかって？ あいつは病気の親父を世話しなかったからだ。あいつの兄貴が夜中に県政府所在地のあいつの家まで親父を連れていったことがある。あいつは朝起きて、誰かが食糧でもくれたのかと思ったら、親父だったってわけだ。で、どうしたと思う？ あいつは親戚のところに連れていったんだ。親戚は皮肉っぽく、「どうしようってんだ。郵便局に行って人間を送り返せるか聞いてみたらどうだ」と言った。結局、そのまま車から降ろさず、その日のうちに親父を村の南の畑に送り返した。そして村人から兄貴に伝えさせた。「親父は南の畑にいるから、そっちでなんとかしろ」。

王一族については話すことはないな。みんなろくな人間じゃなくて、出世もしなかった。梁庄の人は相手にしてない。

他の小さな氏族には、銭《チエン》家、周《ジョウ》家、張家、袁《ユエン》家、劉家がある。銭さんとは、一生話をしなかったな。どんな顔をしていたか、覚えている人もいないよ。あいつの女房は花児《ホワアル》っていうんだが、見た目が悪くて、不細工だった。家には四人の子供がいて、生活は苦しかった。花児は張家、周家の独り身の男と怪しいことをして、食べ物を稼いだんだ。村中みんな知ってたけどな。

要するにな、梁庄の様子は順口溜《シエンコウリウ》〔リズムに合わせて歌う韻文〕の通りってことさ。「韓一族は賢くとんがり、王一族は間抜けでぼんやり、梁一族は頑固でごりごり」。

だんだんあたりが暗くなってきたが、父は少しも疲れた様子を見せなかった。父にとって、村の様子というのは、ダイナミックに、そして複雑に絡み合った家族の物語で、生き生きとした生命だった。その血をこの場所に溶け込ませて、長い年月のあいだ沈澱させた人しか持てない感覚であった。すべての村はひとつの歴史であり、すべての家族は他に代えがたい人生のパターンである。父が銭さんの奥さんの花児の話をしたとき、私はふと、自分が子供のころ、王一族に対してと同じように、ほとんど彼らの存在を意識しなかったことを思い出した。銭さんの家は私の家から遠くない溜め池の向こう岸にあって、娘は私たち姉妹と同じ年頃だったのに、家に遊びに行ったことはほとんどなかった。銭家の娘も自覚していたのだろう。自分の家のことを話したことはなかったし、私たちを家に招いたこともなかった。

ひとつの村は生命体であり、有機的なネットワークである。すべての家族の運動は、関係がないかに見えて、じつはお互い結びつき合い、場所を与えられている。費孝通《フェイ・シアオトン》〔一九一〇―二〇〇五、中国の社会学者。代表作『郷土中国』など）は、農村の社会構造は「差序構造（自己との距離によって関係が作られる）」であり、「自己」を中心として他者と関係を結ぶと述べた。人々は同じ平面にいるのではない。水の波紋のように、次から次へと広がっていき、遠くに広がるにつれて、関係が薄くなる。それゆえ、ひとつの村において、大きな一族の人は、さまざまなレベルの親族関係によってかなり大きな勢力を生み出せる。しかし小さな氏族や、一家族だけの人は、基本となる人間関係がなく、婚姻などのルートを通じて大氏族の親族関係に入るチャンスもほとんどないため、大きな波紋を作ることは困難で、村の内部に入って人々に認められることは難しい。だからこそ、彼らの言動、行動、道徳観は、いつも特別な目で見られる。費孝通が言うように、郷土社会という親密な社会において、彼らは村の「よそ者」であり、「経歴不明の怪しい人間」なのである。梁庄の銭家は、まさに典型である。

梁庄の二つの大氏族、韓一族と梁一族にとっては、自分たちが梁庄の主人であることは明白であった。しかし、役割は違った。梁一族と韓一族は二〇〇年にわたって陰に陽に闘争を続けてきた。文化面では、梁一族はずっと劣勢だった。韓一族はキリスト教に入信する家庭が多く、また家庭の条件が良かったため、外に出て学校に行く人が多く、気質および修養の点で、あるいは風貌すら、どこか洗練されていた。しかしそのため、裏では悪意の誹謗を受けた。梁一族は一貫して自分の家の人間が入信することを認めなかった。そのせいではないと言うべきだが、韓一族の人と一緒に何かするのは恥ずかしいと思っていた。政治では、梁一族が一貫して優勢だった。この二〇〇年、つねに梁一族が族長となり、支部書記となって、村を統治してきた。最近一〇年ほどになってようやく、韓一族の人に奪われたのだった。梁一族の人は、政治闘争は得意だったが、経済的にはダメだった。改革開放の時代に梁一族の人が追いやられるのは当然だった。

気がついたら夜中の一一時だった。父は晩ご飯も食べずに、七、八時間も話し続けている。兄、妹、兄嫁、それに午後に県政府所在地から帰ってきた姉たち、義兄も、みな腰を下ろして静かに耳を傾けた。私がコンピューターを打つ音だけがカタカタと響いた。

家族中みんなこのことに集中していた。神聖なことだとはっきりと感じられ、私は震えた。彼らにとって、日常生活は無意識の営みでしかない。当たり前の衣食住、娯楽生活、どれも特別な意味はないように思われる。しかしきっかけが与えられると、その意味を喜んで考えるし、意味を理解して、その境地に向かおうとする。ただ、普段の生活にそのようなチャンスがほとんどないだけだ。

生存の情景

兄が村の何人かに話をつけてくれた。明日家に来て、村の人口流動とおおまかな経済状況を語ってくれるという。兄は、考え抜いたけど、村で話ができそうな人は他に思いつかなかったと言った。

朝ご飯を食べたら、もう一〇時だった。兄が声をかけてくれた梁一族の人が来た。一人は村長、五〇歳くらいで、父が言っていた前の保管員の息子だ。彼の父親と同じく、色白で、目端が利いた。話しながらも私を観察し、私がいったい何をしているのか、目的は何かを探っていた。二番目の人は、父の叔父にあたり、村で会計をしている人で、慎重なことで有名だった。三番目の人は、若いころは外で仕事をしていた人で、私は兄さんと呼んでいた。四〇歳くらいで村に戻り、それからは村にいた。

人づきあいが少なく、ちょっと神秘的な人だった。よその家に行くことはなかったが、他の人が彼の家に来ることは嫌ではないようだった。ある年突然髪の毛を全部なくしてから、一年中黒い毛糸の帽子をかぶっている。最後の人は村の裏の方に住んでいる中年の人で、村で有名な「出来る男」だった。

数百年前、梁一族の二人の兄弟が七人の息子を連れてここに居を構え、子孫を増やした。その中で五家系が栄え、二家系は消えていった。現在のところ、梁一族の大家族は全部で五四戸ある。少人数の家庭の数はわからない。兄弟が数人いて、結婚して夫婦ともに外に働きに行き、老父母が子供の面倒をみているような家族は、いわゆる分家とは言えないが、経済の実態から言うと、少人数の家庭と言うべきだろう。その考え方からすると、梁一族は一五〇戸くらいあって、六四〇人ばかりいる。三五歳くらいの若夫婦は、たいてい子供が二人いる。子供が三人いる家は少ない。居住状況は以下のようだ。完全に村を離れ、出稼ぎ先の都市に引っ越したのが二戸（村の宅地も売った）。どこに行ったかわからず、村とまったく連絡がとれないのが一戸。外に働きに行き、子供も外の学校に行って、村の家は閉ざされたまま、何年も帰っておらず、近いうちに帰ることはないと思われるのが七戸。町で暮らしているけれど、村に宅地があって、もうすぐ家を建てるのが一戸。他に、外で働いているが、二、三年に一度帰ってきて、立派な家を建てていて、将来帰る準備をしているに違いないのが三戸。それ以外の数十戸は村で生活している。若い人は一年中外に働きに出て、家にいるのは老人、女性と子供である。他に、家族が誰も外に行かず、村で農業をして暮らしているのも八、九戸ある。この人たちは、村で最も真面目だが、いちばんバカにされており、それゆえ村人から忘れ去られている。

一九八〇年代から九〇年代はじめにかけて、梁庄のかなりの数の人が出稼ぎに出た。早い時期の行き先は北京と西安に集中していた。北京に行った人はたいてい工場の労働者、警備員、建設現場の日雇いをやった。ある時期には、北京駅に集まって列車の切符のダフ屋をしていたと聞いたこともある。西安に行った人は駅の近くでオート三輪車の荷物運びをやった。たいてい家族を中心として、相互扶助をした。その後、青島や広州に行く人が出てきた。外で商売をする人、たとえば油ポンプの修理をする人や、都市の周辺部で野菜を売る人などは、ごく少数だった。

現在の梁一族で外に働きに出ている人は、三二〇人になる。いちばんの老人は六〇歳で、新疆の建設現場で働いている。いちばん若いのは一五歳で、叔父さんに連れられて青島のアクセサリー工場で働いている。町で中学、高校に通い、基本的には学校に寄宿して、週末だけ家に帰る子供が三〇人くらい。町の小学校に通い、祖父母と一緒に暮らし、毎日送り迎えしてもらっているのが三〇人くらい。村の老人は一〇〇人あまり、五〇歳以上で、ほとんどみな家で畑仕事をして、孫の面倒をみている。さらに元気のある人は、町でちょっとした仕事をしたり、当地の建設現場で働いたり、村の石灰ブロック工場で働いたりしている。

表面には現れてこない「Uターン」現象がある。一九八〇年代中期・後期の最初の出稼ぎ労働者は、今では中年になった。四〇歳から五〇歳くらいになったところで、一部の人は農村に帰り、農業をしたり、町や近所で日雇いをしたりしている。他に、まだ外で働いてはいるが、どう見てもあと何年も続けられそうにない人もいる。帰りたくないが、肉体労働もできなくなり、ただ都市で耐え忍んでいる人もいる。たとえば私の父方の親戚の息子は、若いとき軍隊に行き、復員したあと結婚して子供を作り、その後出稼ぎに出た。村でいちばん早い出稼ぎだった。最初は北京で警備員をやり、そのあと西安で三輪車こぎをした。帰省するのは旧正月だけだった。数年前村で彼に会ったことがある。話し方も着るものも都会的で、優越ぶりを見せつけたがっており、外に出たことがない自分の女房を非常にバカにしていた。実際のところは三輪車をこいでいただけなのだが、都会の生活になじんでいた。しかし、彼も最後には帰らなければならないのは明らかだった。

中年女性の中には、農繁期に「作業隊」を作って、村人のために種まき、除草、収穫などを手伝う人たちがいる。一日に三〇元〔一元は約一五円〕ほどになるという。若い夫婦は渡り鳥のような生活を送っている。夫婦ともに外で働き、旧正月か農繁期に帰ってきて、外で稼いだ金で村に家を建てる。子供は祖父母が面倒をみて、家から学校に通う。村長の話では、ここ数年、旧正月に帰省する人も減りつつあるという。夏休みや冬休みに、親が子供を自分たちが働いているところに来させる。休みが終わったら、子供たちはまた村に戻って登校する。もちろん、それができるのは、夫婦が同じ場所にいて、子供と一緒に暮らせる条件がある人だけだが。中には比較的有能な若者も少しはいる。外で多額の金を稼いできて、故郷で商売をしたり、砂を売ったり、商品の卸売りをしたりしている。だがそれは個別の現象にすぎない。梁清保《リアン・チンバオ》はその一人だ。彼は一昨年帰ってきた。町で太陽光発電の商売をしようとした。太陽光発電は、ここ数年、農村で増えてきた家庭用設備で、家を新築する人はみな買う。市場の見通しは悪くないはずだった。ところが、開店して一年、儲からなかったばかりか、外で稼いできた金を全部失ってしまった。清保は今年また外に働きに出る予定だという。

「人は去り、家は空」が、農村の日常である。都市で仕事をしている農民の大部分は、みな村に家を建てる。しかも、家を建てる金を稼ぐため、あるいは子供の学費を稼ぐために、都市に行くのである。自分たちが都市に一生住んで、老後を送れるとは思っていない（おそらくそんな可能性はそもそも考えられない）。最大の希望は、都市で働き、金を貯めて、村で恥ずかしくない家を建てることであり、そのあと故郷で適当な商売をすることである。

夫婦が別居すること、父母と子供が離れること、それは家庭のごく当たり前の生存状況である。たとえ夫婦二人が同じ都市で働いたとしても、一緒に住めるのはごく少数である。別の工場、別の現場で働き、工場内に居住し、顔を合わせる機会すらあまりない。

韓一族は、戸数も人口も梁一族とほぼ同じである。ただ文化の質から見ると、韓一族は大学に行った人および商業をしている人が梁一族より多く、全体的な生活レベルは上である。村の他の小さい氏族は、全部足しても三、四〇戸、一〇〇人足らずだ。村にいる人であれ、都市に行った人であれ、暮らしは梁一族と韓一族の人ほど良くない。

梁庄は土地が少なく人が多い。一九五、六〇年代には一人あたりの土地は一畝半〔約一〇アール〕で、現在では〇・八畝しかない。畑は二毛作である。ひとつの季節は小麦を耕作し、もうひとつの季節は緑豆、トウモロコシ、ゴマ、タバコなどの商品作物を植える。土地が少ないので、これら農作物の収穫では糊口をしのぐことができない。だから、一九八〇年代より前は、梁庄のほとんどすべての家は貧困ラインであえいでいた。春になると食糧がなくなる、いわゆる「春の飢饉」があった。改革開放以降、都市に出稼ぎに行くことが、新しい収入源になった。都会の仕事がどんなものであったとしても、毎年村にお金を持ち帰り、付き合いと日常生活の支出に使うことができた。耕作をすると税を納めなければならず、そのうえ麦の収穫の繁忙期には帰ってこなければならないので、多くの家庭は村人に土地を貸すことにした。条件は、代わりに税金を納めることと、毎年二〇〇斤の麦を支払うことであった。村に残った家庭にとっては、土地を借りて耕作するという新たな仕事が増えた。麦の収入は納税と地主への支払いだけでなくなってしまうが、秋の裏作は利益になった。一九九〇年代には、村で衣食が足りない人は、ほとんど見当たらなくなった。しかし、ほんとうにやすやすと新しい家を建て、潤いのある生活を送れたのは、村の幹部、「出来る人」、および少数の商売をしていた人、役所や国営企業など公的機関で働いていた人だけである。村長によると、二年前から国家の農業税が免税になったので、多くの人が、長年耕作をしてこなかった土地を取りもどし、麦やトウモロコシを植えようとしている。とはいえ自分は帰ってこず、親戚に頼んで代わりに農作業をやってもらい、報酬を払うのである。ところが、中には、長年耕作をした土地を返すことを望まない人もいて、もめ事になっている。しかし、これは費孝通の言うところの「土地は農民の根」の表れではない。農民と土地の感情的つながりは、どんどん薄くなっている。残っているのは利益関係だけだ。

村では新築家屋が増えているが、家の鍵はどれも例外なくさびている。同時に人の数も減っている。道や畑や軒下で見かけるのは、衰弱した老人だけである。村中が、家屋の前後に生い茂る雑草、廃墟によって覆われていて、村の内在的な荒涼、頽廃、疲弊が見てとれる。内部の構造に目をやると、村はもはや有機的な生命体ではない。あるいは、その生命がかつて存在したと言えるならば、すでに老年期に入り、生命力と活力を失いつつある。

第二章　活気あふれる「廃墟」の村

廃墟

昔の家の鍵を持って、父と「宝探し」に行くことにした。昔の家を開けるのは毎年ほんの数回しかない。ところが不思議なことに、いつも宝物が見つかるのだった。古い写真や、小学校時代の宿題用ノート。あるときには、存在をすっかり忘れていた中学一年の日記帳を見つけた。ボロボロになった漫画本を見つけたこともある。あれは小学生のとき、父が商売にでかけて、おみやげに買ってきてくれたものだ。ところが私たちがあまりに夢中になったので、父が母屋の天井に投げ捨てたのだった。

梁庄から呉鎮の学校までの道を、私は五年間歩き通した。村の溜め池沿いの道を通って村を出て、町に通じる公道に入る。公道の入り口には梁光栓《リアン・グアンシュワン》が建てた小さい泥レンガの小屋があった。チッポケな小屋で、使っているところを見たこともなかったが、梁庄でいちばん目立つ標識だった。それから呉鎮の北の回民地区を通過した。道沿いに、茶館、羊肉屋、雑貨屋があった。そして許《シュー》さんの家の小道を曲がって町に入る。道端に、立ち上がると外が見える便所があった。途中の十字路のところに、人の腰くらいまでの高さのバラの一群があった。夏になると真っ白な花を咲かせて、香りがきつかったが、きれいだった。そこを越えると、呉鎮の中央通りだ。新華書店、商店、金物屋、郷役所があった。そのすぐ隣にあったのが郷の中心の小学校と中学校だった。この二キロあまりの道のりを、私は毎日六回行き来した。

父と呉鎮から歩き出してみた。ところがまるで方角がわからない。父は、あれが町の南だとか、これが北の端だとか、あれが許さんの家だとか言う。私は呆然としていた。体がフワフワと宙に浮いているかのようで、落ち着かなかった。

新しい公道まで来たとき、父が口を開いた。「ここからがわしらの村だ。新しい公道の建物は全部わしら梁庄が建てたものだ」。真新しい建物が並んでいる。二階建てがあれば、平屋もある。家の前にはきまってセメントを敷いた広い庭、高い門、シャッターがあって、堂々たるものだった。あいだにときおり古い建物が混ざっていた。父がひとつひとつ紹介してくれた。光亭《グアンティン》の家、梁光東《リアン・グアンドン》の家、「ろくでなし」の家、「あずまや」の家。父によると、みな新しい住宅地だという。村に残した古い住宅地は、安く人に売ってしまったか、あるいは捨て去ってしまったらしい。

昔の家に通じる道は雑草で埋め尽くされていた。私たちはおぼつかない足取りで進んだが、何度も草にひっかかった。屋敷のドアを開けたとき、埃がパラパラ落ちてきた。母屋の真ん中に立って、よく知っているが見知らぬようにも感じる物を見ながら、感慨にふけった。うしろの壁近くに細長いテーブルがあり、いろいろな物が置かれていた。真ん中には毛沢東主席像があった。その両脇には壁に掛かった対聯があり、その横に額縁に入った家族写真があった。テーブルの下には箱があり、収納ス

ペースになっていた。細長テーブルの前に、正方形の大テーブルがあった。旧正月のときは供え物を置いた。ふだんは雑多な物を置く場所で、私たちの勉強机でもあった。北方の農村にはたいていこのふたつのテーブルがある。大テーブルの真上に、父が竹と紙で作った天井があり、母屋の梁から埃が落ちるのを防いだ。その上に例の漫画本があって、思い出すと今でも心が痛む。

私は細長テーブルと大テーブルを丁寧に調べ、テーブルの下の箱を手探りしたが、何も見つからなかった。この家に思い出の品は何もなくなったのだろうか。私はあきらめず、棒で思いっきり天井をつついてみたが、漫画本も落ちてこず、ただ埃が「バサバサ」と落ちるばかりだった。無数のネズミの糞も混じっていた。東の部屋と西の部屋の屋根には大きな穴が空いていて、土間に雨水でできた大きな窪みができていた。東の部屋の奥の方に、大きなベッドが置かれていた。ベッドの木材は黒ずみ、泥と埃にまみれ、その下からボロボロになった綿が見えた。父と母が結婚したときのベッドだった。ベッドの奥に木の箱があった。母の嫁入り道具で、かつては家で唯一の鍵のかかる場所だった。この箱には、家で最も貴重な物が入れられていた。ゆで卵もあった。私はこの箱でゆで卵を見つけたことがある。我慢できずこっそり殻をむいて食べた。一口食べて、庭に行って様子をうかがった。そのとき、家の人はみな母と一緒に庭で太陽を浴びていた。何年も経ったあと、姉が私に話してくれた。私が部屋から出てきたとき、口に卵の黄身が付いているのが見えた。私がまた部屋に入ったのを見て、みんな何をしに行ったのかわかった。出たり入ったりするのを見て、みんな笑いをこらえていた、と。西の部屋は食料を置いておく蔵だった。のちに成長した私たち姉妹の部屋になった。兄が結婚したとき、私たちはまた東の部屋に戻り、西の部屋を兄夫婦の新婚の部屋にした。あの晩の「キャー」という声は、今でも思い出すとドキドキする。北方の農村の部屋は遮音性が低い。三つの部屋は完全に独立しておらず、農具をかけた高い壁で仕切られているだけだった。

昔の家の歴史が終わったことを象徴しているのは、建物ではなく、庭の古い棗《なつめ》の木かもしれない。棗の木は、私たちの記憶、故郷の時間・空間とともにあり、すべての家族、すべての情景とともにあった。毎年、棗が売りだされる季節になると、私は、どこにいてもかならず棗を食べる。そして棗売りの人やまわりの買い物客に、私の家の庭にもこんな実をつける棗の木があったと話すのだ。毎年夏休み、ちょうど棗の花が満開になり、青い実がなるころ、私は棗の木の下で眠り、食事をして、遊んだものだ。母も担ぎだされて、棗の木の下で寝た。八月中旬から下旬になると、少し熟れてきた棗が、無数のいたずらっ子を呼び寄せた。瓦のカケラが庭に落ちてきて、「サッ」と人影が現れ、いくつか棗を拾うと、すぐさま消え去ることがしばしばあった。あのころ、私と妹はいつもいたずらっ子たちと張り合っていた。九月中旬から下旬のある午後、村人たちが昼寝をしているときを選んで、兄と数人の仲間たちは、木に登り、棒で叩いたり、木のいちばん上まで登って力いっぱい揺らしたりした。「バサバサ」と棗が落ちる音を聞き、籠いっぱいの真っ赤で大きな棗を見るのは、最高の喜び、満足、幸福だった。

いつからか、古い棗の木はしだいに衰え始め、最後には実もならなくなった。今はまさに夏だが、古い棗の木は大部分が枯れ果て、ごく少数のまばらで黄色がかった葉だけが、まだ生きていることを示していた。私たちはみな家を出てしまった。棗の木が茂り続け、白い花、若くて青い実、人を誘う光り輝く大きな赤い実をつけたところで、見る人も、食べる人もいはしないのだ。

庭の前方にある大きな壊れかけた壁を見ながら、これは誰の家だろうと思い、初めて意識して村を観察した。驚いたことに、私の家を起点として、どこまでも廃墟が続いていた。子供のころ、ここは村の中心だった。光亭叔父さんの家の大きな木の下に舞台があった。夏、昼ご飯どきには、たくさんの人が集まり、男の人も、女の人も、冗談を言ったり、噂話をしたりしながら、たらいほどもある大きなお椀で麺を食べたものだった。夜になると、さらに夕涼みの場所になった。真夜中になっても、うちわをあおぎながらゆったりとおしゃべりをする人がいた。今では雑草と灌木が一面を覆っている。あちこちに大きな壁の残骸と崩れた瓦礫が転がっている。壁のあたりに半ば崩壊したかまどがあった。かまどの上には、埃と泥まみれになった鍋蓋や鉄ヘラが、かつてここに生命と煙火があったことを示すかのように残っていた。屋根までなくなり、壁が枠組みを支えているだけの家もあった。

これらは誰の家だろう。樹木と雑草が廃墟を覆い尽くしている。寂寥感と荒廃感があたりに充満している。まるで巨大な墓のようだ。私たちの家の向かいは拐子常《グワイ・ズーチャン》の家だった。拐子常は、大食漢の怠け者だった。父や村の人はいつも彼の噂話をした。一家で麺を食べるとなると、彼はきまって箸で鍋をかき回し、麺を全部自分の椀によそった。奥さんと子供たちはスープを飲むしかなかった。彼の家はずっと泥レンガの壁だった。大雨が降ると、黄色い泥水が私の家の庭に流れ込んできたものだった。今では、一面だけ残った壁と、積み上げられたレンガの残骸が残るばかりだった。さらに進むと、拐子常の弟の家だった。この一家はすっかり没落した。女主人は早くに家を出ていなくなった。男主人は木を盗み、逮捕されて監獄に入れられるのを恐れて自殺した。二人の子供もどこに行ったのかわからない。家はとうの昔に倒壊していた。

さらに進んだ。四五度に傾いた家があった。家の前には、使い物にならない、くみ上げ井戸があった。門にはなんと新しい対聯が貼られていた。厨房は半分崩れていた。かまどはまだ残っていた。ただ、長年積み重なった埃がたまり、ふたつの黒い穴が、もともと大鍋と中華鍋を置いていた場所に空いているばかりだった。厨房のうしろには、色とりどりの大量のゴミが散乱していた。これは誰の家だったろう。思い出せなかった。父が「光亭の昔の家だ」と言った。彼はかつてこの家で嫁をもらい、最初の子供もここで生まれた。彼が奥さんと喧嘩したとき、私たち子供は彼の家まで見に行ったものだ。黒光りして、とても清潔な農家の家だった。

さらに進んだ。父ですらやや戸惑ってきたようだった。まわりを見回し、方位を確認しないと、誰の家だと言えなくなった。私は数えてみた。延々と続く倒壊した家屋は、私たちのほとんど崩壊寸前の家を除いても、全部で一五軒あった。つまり、少なくとも一五の家族がもともと生活していた場、もともと人が集まっていた場所を離れ、新しい生活を始めたということだ。私は父と村を一周りした。少なくとも四か所、このような廃墟群があった。だいたい六〇戸前後だろうと思う。

これらの廃墟と、公道に面した立派でモダンな建築は、同じ村なのだろうか。燦々たる日差しを浴び、止むことのないセミの声を聞きながら、私はちょっとわからなくなった。私の記憶の中の村と、現実の村は、地理的な位置こそ変わっていないが、精神的な存在の拠り所がまるで違っている。活気あふれる中国の新時代は、まさにこうした廃墟の中に、新しい姿と新しい身体を打ち立てているのである。

疑いなく、村の内部構造はすでに崩壊している。かつては氏族を中心として人が集まる場であった。ここにある廃墟は、すべて梁一族の家である。はるか昔は、基本的にひとつの点が円の中心で、氏族の人口が増えるにつれて、地域がしだいに拡大していった。住宅地をどのように分けるかも、親族関係の遠近および人口の多少によって分配された。梁という姓氏は、宗族・血縁の場であり、同時に生活・文化の場でもあった。旧正月の一月一日、どの家も大鍋料理を作った。親族関係の順番に従って、上から順に鍋の中の料理を交換していき、最後には、どの家の鍋にも、梁一族のすべての家の料理が入った。そうしてから、新年最初の朝ご飯を食べ始めるのである。この風習がいつから始まったのか、どうしてこうなったのか、老人でもいきさつを知らない。それでも、ひとつ積極的な意味があることは間違いなかった。氏族の心を団結させ、分け隔てをなくすのである。喧嘩をして口もきかない親族も多くいたが、もし和解を望むならば、元旦の鍋は、もっとも良い、スムーズな和解の時であった。

現在、こうした村の文化は変化している。氏族を中心とした村は、経済を中心とした集落に変わった。能力のある者は道路沿いに住み、氏族にかかわらず、新しい生活の場、新しい住宅地を形成している。彼らが村のニューリッチであって、財力、権力、メンツを代表していることは間違いない。この土地は、買いたいと思えば買えるものではないのだから。能力のない者は、オンボロの家に無理やり住んでツギハギ式の修繕を行うか、そうでなければ、引っ越していった家族の家を買うかしかない。引っ越していったのは、もとは村の良家で、その家はたいてい上等である。こうして、もともと氏族にしたがって居住していたシステムが乱れた。私の家の左側には張道寛の家があるが、そこはもともと私の父方の伯父の住宅地だった。張家のようにその姓の者が一家族しかいないことは、どの村にも必ずある。どんな理由にせよ、このような村に流れ着けば、根を下ろし、受け入れられるのは、非常に難しかった。彼らに分配されるのは、たいていの場合、村のあまり良くない住宅地だった。たとえば張家の昔の家は、古い溜め池の近くにあり、雑然として、とても湿った、村中でいちばん悪い場所だった。ところが現在は、引っ越していった人の住宅を買えばいいのである。

村の構造の変化の背景には、中国伝統文化構造の変化がある。農耕文化の構造がしだいに消滅し、それに代わって、混合の状態になった。中国の農村では、農業文明と工業文明が力比べをしているが、両者の力の差は歴然としている。かくして村は、もはや文化の凝集力を持たなくなった。それはバラバラの砂でしかない。たまたま一か所に流れ着いても、すぐに離れ、現実的な文化の働きは持たない。

ノスタルジーに浸りたくはなかったが、村がひとつの家族のようであった感覚が、懐かしく思い出された。喧嘩もあったし、苦しみもあったし、人情にまつわる面倒もありはしたけれど。私には現在のモデルが良いとは思えなかった。しかし新しい集落は、新しい世代の子供にとっては成長する場所である。将来は、彼らの故郷になる。おそらく、これこそが彼らの文化であり、彼らの世界の起点なのだろう。しかし彼らが育つ「故郷」とはいったいどのようなものだろう。寂しくて、荒涼としていて、矛盾していて、生命力がなく、感情がない。それが「故郷」の基本的な形になっている。

第一世代の出稼ぎ労働者は、まだ村に家を建てることを望んでいる。なぜならばそれは彼らの家だからだ。そこで自分の富を示すことが、自分の価値を決める象徴になっている。しかし第二世代はどうだろう。若い世代の農村青年は、村への感情がとても薄い。彼らは村で過ごした時間がきわめて短く、たいていの場合は中学卒業後すぐ、あるいは卒業前に出稼ぎに出る。彼らは未来をより強く渇望しているが、だからこそ、彼らの運命と彼らの境遇は、より一層泥沼に陥っている。彼らは将来どこに根を下ろすのだろう。十数歳で村を出て、都市で出稼ぎをする。ところが彼らに都市戸籍〔中国には、農村戸籍と都市戸籍の二種類の戸籍がある〕はなく、社会保障もまったくない。都市は自分の家ではない。しかし他方で、村も、彼らにとっては自分からかけ離れた、親しみのわかないものであり、帰属感は持てない。新しい世代の農民工〔農村出身の労働者〕のこうした二重の精神的ロスは、すでに社会問題となり、人々の目にとまり始めている。いかにして埋め合わせ、改革すべきか、それは大きな社会的課題である。

黒いドブの澱み

溜め池とは、村のあちこちに散らばる水溜りのことである。北方の農村では「溜まり」と呼び、文語では「溜め池」と書く。

梁庄には大小合わせて六つの溜め池があった。小学校の前に大きな溜め池があり、真ん中に狭くて曲がりくねった小道があった。子供のころ、小学校に行くときに必ず通る道だった。夏、暴雨が降ると、この小道はお化けの道になった。溜め池の水がたいてい道まで溢れてきて、切れ切れに地面が見えるだけだった。子供たちが手をつなぎ、裸足になって歩いていると、「ポトン、ポトン」と水が落ちる音が聞こえた。幸いにも溜め池を囲む土手は傾斜が緩やかで、水も深くなかったので、落ちても楽に上がることができた。もし雨が何日も続いたら、ひどいことになった。村中がぬかるみになり、豚や鶏の糞がいたるところに流れ出た。石やレンガのカケラもどこからか湧き出てきて、足にぶつかり痛い思いをした。家から学校までの三〇〇メートルの道で、どれほど糞を踏んだかわからない。足の指のあいだに詰まった黒や黄色で悪臭を発散する糞を見るたびに、気持ち悪くて身の毛がよだった。

とはいえ、小学校の前の溜め池には、美しい思い出もある。溜め池には一面の蓮が植えられていた。夏になると、青々とした蓮の葉が水面を敷きつめ、桃色の花がところどころに飛び出て、風に揺れた。その後、しだいに蓮の実になった。中の実は丸々として、はちきれそうだった。熟れるのを待たず、大人たちのスキを狙って、私たち子供は、手をつないで数珠つなぎになって水に入り、近くの実を摘んだ。蓮の実を一口食べると、口中に繊細な香りが広がった。

もうひとつは青石橋があった溜め池である。青石橋は大きな溜め池をふたつに分けていた。左は村の中、つまり私の家のあたりまで広がり、右は村を出る公道のあたりまで伸びていた。そばに、比較的広い土の道があって、村のもう一方の端から公道まで通じていた。土の道を上がったところに、梁家の自留地〔人民公社時代から個人で保留した土地〕があった。各家族におおよそ数分〔分は一〇分の一畝〕の土地があり、トウガラシ、ナス、ダイコンなどの野菜を自給用に植えていた。道と自留地のあいだには野生の大きな桑の木があった。毎年春の終わりから夏のはじめになると、赤紫の桑の実が木いっぱいになった。私たち女の子は、土の塊や棒で叩き落とした。桑の実は落ちると、土の中に埋まり、泥まみれになってしまって、食べられなかった。男の子たちは、「ワサワサ」と木に登り、籠いっぱいに摘むと、あっという間に逃げていった。

左側のは村でいちばん大きな溜め池だった。ほとんど小学校の前の溜め池とつながっていた。そのあいだに大通りがあった。私たちの村の中心通りだった。ひょっとしたら、もともとはつながっていて、村ができて、道ができたので、分かれたのかもしれない。溜め池の前と後には、ふたつの大きな麦脱穀場があった。村の麦脱穀場は、麦を脱穀し、干す場所であると同時に、村の日常の娯楽の場所でもあった。結婚式や葬式のとき、映画を上映したり、芝居を上演したり、死者を送るなどの儀礼をしたりするのは、いつもこの麦脱穀場だった。特に映画の上映は、たいてい葬儀のときにしかなかったが、村中の人のお祭りだった。あの場所では、死と新生、号泣と喜びが、どちらも真実だった。ついちょっと前に葬儀の慟哭を聞いてもらい泣きし、死に恐怖を感じたとしても、映画を見ると、神秘の未知の世界によって、またたくまに悲しみと恐怖が吸い取られてしまうのだった。私たち子供は、午後の一時か二時には椅子を持って席取りをして、代わる代わる家に帰ってご飯を食べた。夜がやってくると、白いスクリーンの布が広げられた。たちまち、神秘と尊厳が麦脱穀場に満ちた。映画が始まると、みな静まり返った。映写機が動く「ザザ」という音と、スクリーンに広がる不思議な世界しかなかった。そこにいるすべての人が虜になった。

夏が来ると、私たちは畑に行って麦刈り、麦拾いをした。夕方、子供たちは溜め池で水遊びをした。溜め池で泳ぐことを、私たちは「水遊び」と呼んだ。それが川に行くと、「水浴び」もしくは「遊泳」となる。大人と子供、男の子と女の子が、自然と分かれた。習慣上のルールができていて、東が男、西が女だった。たまに悪ガキがいて、水の中を潜っていき、しばしば女性たちにコテンパンに叩かれた。

あのころ、溜め池の水面には鴨が泳ぎ、水中には魚がいた。服を洗う人がいたし、タウナギが泥をかき回していたが、水は汚くなかった。浅いところでは、水の底の石や砂の色も見えた。大人たちの話では、この溜め池の下には湧き水があるので、自然と浄化されるのだという。雨が降って水かさが増すと、私たちは溜め池で巻き貝をとった。大きな貝類の生物で、殻をあけると大きな肉があり、炒めるとおいしかった。

韓一族と梁一族のつなぎ目のところも溜め池があった。やはり真ん中に道があって左右に分かれていた。道は水面とほぼ同じ高さで、雨が降るたび、全体がつながった。それは村の中にある溜め池だった。私の家から右に向かって行き、梁光昇《リアン・グアンション》の家、梁万虎《リアン・ワンフー》の家、趙《ジャオ》姐さんの家を過ぎたら、溜め池だった。趙姐さんの家の前には大きな平地があった。あたりの人の食事場でもあった。食事時になると、みなお椀を持ってここに集まり、おしゃべりをしたり、お互いにからかいあったりした。曖昧な記憶の中に、漢玲姐《ハンリン》さんと清明《チンミン》ママの対話がある。何を話しているのかはわからなかったが、二人が笑いを隠し、顔を赤らめている様子から、あのことについて話しているとなんとなくわかった。それで急いで逃げた。女の子の一種の本能だった。あれから何年も経っているが、思い出すとまだドキドキする。清明ママは朴訥とした真面目な人だった。家でもあまり話をせず、外ではなおさら萎縮しておびえる農村の女性だった。ところが、夫婦のあいだの笑い話をしているときの、テンションが高く、恥ずかしげで、曖昧な表情には、女性の美しさ、ことばに言い表せない趣があった。とはいえ、彼女の趣を、誰が見て、理解したというのだろう。ある種のドキドキを味わった女の子だって、何年も経ったあとに突然わかったくらいなのだから。

思い出に浸るとき、歳月や時間が記憶を創りだすとき、私が「美化」している嫌いがあることは、認めなければならない。しかし、今日の村の溜め池を見れば、「美化」は今日の「死亡」、救いの可能性がまったくない徹底的な「死亡」のせいだとわかるだろう。

梁庄の小学校の前の溜め池は、すでに小さな溜水だけになっていた。黒い藻のような植物の上いっぱいにハエがたかっていた。かつての深度、泥のなかの蓮（当時きれいだったのは蓮の作用だったのかもしれない）、蓮の花、蓮の実は、すべて消え去り、建築用地になり、建物が建っていた。

麦脱穀場とその近くの溜め池もなくなった。私たちは子供のころあの麦脱穀場で転がりまわって遊び、映画を見て、麦藁の束に隠れて小説を読んだ。子供たちの親が声を張り上げて叫んでも応えなかった。それが今では、真新しい建物が一棟一棟と溜め池の中に侵食してきた。埋め立てにどれほどの土が使われたかわからない。かつて水遊びをした広々とした水面は、今や哀れむべき小さな三角形を残すのみとなった。

それに高い桑の木が植わっていた溜め池。もしこの村で育ち、美しい記憶を持ち、かつての子供のころの面影を求めて、この溜め池を見たならば、きっと涙を流すだろう。今では黒いドブの澱みになっている。静止した、死亡した、腐敗したドブの澱み。まるで生命力がない。枯れた木が水面に倒れている。木の幹は黒ずみ、いつ落ちたのかわからない、溜め池いっぱいに散らばっている水面の葉も、黒ずみ、粘り付き、水面に固まって、まったく動かない。そこにペットボトル、空き缶、子供の服、および生活のあらゆるゴミが捨てられている。近づくことはできない。悪臭がきつくて目を開けることもできない。

黒いドブ、黒い死亡、黒い臭気は、ことばに言い表せない恐怖である。ところがその周辺に、新しい家が立っている。私の氏族の人間は、そこで水をくみ、息を吸い、食事をして、人生の悲喜こもごもを経験している。

韓一族のあたりの、かつて鴨が水面を飛び、子供の心に最初に美の痕跡を残した溜め池も、今では汚水と、ハエや蚊がたかる、湿った浅い泥地が残るだけになった。かつて深かった水も、建築用地になり、建物がそびえている。伝説の溜め池の湧き水はどうなったのだろう。自然と消えたのだろうか。それとも地面の建物によって固く閉じ込められたのだろうか。

これが私の村だ。私の故郷の人々はこのような環境で暮らしている。彼らは少しばかり金を稼ぎ、家を建て、幸せな生活を送っている。しかし、いわゆる幸せな生活とは、いったいいかなる黒いドブの上に作られたものなのだろうか。

とはいえ、誰を責めることができよう。「私の故郷の人々」を、環境を破壊し、生態系のバランスを考えず、自分たちの生活の質を重視していないと責めるのか？　それは人情がないというものだ。彼らが目にしているのは、夫婦、親子、母子が一年中別れ別れにならざるをえないとしても、以前よりは良くなった自分たちの家である。飢えを忍んで暮らす必要はもうないのだ。旧正月には村に帰り、新しい家に、親戚や友人を招くことができる。それもたしかに幸せである。その数日だけで、彼らは一年間の別離、苦難、涙を忘れることができる。彼らが別の道を歩むべきなのか、彼ら自身も知らない。生存の道筋は歴史によって定められているようだ。彼らはそれがすべてだと思っている。彼らは耐え忍び、その中から幸せの感覚を手に入れようと努めている。

それを見て私に何が言えるだろう？　一族の親戚の親しみを感じさせる善良そうな笑顔を前にして、彼らの苦難の人生と悲喜こもごもの経歴を聞きながら、この死んだ、汚い溜め池も、彼らの生活の一部なのだと、彼らに言うことなどどうしてできようか。

川岸

明け方、静まり返った村を歩いた。小道を抜けて、林に入り、どこまでも続く川岸をたどった。いろいろな鳥の鳴き声が混ざり合い、複雑で高らかな音が、とても繊細な震えと喜びを与えてくれるような気がした。川の土手の上で立ち止まると、ぼんやりした朝霧が漂っていた。温かい太陽がゆっくりと上がってきた。光り輝く陽光はない。川面に湧き立つ霧の中で、すべては温潤で、広大で、柔和だった。やがて、川の土手に羊、黒く重そうな牛の群れが三々五々と現れた。大人は土手に腰かけ、子供たちは走り回りながら、ときおり清らかな笑い声を上げた。釣り人はほとんど何も身につけず、泥人形のように動かなかった。川の流れが湾曲し、水が深くなったり浅くなったりした。平原の、不揃いの高さで密生している作物は、生気あふれ、清新だった。見渡す限り緑に見えた。晴れた空のもと、遠くを眺めると、緑の原野に薄い霧がかかっていた。すべては喜ばしい生命力、広大な自然の美が生み出す喜びに満ちていた。

林の小道で、川の砂州で、青草の敷きつめる川の土手で、始まったばかりの一日に、あるいは過ぎ去りゆく一日に、またはしだいに霊性を失う朝昼晩に、静かに耳を澄ます人はいるだろうか。人の声が活動を始めると、鳥が離れ、自然の魂も私たちから遠ざかる。日の出や黎明を快活に迎えた精霊たちも静かになり、ときおり応答するばかりになる。悲しみ、孤独、恐れ。お互いの存在を証明するためにだけ声を発しているようだ。

子供のころ、夏になると、村中の人が早々と晩ご飯を食べ終えた。大人も子供も、歩いたり、自転車に乗ったりして、続々と家を出た。黄昏時、川辺がにぎやかになった。人々は川で水浴びをし、川辺の木の下でおしゃべりをし、愛を語り、柔らかい白砂に寝転び、星空と大地を味わった。

村のうしろのどこまでも続く川の土手を歩いていくと、大きな鬱蒼たる林があった。林の中には養鹿場と小さな湖があり、湖には対《つい》の鴨がいた。雨が降ると、川の土手は鮮やかで深い緑色になった。若いころ、私の孤独で切ない初恋に、この川はつきあってくれた。私は学校に行かず、一人で川をぶらつき、林で小さな紫の花を摘んだ。雨が降ってきたが、傘もささず、裸足で土手の草地を歩いて、水溜りの青々とした草を踏みしめた。澄み切った水、柔らかい草が、いとおしかった。秋になると黄金色になるミチヤナギの上に寝転んだ。しっかりしていて、落ち着いた。私は草の上を転がり、深呼吸して、沈黙した。西の空の真っ赤な雲を眺めた。その雲が馬で、私を連れて遠くに行ってくれると想像した。

春になると卵色になるポプラ、底が見えるほど澄み切った川の水、林の奥の愛らしい子鹿、二羽のつがいの鴨、白く平坦な砂州。それらすべてに、ことばで言い表せない微妙な美が溢れていた。私の美的感覚、自然への傾倒、青空と白雲への賛美と渇望、それらはすべてこの川で作られたものだ。

ところが、ある日、すべてが突然消滅した。まるで一夜のうちに川の林が消えたようだった。私の若く混沌とした目は、それが間断なく伐採されていたことに気づかなかった。あの緑の土手が空っぽな荒野になって初めて気づいた。林の子鹿、湖、鴨、葦の茂みは、知らない間に消えていた。川の水はじわじわと減っていき、多くの場所では涸れた川底を残すのみになった。川の水は黒光りし、まるでガソリン、あるいは長年使って洗っていない雑巾のような色になっていた。川岸が広く水が深いところを遠くから見ると、黒い水の流れが、どっしりと落ち着いているようにも見えた。川全体が恐ろしい悪臭を発していた。夏の間に化学工場から出た排水が高温で蒸発したあとの鼻につくような臭いだった。あるいは悪くなった発酵物の甘く、また血腥い臭いだった。近づく人は誰でも、こうした臭いのせいで頭がクラクラし、息がつまり、吐きそうになるのを避けられなかった。川面に、白や黒やさまざまな色の泡が浮かんできた。渦が巻いているところで、ライターでそっと泡に火をつけると、

「サッ」と泡に沿って燃え広がり、一〇〇メートルあまりも続いた。それは壮観だった。その火が放つ悪臭は人を卒倒させるに充分だった。

一九八〇年代から現在まで、中国の大地で、汚染されていない河川をいくつ見つけることができるだろうか。山奥に入り川を越えて、無人の地域に行かなくては、青空を映し出せる清らかな水は見つからない。しかもひとたび人に発見されたら、その清らかな水も、「死亡」の日が近いことになる。

私の故郷の川は、汚染された無数の大河のひとつにすぎない。その名は「湍水《たんすい》」。数百キロ続き、穰県の大部分の郷と村を通り抜けている。酈道元《れきどうげん》の『水経注《すいけいちゅう》』に湍水のことが記されている。

私は数百年前の湍水を想像してみる。それはかつて私の故郷を流れた。川の両岸には、不思議な菊が生長した。それはことのほか美味だった。川の水はそのために甘くなり、土壌は肥えて、人は長寿で、健康で、君子を輩出したという。どれほどの桃源世界、桃源生活であっただろうか。

川の終焉

県政府所在地の北の堰を通りかかったとき、たくさんの人が集まっているのが見えた。現地の人が思いついた何かの娯楽だろうと思ったが、すぐに、一人の若者が溺れ死んだと聞こえてきた。日中の最も暑い時間、三人の若者が泳ぎにきて、そのうちの一人が川に飲み込まれたという。私が行ったとき、消防隊はすでに六、七時間水中を捜索していた。川岸の両側に、とぎれとぎれに泣いている人がいた。

岸辺ではペチャクチャと議論が続いている。ここ数年、ここでは毎年四、五人の溺死者が出る。多くは若者だ。去年は高校生が二人溺れた。大学受験が終わったばかりで、外地から親戚を訪ねてきたのだった。一七歳だった。数年前、この地域に大量の砂掘業者が集まった。そのため川底には深い砂の穴がたくさん残されている。今は、黄土層まで掘ってしまい、砂がなくなったので、砂掘業者はここを打ち捨てて行ってしまった。

そこにいた二人の五、六〇歳の老人とおしゃべりしたとき、尋ねてみた。砂掘業者の責任を追及すべきだとか、川の管理部門に行こうとか考えた人はいなかったのか、と。見たところ退職した公務員らしき二人の老人は、ちょっと考えてから、「たしかにそうだな、だけど業者はここにいないし、それに川の底のことは、誰もはっきりわからんよ」と言った。砂掘業者の責任を追及した人はいなかった。多くは「どうしようもない、誰のところに行ったって、責任をとってくれるかい」と言って、悲しみに泣きくれて、世の中を嘆くばかりで、責任を追及しようという考えは浮かばないのだった。見物に来る人たちの議論はいつもこうだった。「この子らは物事をわきまえておらん。ここに渦があるのをわかっていながら、飛び込んだから」。

暴雨がしだいにやみ、空が暗くなってきたとき、川辺の泣き声が突然大きくなった。女性の泣き声が、暗い空を鋭く引き裂いた。きっと水に落ちた人が見つかったのだろう。私も人の流れとともに、泥を踏みながら、川に向かって走った。見物人になった初めての体験だった。

人が引きあげられていた。一人の女性がギュッと抱きしめ、青年の鼻からとめどなく出てくる泡を取り除きながら、声を張り上げて泣いていた。青年は細身で背が高かった。目はきつく閉じ、顔や体は血の気を失い青くなっていた。顔つきから見るに、かなりハンサムな若者だった。家族の男は、まわりが止めるのもきかず、懸命に青年の胸を押して、人工呼吸をした。望みがないと気がつくと、しばらく泣いたが、また人工呼吸をした。まるで自分の悲しみを慰めるために押しているかのようだった。川の向こうにいた家族も集まってきた。また悲嘆にくれる泣き声がひとしきり聞こえた。見物人もそっと赤い目をこすった。

私は子供のころから「膀胱みたいな目」と言われ、今にいたるまで人の泣き声を聞くと涙をこらえられない人間である。ところがどうしてかわからないが、このときは涙が出なかった。どこか麻痺した感じで、また痛みを感じ、そしてことばにできない苦悩を感じた。私と村をつなぐ道が、濃霧によって閉ざされたように感じられた。

兄の家に戻り、兄の友人に堰の溺死事件について話をした。彼らはたくさんの例を話してくれた。毎年、故郷のあたりだけで、数十件の溺死事件が起きている。親は繰り返し子供たちを脅かして、川に水浴びに行かないよう言いつけるが、灼熱の夏に川があるのだから、子供たちが川に誘惑されるのは、どうしたって防げない。四人の少年がいた。みな一一、二歳くらいだった。お爺さんお婆さんが昼寝をしたすきに、こっそり川に水浴びに行った。その結果、四人のうち二人がいなくなった。残った二人は家に帰ってもほんとうのことが言えず、翌日になって親に言った。そのうちの一人の子は、死体も見つからなかった。王家では去年、大人も溺れた。子供を連れて川に水浴びに行ったのだ。大人が服を脱ぎ、川に飛び込むと、「スルッ」と消えてしまった。子供が水辺で泣き出し、まわりの人は溺死者が出たことを知った。

川に沿って、ゆっくりと歩いてみた。川の砂掘りおよび川の流れの状況を理解したかった。どうであれ、川の流れがあるところは、たとえどれほど破壊されていたとしても、美しいものだ。土手に新しく植えられたポプラの木は、一五センチくらいの太さに成長していた。新緑が一面に茂っている。これは新任の県委員会書記が展開した経済活動だ。ポプラの木が儲かるのかどうかは知らないが、自然環境が改善されたのは確かだ。真っ白な道が、くねくねと登ったり下ったりしながら、林の中を伸びている。川の流れのすぐそこに、いくつもの巨大な葦の茂みがあり、その中にときおり砂掘の跡の大きな不規則の穴がある。大部分は水がたまり、川の両岸の白い玉石や砂州に映えている。道に沿ってどこまでも続いていて、意外ながら風情が感じられる。もちろん、ここの砂と水には持ち主がいて、大小の砂掘業者によって分割されている。夏が来て、水位が上昇すると、砂の穴が無数の大きな渦を生み出したり、表面は静かなものの深部で流れを作ったりする。人が川に入ると、たいてい、深部の水の流れにぶつかるか、渦に巻き込まれるかするのである。

二・五キロほどの道のりで、おおまかに数えてみたら、二〇近い砂掘機があった。平均すると一キロに八基になる。もっと集中していた場所もあった。息子と甥が耐え切れなくなり、川に向かって走り出したところで、みなが一斉に叫んだ。私は大急ぎで駆け寄ると、彼ら二人を水辺から引き離し、遠くから見ているようにと命令した。自分の反応が早くてよかったと思ったと同時に、悲しみも感じた。静かな川が恐ろしい危険を秘めていて、いつ人の命を飲み込むかわからない。空はきれいで、鳥も飛び、清流はゆるやかに流れている。しかし水浴びや川での遊びは、不可能なことになっていた。

こうした大規模な砂掘りが川に与える影響はいったいどれほどなのだろうか。私は県の水利局の副局長を訪ねた。彼は意味深長な話をしてくれた。

砂掘りはこの地の建築業に貢献しています。現在、国家は全力をあげて建設をしているんです。民間のものであれ、公的なものであれ、建築プロジェクトでは、砂やコンクリートが必要でしょう。レンガも必要です。ところが国家は土を掘ることを禁じているので、石灰を焼いて作るレンガを使うしかありません。だから砂や砂利を掘る必要があるんです。どこから手に入れるのでしょう。川から生産するしかありません。砂掘りは川の環境に影響があります。しかしその影響は大きくありません。砂掘業者は毎年認可を更新しています。砂掘の範囲、広さ、深さ、方法など、すべてに審査があります。川の流れに影響させませんし、しかも砂掘業者も、掘りたいときに掘れるわけではありません。たとえば、水利法の規定で、毎年水位が上昇する時期には砂掘りは許されていません。水位上昇期には、砂掘船は必ず岸につかねばなりませんから、砂掘りはできません。しかし、完全には禁止し切れないんです。政府はそれに対して断固たる処置をとっていますよ。岸につかないで、ロボットアームを使っているものがあれば、船を切断しています。ひとつやって、おどかしてやればよいのです。

砂掘りは水面下の作業ですから、なかなか掌握できません。一メートル半から二メートルだけ掘ることを許可すると言っても、たいていはもっと深く掘るんです。現場の見積もりによるしかありませんから、正確になりません。また水は流れ続けて、つねに変化しています。川底だって、高いところや低いところがあります。すべての業者が作業する前に計測することは不可能ですし、そもそも計測自体ができません。

しかも、客観的に言って、川の深さを確定しづらいのは、川の砂のせいなんです。水面下において、操作の係数はとても面倒で、管理しようがありません。砂掘りですから、もちろん影響はありますが、大小の問題でしかありません。もし深く掘れば、淵ができるでしょう。川底には高いところも低いところもあります。人がそこに来て、突然淵にぶつかれば、大きな渦になって、落ちたらきっと見つからないでしょう。

逆の言い方をしましょう。砂を掘らずに、何もしなかったとしても、川の水はつねに変化しています。水の力で、水面下の状況は変わります。俗に「三〇年前は河の東、三〇年後は河の西」〔世の中は変化するものだという言い方〕と言いますよね。過剰な砂掘りだけに帰結させるのは不合理というものです。それに、大量の砂掘りをしなかったときも、川ではしょっちゅう溺れ死ぬ人がいたでしょう。

川の水質はちょっと良くなり、きれいになりました。ところが上流の製紙工場がまた開業しました。この製紙工場は隣の県の大黒柱の産業です。それが停まると、県の税収が大きく減ります。だから開業しては停め、の繰り返しなんです。典型的な地方保護主義ですね。これは仕方ありません。どの県も同じですから。汚染防止設備も入れましたが、まったく使っていません。設備の運用コストが高すぎるんですよ。上級機関が検査に来たら、何日かその設備を使い、汚染物の基準をクリアします。彼らがいなくなったら、また使わなくなります。検査団もちゃんとわかってるんですよ。見透かしていながら、それを口に出さないだけです。

じつのところ、ここ数年、環境保護は強化されていますよ。私たちの県の化学肥料工場も停まったでしょう。やはりそれも汚染物の問題のためだったんです。上級機関の環境保護への要求はどんどん強化されています。水汚染防止法の主体は環境保護局で、水利局が協力する形になっています。汚水排出口の設置には、水利局の力が必要です。汚水の量に基づいて、水源地も保護しなければなりません。現在の体制改革の、機能に基づく管理、組織の統合、統一化、一体化といった方向は、全体的に言って良いものです。とても便利になり、職能の重複や混乱が減りました。

しかし、河川の汚染は地下水の汚染を意味しているわけではありません。地表の水と地下水は必ずしも直接的につながっていませんからね。農村では地下水の汚染の問題はあまり厳しくないんですよ。ただ、私たちの県でフッ素含有量が比較的高い地区は、もともと地下水ができるプロセスでフッ素の含有量が高いところです。そのため歯の根っこが黒くなったり、骨が弱くなったりします。他に地下水にヒ素が入るところ、フッ素が多いところ、塩分過多のところもあります。県では二年前に調査をしたのですが、一五〇万人のうち五三万人がフッ素症でした。

ここ数年、県では農村の飲料水安全プロジェクトを進めています。去年は三万五〇〇〇人の農村飲料水安全問題を解決しました。井戸を地下二〇〇メートルまで深く掘ったり、村に水道設備を作って、水道管を各家庭まで引っ張ったりしました。町の水は塩素を加えますが、二〇〇メートルの水は塩素を加える必要などありません。

私は水の管理をしています。でも私も子供を岸辺から遠ざけておくしかありません。水利局の同僚の子供が、数年前、一六歳で溺死しました。今は、農村の親も、町の親も、絶対に子供を川に水浴びに行かせませんよ。昔は水浴びが毎晩の楽しみでしたがね。川が町を流れるこのあたりは、鉄道橋のあたりまで、人口が比較的密集しています。しかも水深がかなりあります。間隔をあけて、警告の看板を出しています。でも、役に立ちません。子供は言うことなど聞かず、夏になると川に入ってしまうんです。

インタビューをしているあいだ、私は自分が大げさに騒ぎすぎているような気がしてきた。どんな問題もいとも簡単に解かれている。なぜならすべての人にとって、これは問題ではないからだ。あるいは、発展の過程において必然的に存在する問題でしかなく、だから、事件が起きても大騒ぎするには及ばないのだ。一緒に食事をした水利局の幹部も、ただ自分の意見を述べただけで、実際に仕事をするときには、仕事熱心かもしれない。砂掘りと生態系の問題、私たちの生存のクオリティや生命そのものとの関係などは、彼らの思考の範囲に入っていない。それに、これは仕方ないことでもある。たしかに、砂掘業者がどれくらい深く掘るか計測することは不可能であり、業者に砂掘りを停止させることも不可能である。なぜならこれは合法的な企業活動であり、ましてこの業種は需要が大きいのだから。

川の流れは、国家の自然環境の命脈であり、民族の未来の保障である。しかし、過去十数年、私たちは川の寿命を縮めて終焉させてしまった。私たちは、涸れ果て、悪臭を放ち、奇怪な雰囲気に満ちた川の両岸で暮らし、絶望と暗澹たる気持ちとことばにできない恐怖を感じている。もし今のすべてが変わらなければ、大いなる災厄が来るだろう。いや、すでに来ているのかもしれない。

第三章　子供を救え

梁庄小学校

昔の家の入り口から、かつて通学に使った道を通って、もう一度梁庄小学校まで歩いてみた。小学校は壁で囲まれた四辺形の敷地だった。前の方は運動場で、敷地の真ん中に旗竿があった。小学校に通っていたとき、私たちは毎日朝晩ここで旗の昇降をした。後方の二階建ての赤レンガの建物が校舎だった。各階に五つの教室があった。私は子供のころ、大部分の時間をここで過ごした。朝六時、始業ベルが梁庄村の上空に響く。子供たちは大声をあげたり、友達を待ったりして、明け方の薄暗いなか学校に向かい、一日の学校生活を始める。大部分の村民も、このベルの音で時間をはかり、一日の生活のリズムを作っていたに違いないと思う。

梁庄小学校が閉鎖されてもう一〇年近くになる。敷地の空き地部分は、とっくに開墾されて、よく茂った畑になっていた。真ん中の旗竿は、セメントの台座だけが残っている。後方の建物はまだそのままだ。おそらく私たちの声が聞こえたからであろう、門番の興《シン》兄さんが正門左の小部屋から出てきて、私たちを見ると喜んだ。彼は中から鍵を開けながら、「門を開けちゃいけないんだ、家畜が入ってきて、畑を掘り返すから」とブツブツ言った。

教室の近くまで行ってみると、すでに壊れて使い物にならなくなっていることがわかった。教室のドアはほとんど腐蝕していて、ちょっと押すと、埃がハラハラと落ちてきた。破損したガラス越しに、教室の中の、あまりに悲しい「風景」が見えた。一階の教室には、ボロになった家具が積み重なっていた。ベッド、ソファー、椅子やスツール、鍋やお椀のたぐいがあちこちに捨てられていて、いつのものだかわからないノートも散らばっていた。きっと先生の宿舎だったのだろう。また戻ってくるつもりだったのかもしれない。荷物が片づけられていなかった。部屋の中には、壊れた生徒用の机と椅子も、床に転がっていた。別の部屋には、ベッドがあり、コンロまで置かれていた。最近まで人が住んでいたようだ。興兄さんが言った。「ここには粱さんの婆さんが住んでいた。嫁と喧嘩して、行くところがなくなり、ここに半年住んでいたんだ」。

手すりがなくなっている階段を上って、二階に上がった。どの部屋にもウサギや鶏などの家畜が飼われていた。きっと興兄さんが飼っているのだろう。床には食べ残しのカボチャ、汚れたたらい、干し草などがあった。二階の手すりのそばに立って、村を見てみた。学校が村でいちばん高いところにあったことに気づいた。ここに立つと、村の入り乱れた建物、夕食を作っている煙などが一望できた。かつて学校の場所を選んだとき、村をリードしようという意図があったのかもしれないと思った。この学校が経験した盛況と興隆はどんなものだったろうか。それがどのようにして歴史の外に放り出されたのだろうか。私はかつて小学校の先生だった万明兄さんに話を聞きにいくことにした。彼は学校の元老であり、梁庄小学校のすべての歴史を知っている。
梁万明《リアン・ワンミン》は、痩せた、五十数歳の人で、老人の帽子をかぶっていた。衣服はいまだに八〇年代風の、灰青色で、長いこと洗っていないかのようなものだった。空が暗くなってきた。奥さんが灯りをつけると、青白い蛍光灯の光のもと、大きな客間が冷え冷えとして、お化けでも出そうに感じられた。二歳ほどの孫が門の内外を走り回っていた。浅黒い顔で、村の冬の寒さであかぎれしているようだった。娘の服は垢抜けていた。長いあいだ外で出稼ぎをしていると、ひと目でわかった。彼女は厨房に入ったかと思うと、部屋に来て腰かけ、どこか恥ずかしげに私を見た。やはり十数年も教師をしていただけのことはある。万明兄さんはことばをじっくりと選び、話しぶりはゆっくりだったが、自分の見解があり、しばしば驚くべきことを言った。

わしらの村の学校は、あのころほんとうに苦労して発展した。一九六七年、できたばかりのときは、民家を借りて、二学年一緒のクラスでやったんだ。文教局から教員が派遣されてきた。それが梁庄に学校ができたということだった。翌年、生産隊が土レンガの二部屋の建物を建てた。そのあと、周婆さんが帰ってきて先生になり、さらに一部屋増やした。それから食事係として周婆さんの母親を雇った。そのあと、西にさらに三部屋つけた。それが一棟の建物になり、梁庄小学校の雛型が完成した。文革のときはその建物だけだった。はっきり覚えている。生産大隊であんたの父さんの批判大会を開いたとき、あの小学校の建物の前でやったんだ。首長の訓話、毎日の最高指示〔毛沢東の言葉〕、大衆大会などいつもあそこで開いたものだ。

わしは今年五五歳だ。七八年に中学校を卒業し、二年間農業大学に通ったあと、小学校の教師になった。わしが来たときは建物が三つになっていた。いちばん規模が大きくなったのは九〇年代より前だ。一年生から七年生まで、六、七人の正規教員がいて、二〇〇人の生徒がいた。八一年にあんたの兄嫁が来たよ。そのころ国家が補助を始めて、農村教育建設（校舎）資金が補助された。今の建物はその年に作ったものだ。国家から少し補助が出て、村でも少し金を集めて、村民が残りの資金と労働力を出した。わしら梁庄小学校は郷で最初に作られたものだ。あのとき教育組は記念碑をくれた。「梁庄村の幹部、大衆全体で学校を興したことを記念する」と書いてあった。はっきり覚えてる。あのとき、学校建設に向けて村中の心がひとつになったんだ。ズルをしてうまくやろうとする人は誰もいなかったし、学校に行って文化を学ぶことについて、みんなの考えははっきりしていた。春に建て始めて、どの家も工事に人を出した。まだひどく寒かったけど、みんな力いっぱい働いた。誰もが笑顔で、心から喜んでいた。あんたたちが学校に行っていたころが、梁庄村がいちばん栄えたときだ。当時、学齢に達した子供の入学率は一〇〇パーセントだったんだ。あのころのテストの結果を見ると、呉鎮の中心小学校が一番、梁庄が二番で、光道《グワンダオ》、韓平戦《ハン・ピンジャン》、韓立閣たちがいたな。先生も二〇人近くいた。誰もが有名で、郷でも名が通っていた。

梁庄は学風も盛んだった。八〇年代中期、たとえ知能に問題があっても、歩くことさえできれば、学校に通わせた。梁一族で学校に来ない子供がいたら、先生が家まで何度も呼びに行ったもんだ。あのころわしらの県は全国の状元県［全国試験で一番の成績を取ること］だった。大学統一入試で全国一位だった。ほんとうにすごかった。今はどうなってしまったんだ。

今の梁庄小学校は生徒がいなくなって一〇年になる。学校は自動的に閉鎖になった。一部の生徒は親が連れていってしまい、残った生徒では一クラスにならなかった。当時、一～三年生は残して、それより上を町に行かせるという話だった。やがて郷の教務事務室は教員を派遣しなくなり、学校もなくなった。数年前、校長は旗竿まで転売した。あれはステンレスだったから、百数十元にはなっただろう。それから、校長は学校に来ることすらなくなった。興兄さんが住んで門番をしている。

大きな道理から言えば、学校の閉鎖は、人口流動と一人っ子政策が合わさった結果だ。ただほんとうのところを言うと、村長と支部書記の一派がつぶしたんだ。上が教員を四人派遣してきた。先生が来たら、補助を出さないといけない。先生の給料は低すぎるから、村から補助を出し、そのうえ人を雇って食事を作ってやる必要がある。昔の梁庄は、どれほど貧しくても、先生への補助は減らしたことがなかった。ところが今は、その費用がないとか言って、村の支部書記が出さなくなったんだ。先生が来ても一年か半年で、みんな逃げてしまう。もし村が積極的で、郷に行って交渉したり、町に行ったり、あるいは教育局に行って先生が欲しいと言えば、それでもなんとかなっただろう。先生というものは、どこにでも教えに行くものだ。それに梁庄は郷でいちばん辺鄙な場所じゃない。そのうえ、親を説得して、子供を故郷に帰ってこさせて学校に通わせることもできる。親だってなにも子供を遠くに行かせたいわけじゃないからな。ところが村長はまったくそういったことを考える気がなかった。もちろん、何もしないでいることにうまみがあるのさ。毎年、教育統一計画費がおりてくるんだ。学校がなくなっても、教育統一計画費は来る。金が彼らの懐に入るわけだ。

今、わしらの村の学齢に達した子供を数えてごらん。一～三年生のクラスを開くのは、まったく問

題ない。やろうとする人がいないだけだ。去年、ある農民が校舎を借り受けて、豚を飼った。昼間は庭で放し飼いにして、夜になると教室に入れた。校門の壁の標語が「梁庄養豚場、教育をして人を育てる」になってただろう。悪ガキたちのいたずらだ。教育局が、品がないと言って、やめさせた。

今はみんな考えが消極的になって、自分のことしか考えない。村の若い者はみんな出稼ぎに行き、誰もこのことに首を突っ込まない。学校が栄えていたとき、わしらの村では大学生が増えた。あのころ梁庄はすごいもので、何人も大学生を出した。八〇年代、梁庄村の親は誰でも子供を大学にやりたいと思っていた。梁庄で大学に行った比率は結構高かったんだよ。

今は子供が学校に行っても、希望がない。最近一〇年来、子供たちの学問への意欲が明らかに減退してきた。国家の大学制度改革のせいだ。

大学に行くと、金がかかるだけで、分配〔以前、大学卒業生は国家が仕事の配属先を決めていた〕がなく、卒業しても行くところがない。昔は、子供が学校に行かないと、親が棒を持って村中を追い回したもんだ。今は子供が学校に行かなくても叩くことはない。数年大学に行ったら、少なくとも四、五万元かかるだろ。それならば出稼ぎに行った方がいいからな。たとえ大学に合格して、卒業しても、そのうえ一〇万元を使って就職のために奔走できる人がいるかい。

だけど、つまるところ、親の気持ちは変わっていない。子供が学校に行きたいと言えば、たとえ家を売り払っても、血を売ってでも、文化があり、知識がある方がいいと絶対に考えるよ。親の第一の希望は、やはり子供に教育を受けさせたいってことなんだ。考えられないだろうけれど、現在の退学率を調べると、八〇年代よりかなり上がっている。近代化と言えばたしかに近代化したけれど、教育レベルは下がっている。中学以降の中退率は非常に高い。学生は一〇〇パーセント学校に行きたがらないし、そもそも行けない。学校の最大の障害はネットのゲームだ。親が外で出稼ぎをしていて、みんな爺さんと婆さんに育てられてる。どうしたって面倒みられないんだ。

やれやれ、小学校のそばを通りかかると、どういう心持ちになると思う？　暗くなるんだよ。子供がいない独身者でも、見たら気分が悪くなるだろう。もう一回取り戻そうとしても戻せなくなった。机も椅子も持っていかれ、学校が学校でなくなり、親ももはや子供を送りたいと思わない。今では、村の大人は毎日町の学校まで子供の送り迎えをしている。みんなほとんど死にそうだよ。農民は職場に通勤するわけじゃないだろ。鍬で耕してる最中でも、鍬を放って迎えにいかなきゃならないんだ。梁庄には子供のいる家がだいたい数十軒ある。六時に起きてご飯を作り、七時過ぎに三輪車か自転車で学校に送り、昼にまた迎えて送り、午後にさらに迎えにいく。畑仕事もできない。金のある家は寄宿舎付きの学校にやる。でも寄宿舎付き学校って何だね？　わしは聞いたことがあるが、教育のレベルがひどく低くて、成績もごまかしているらしい。試験になると、先生が問題を黒板に書いて解説するけど、それでも生徒ができないって話だ。

留守児童〔両親が出稼ぎでいない児童〕の問題は、祖父母による教育、祖父母が溺愛しすぎることにあるんだ。生活が豊かになるにつれて、父母が生活費を置いていくだろう。そしてその小遣いのせいで小学生が悪い習慣をつけてしまうんだ。義衡《イーホン》兄さんが数日前に帰ってきただろう、あれは全部息子のためだ。彼の息子は高校に入ってから、毎日学校に行かず、ネットでゲームばかりしているか、そうじゃなければ家で映画を見ているんだ。爺さん婆さんは身を震わせて怒ったけれど、逆に爺さんと婆さんの悪口を言う始末だ。どの家にもＤＶＤが一〇〇や二〇〇ある。大人が家にいなければ、子供は一日中それらを見ることができるんだ。

退職して何年も経った非正規教員にすぎないとはいえ、ことばの端々から、彼が最も心配しているのは、小学校そのものの消失ではなく、村の文化的雰囲気の消滅であり、ある種の向上心の消滅であることが感じとれる。彼ははっきりと言ったわけではないけれど。あるいは、村のほんとうの崩壊は、あの内部の廃墟にあるわけではないのかもしれない。学校の損壊と荒廃こそが、この村がほんとうに腐蝕し、消え去りつつあることを感じさせるのかもしれない。

ひとつの学校をなくすことは容易であり、正常なことでもある。人口の減少、費用の増加、両親が望まないなどなど、現実的な理由がいくつもある。しかし、民族の精神的凝集力と文化的伝承の面から考えると、それは小学校の去就だけの問題ではない。梁庄村について言うと、小学校が損壊するとともに、退廃、喪失感、散漫さなどが、そこに生活している人々の心中にしだいに広がってきた。多くの場合、それは形がない。しかし最後には形のあるものとなって強力な破壊力を発揮する。

万明兄さんが言うように、梁庄小学校が最も栄えていたとき、村中には活力がみなぎっていた。畑仕事をしているときも、意気盛んだった。学校の始業ベルが鳴ると、村民たちはある種の敬慕、尊重の念を自然と感じた。ところが今は、みな自分の目の前の生活に追われている。金を稼ぐことが第一になり、大人が子供の勉強のことで怒り、焦ることはあるが、しかし根っからの心痛は感じない。農村の文化的雰囲気は、日に日に薄まり、かつての文化の里といった感覚はもはやない。親は子供が学校に行くことを望んではいる。しかも出稼ぎをするのは、故郷に恥ずかしくない家を建てたいと思う以外には、主として子供により良い教育を受けさせるためである。ところが、経済的観念と金銭第一主義の衝撃のもと、さらに両親がいない状況のもとで、子供はそもそも学校に行きたがらず、早く退学して、出稼ぎに出る日を待ち望んでいる。どうやって出稼ぎをするのか、どのような仕事をするのかなどは、彼らの考えるところではないようである。まして、現在の状況では、大学に行っても、将来良い道がある保証もない。

光生《グアンション》叔父さんの子供の秀清《シウチン》は、地域の大学に合格した。第三ランクグループの大学で、専攻は行政管理だった。四年間、毎年約一万元の学費と生活費がかかった。光生叔父さんと叔母さん、それに秀清の妹も含めて、一家で出稼ぎをして彼の学費を支えた。ところが、卒業したあと、仕事を見つけられなかった。何度も公務員試験を受けたが、合格しなかった。やせ細り、メガネをかけ、争いが嫌いな秀清は、都会に部屋を借りて何年も暮らし、村に帰ることを望まなかった。今年になってついに、村の他の青年と一緒に出稼ぎに出た。彼の話になると、誰もが首を振ってため息をついた。光生叔父さんは、今でも村でいちばんのボロ家に住んでいる。娘は二五歳になったのに、まだ嫁入り先がない。他にも専科大学を卒業した子供が何人かいるが、自分の専攻で仕事を見つけられたのは一人しかいなかった。他の人は、みな会社で単純労働をしていた。彼らは何者だろうか。農民？　それとも農民工？　どうもぴったりしないようだ。都市の会社員？　ホワイトカラー？　まったく違う。そうしたグレーゾーンに彼らはいる。農村に帰ることを望んではいないが、都市も彼らをほんとうには受け入れない。彼らには充分な収入のある仕事がないからである。彼らは自分が何者であるか考えることなく、都市のボーダーでもがくしかない。

梁庄の中学生の学齢の生徒で、ごく少数だが、父母について外の学校に行く者もいる。父母が金を出し、学校で生活をする。先生がやっている学習塾に住み込んでいる者もいる。県政府所在地や町にはそうした学習塾がたくさんある。父母は毎学期一〇〇〇元あまり払う。子供たちは、学校の授業に出る以外に、先生の家もしくは先生が借りた部屋で生活する。先生は、学生の日常生活の面倒をみると同時に、勉強もみる。しかし、こうした塾の成果はかんばしくない。私の甥がこうした学習塾に住み込んだことがある。教科書をもとに質問をしてみたら、答えはすべて「知らない」だった。勉強のできる子は誰かと聞くと、老人たちは一様にため息をついた。女の子はまだいいけど、男の子はみなネットで遊び、ゲームをして、学校をサボっている。成績を持って帰って親に見せたこともない。たいていは中学二年か三年くらいまでで、夏休みに父母のところに遊びに行ったまま、帰ってこない。

三十数人の小学生が、町の小学校に通っている。寄宿舎もなく、食堂もない。たった二時間のお昼休みのあいだに、家の人が村に連れ帰って食事をさせないといけない。もし朝の六時過ぎ、昼の一二時あるいは午後四時、五時に梁庄のあたりを通りかかったら、老婦人や老人が三輪車に乗って、大急ぎで、しかし慎重な様子で町の小学校に向かっている奇妙な光景に出くわすだろう。彼らは子供を迎えにいっているのだ。

それ以上に憂慮すべきことは、「学問無用論」が人々に受け入れられていることである。私が子供のころは、貧しくて学校に行けないのであって、子供が学校に行くことを望まない親はいなかった。しかし今は、親も学校に行くことに希望を見出せない。ひとしきり思い悩んだあと、たいていは子供に放任の態度をとる。こうした情況のもと、教師も教学への意欲を失う。中学校の先生をしている義姉がいる。かつては教え方がうまくて町で名を知られていた。親たちはなんとかして子供を彼女のクラスに入れようとしたものだった。ところが今では、彼女は一日中マージャンに没頭している。ほんとうに勉強したい子供はほとんどいない、無断欠席や授業のサボりが日常茶飯事になっていると、彼女は語った。先生も教える気がない。多くの親も学校を託児所の代わりくらいに思っている。子供が学校にいて、社会に出て面倒を起こさなければいいと思っている。少し大きくなったら、すぐに出稼ぎに行くのだ。こうした現象の原因は、農民の功利意識、子供の無知、教師の素養の低下などだけではない。社会全体に失望感と学問嫌いの情緒が充満しているため、おのずとそこに生活しているすべての人に影響を及ぼしている。

私は、梁庄小学校に石碑があったことを知らなかった。まして学校創立当初の盛況ぶりは、初めて知った。もう一度小学校に行き、興兄さんに石碑がどこにあるのか探してもらった。興兄さんはすぐに、知っていると言った。豚のエサ場の下にあった長方形の石、それが石碑だった。私たちは豚のエサを取り払い、ハケで長いこと洗った。ようやく文字が現れてきた。縦に一列文字が並んでいた。「梁庄村の幹部、大衆全体で学校を興したことを記念する」とあった。下に署名があり、「教務事務室、梁庄村のすべての村民、一九八一年秋」とあった。かつて村中の人が一緒になって建物を作っていた光景を想像してみた。彼らは何を話していたのか。どのような気持ちで、いかに誇りを感じ、未来への希望と子供への期待を胸にレンガを積んでいたのだろうか。今、そのような集団的な力、一致団結した心は、はたしてまだ存在するだろうか。

梁庄の黄昏は、とても静かである。ふり返って薄明かりの中の小学校を見たとき、赤い文字で書かれた標語が目に入った。私はぼんやりと、どこか上の空になった。いつから「小学校」が「養豚場」に堕して、教育が「豚を飼う」になったのだろう。もしひとつの小学校の消滅が必然なのだとしたら、どうすれば、この散漫になった村の精神を再び凝集させることができるだろう。どうすれば、かつて人々の心をかき立てた教育や文化への崇高な感覚と知識への信頼を取りもどすことができるだろう。

王家の少年

二〇〇六年一月二三日、県の公安局の人が町の高校に来て、授業を受けていた王家の少年を連れ去った。彼は、村の八二歳の劉婆さんを殺害し、強姦したのだった。劉婆さんの殺害から二年近くが過ぎていた。公安局が村に泊まり込んで調査を始めてからも九か月が過ぎていた。この九か月間、村の空気は緊張し、怯えていた。何人か重点的な捜査の対象になった者、たとえば中年の独身者である銭の「口裂け」や梁光義《リアン・グアンイー》は、何度も取り調べを受けて、恐怖のあまり精神が錯乱し、気がおかしくなっていた。王家の少年は、毎朝家を出て通学し、夜には帰宅して眠っていて、まったく異常な挙動は見られなかった。当時授業を受け持っていた先生によると、逮捕されたときも、王家の少年は非常に平静で、声をあげたり抵抗したりせず、机の上の文具や本をきれいに片づけたという。まるでこの日を待っていたかのように。

梁庄の人たちはみな、このニュースを聞いて震撼した。自分の耳が信じられなかった。まさかこの子が！　色白で、物静かで、見たところおとなしそうで、村の他の子供たちのように学校をサボってネットでゲームをすることもなかった。学校の成績はずっと良かった。誰もが王一族からついに大学生が生まれると思っていた。

王一族が、初めて村の注目の対象になった。ところが、この事件は判決まで複雑ないきさつをたどり、他の人も巻きこまれた。そして梁庄にさらに大きな波紋を呼ぶことになった。

二〇〇四年四月二日、梁建昆《リアン・ジエンクン》の奥さんは、いつもと同じく六時過ぎに起きてご飯を作った。二人の孫と一緒に食べると、残ったご飯をかまどで温めながら、三輪車で孫を町の小学校まで送り、町に嫁いだ娘の家で一休みした。その後、村に帰り、食事のために母親を起こしに行った。建昆の奥さんはよその県から嫁いできた人だった。彼女の母親の劉婆さんにとって、身寄りは建昆の奥さん一人だった。劉婆さんは年をとり、社会保障を受けるようになったあと、娘に引き取られて、この村に住んだ。お婆さんは気が強く、娘の家に住むことを望まなかった。孫の嫁に嫌われたくないとか、娘が中に挟まれて苦労するのがかわいそうだとか言って、建昆の奥さんが野菜畑で作業をするために建てた道路端の小屋に、一人で住んでいた。

建昆の奥さんは、ご飯を鍋に入れたままだったからベトベトになってしまったのではないかと、大急ぎで三輪車をこいだ。道の角まで来ると、「母さん、ご飯よ」と叫んだ。返事がなかったので、お婆さんが一人で先に家に行ったのかと思い、家まで行ったが、鍵がかかっていた。建昆の奥さんはまた小屋に戻った。やはり鍵がかかっていた。ただ、何かおかしいと思った。家の中で鶏が鳴いていた。もし人が出かけたのなら、鶏は外に出されているはずだ。建昆の奥さんは慌てて人を呼んでドアをこじ開けた。ドアが開いた瞬間、中の光景を見て、みな呆然とした。お婆さんはドアの方に向かって、ベッドに斜めに横たわっていた。足が地面にたれ、下半身は裸だった。床も、ベッドも、お婆さんの体も、いたるところ血まみれだった。頭の横にレンガがあった。さらに見ると、頭に大きな穴が空いていた。鶏が近くでエサを探していた。

公安局が調査に来て、強姦殺人事件だと断定した。お婆さんの体から精液を採取し、部屋の中で血のついた鋤、骨のカケラなどを見つけた。梁庄は大騒ぎになった。すべての人が義憤を覚え、誰もが残忍非道な強姦犯を捕まえたいと願った。

まもなく公安局は、これは偶発的な事件で、通りすがりの犯行に違いないと宣告した。しかし、夜の村で、しかも公道に面したところを通りすがった人など、いったいどうやって見つけるのだ。事件は迷宮入りし、うやむやのまま棚上げされた。建昆の奥さんは町の派出所に訴え、県の公安局に訴えた。公安局も捜査しないとは言わなかったが、いかんせん証拠が不足し、解決困難だった。二〇〇五年、省の公安庁が「殺人事件は必ず解決せよ」と指示を出した。建昆の奥さんはまた訴えた。すぐに県の公安局が数名の捜査員を村に派遣した。彼らは村長の家に泊まり込み、調査の重点を村に集中させた。

梁庄の男たちは恐慌状態に陥った。はじめ、捜査の重点は村の年をとった独身者に向けられた。彼らは若いころ、公道に立って、やってくる女性をからかったり、ハラスメントをしたり、生殖器を露出させたり、不逞な行為をしばしば行った。彼らが一通り呼び出された。その後すぐ、銭家の「口裂け」と梁光義の精神がおかしくなった。一人は尻を出して村や町を走り回り、もう一人は家に閉じこもって、人を見たら恐怖で体を震わせた。

やがて、捜査の範囲が拡大された。一六歳以上のあらゆる男性が調べられた。すべての人の血液検査、DNA検査をして、劉婆さんの体から採取した精液とマッチするかどうか調べた。王一族のある老人のDNAを調べたあと、公安局は注意を王一族に集中させた。村の人を調べた最初の段階で王一族を疑った者はほとんどいなかった。なぜならば彼らは村であまりにも小さな存在だったからである。

そして王家の少年が捕まった。すぐに、彼の自白が村に伝わってきた。あの夜、王家の少年は、学校で夜の自習を終えて帰宅すると、テレビとDVDをつけ、兄の引き出しからポルノ映画を取りだして見た。兄は家で結婚生活を送ったとき、たくさんのDVDを買った。その中にポルノがあることを、彼は知っていた。見終えたらすぐに寝た。夜中の一時に起きて小便をしたあと、劉婆さんの小屋に行き、まずレンガと鋤で殺害し、その後強姦した。

私が村に帰ったとき、事件はさらに進展していた。王家の少年はまだ留置所に勾留されていた。裁判の一審では王家の少年に死刑判決が出た。王家の兄と父母は上訴した。王家の少年は、犯罪行為をしたとき一八歳になっていなかったので、死刑は不当だと言うのである。銭一族、周一族の人と張一族の助産婦を探してきて、証人にした。事件は再度審議された。村でまた証拠が調査され、少年は執行猶予付き死刑になった。今度は建昆の奥さんが、王家の兄が金でコネをつけ、証人も偽証させたと主張して、さらに上訴した。

王家の少年本人は、ほとんど忘れられたようであった。しかし私の心中では、王家の少年は大きな謎だった。どうして一人の少年がこんな残忍なことをしたのか、私は知りたかった。こんなに物静かで、超然としているのに、本性は残忍だというのだろうか。

そう思って、私は王家に行き、王一族の本家の奥さんに話を聞いた。王一族と梁一族の間には公道があった。それは私たちが畑に行くとき必ず通る道だった。ところが、彼らとの付き合いはほとんどなかった。子供のころ遊ぶときも、王一族の子供と一緒になることはほとんどなかった。子供がどうやって区別していたのかわからない。無意識のうちにそのような区別を受け入れていた。

王家の奥さんは、私が少年のことを聞きにきたと知ると、警戒した。王家の奥さんが話すのを嫌がっていることは明らかだった。私たちは腰かけて世間話をした。王一族の状況を聞いて、もともと二十数戸いた王一族が、二十数年の変遷を経て、今では十数戸を残すのみになったことが、しだいにわかってきた。ある者は引っ越し、ある者は子孫が絶えたという。王家の少年の事件が起きたあと、王一族の少しでも大人に近い年齢の男性は、みな出稼ぎに出た。たとえレンガ運びの仕事をしてでも、村に残って人に侮られるのは望まなかった。

長い時間世間話をしたあと、王家の奥さんはようやく話し始めた。この子は、小さいころから問題児だった。話を滅多にしない、無口な子だった。子供のころから、王家の少年はほとんど一人で生活していた。一九九三年、少年が四、五歳のとき、父母は新疆の農地に出稼ぎに行き、兄弟はお婆さんと暮らすことになった。一九九五年、お婆さんが世を去った。彼ら兄弟は叔母さんの家に託された。兄は中学校を中退したあと、家を出ていった。ヤクザになったという話だった。何回か村に帰ってきたのも、いつも逮捕を逃れるためだった。その後、外でネットカフェを始めた。商売はまずまずとのことだった。

王家の少年は内向的な性格で、同年代の子供と遊ばなかった。勉強は良くできて、呉鎮第一中学に合格した。中学に入ったあと、彼は一人で暮らし始めた。食事は学校の食堂ですませ、夜に帰宅して兄の家で寝た。兄は二〇〇〇年に村に帰って結婚した。自分の力で家具や家電がすべて揃った新居を建てた。逮捕されたとき、彼は高校三年生で、学校では優秀な学生のクラスにいた。物静かで、落ち着いていて、非行を働いたことはなかった。

王家からの帰り道、なぜだかわからないが、私は心が痛んだ。王家の奥さんの話からも、高校の先生の話からも、王家の少年が罪を犯す兆しはまったく見えなかった。それどころか、彼はどちらかというと内向的で、温厚で、向上心のある子供だった。正直に言って、初めてこの事件を聞いたとき、私は本能的に王家の子供に同情した。若くて、青春まっさかりなのに、いったいどのような抑圧と衝動のもとでこんなことをしたのだろうか。でも他方で、残忍な手段で老人を殺害したのは、たしかに彼であった。私は村の中を歩き回った。新しい建物、巨大な廃墟、汚染された溜め池、水の中の鴨、水面に浮かぶゴミが集まって奇怪な光景となっていた。ことばにならない気分の悪さを感じた。

建昆の奥さんに会いに行ったとき、空は暗くなりかけていた。彼女は小学校に向かっていたが、私たちを見かけるとすぐ戻ってきて、自分の家に迎え入れた。「年が明けたら北京のあんたのところに行くって言ってたんだよ。北京まで訴えてやる。訴えが通らないわけがない」。

建昆の奥さんは、浅黒かった。息子三人と娘一人を産んでいた。子供のころから、私は彼女になんとも言えない親しみを感じていた。彼女も私に会うたび、愛おしげに私を見て、ため息をついたものだった。もし彼女の娘が生きていたら、私と同じくらいだった。若いころ、彼女は私の母親と仲が良かった。私の母親が私を産んで一か月後、彼女も娘を産んだ。五歳のとき、お腹をこわして死んだ。

建昆の奥さんは長男の万中《ワンジョン》の家に住んで、二人の孫を学校まで送り迎えしていた。万中の一家は深圳《シェンジェン》で出稼ぎをしていた。万中の新しい家は麦脱穀場にあり、じつに立派だった。がっしりした鉄の門のある二階建ての建物だった。ところが中に入ると違っていた。壁に塗られた漆喰が剝落し、大きな傷痕のようになっていた。部屋はガランとしていた。長椅子があり、ボロのクロスがいくつか置かれていた。埃まみれの扇風機もあった。まるで一度も使ったことがないようだった。左手の部屋に大きなベッドと布団がいくつかあった。建昆の奥さんが普段寝室にしている部屋だった。右手に階段があり、二階に通じていた。部屋に腰かけると、なんとも言えない寂しさと冷たさを感じた。建昆の奥さんがお茶を淹れ、シワになったみかんを出して、熱心に私たちに勧めてくれた。そのあと、彼女も腰を下ろし、語り始めた。

このことのカタがつかないと、あたしは死んでも死に切れないよ。検察長に言ったんだ。あんたが妙な判決を出したら、この建物から飛び降りてやるって。あたしはもう六五歳だ。これ以上生きてどうするんだ、もう充分だよ。あたしがここで死んだら、あんたたち検察院も平穏じゃいられないだろうってね。

お婆さんがどんなに悲惨な死に方をしたか、あんたも知っているだろう。見た人はみんな泣いて、こんなひどいことをしたヤツは誰だって罵ったよ。この事件は一年以上経っても、ずっと犯人が見つからなかった。そのあと、あのＤＮＡとやらでやっと見つかったんだ。

町から人が来て、王家の子供だって知らされた。それを聞いてゾッとしたよ。あんな小僧っ子が、いつも口をきかないのに、どうしてあんなひどいことをするんだ。ひどいことだろう？ ほんと残酷で、凶悪だよ。梁庄はあの何か月ものあいだ、みんな落ち着かなくて、村民もみんな怖くてオロオロしてたっていうのに、あの小僧ときたら何事もなかったかのように、毎日学校に行ってたんだからね。

捜査が始まったら、あいつの母親が村で偽の証拠をあれこれ探し出しやがった。当時の助産婦を探してきて、自分の一族の人も引っぱり出して、みんなで小僧がそのとき一八歳になっていなかったと証明したんだ。それに周国勝《ジョウ・グオション》にも偽証させたんだよ。法廷を出たあと、あたしは国勝を壁の隅に追いつめて、罵倒してやったよ。「周国勝よ、良心に背きやがって。お前の家は孫も嫁も交通事故で死んだってのに、お前はまだ良心に背こうってのか。お前もロクな死に方はしないだろうね。こんな良心に背く偽証をしやがって、ヤツの家から何をもらったんだ」って。あとで聞いたところでは、王家の母親は、あいつにタバコ二カートンとズボンを贈ったそうだ。そのあと道で国勝の奥さんにも会った。あたしは呼び止めて、また罵倒してやったよ。「お前らは偽証なんかするから、車で外出したら、子供が事故にあって死ぬんだよ！」あたしは罵倒しながら一時間以上説教してやった。村の人もみんな陰であいつらの悪口を言っているよ。数年前、孫と嫁が事故死したのも当然だってね。心が正しくないと、こうなるんだよ。

王双天《ワン・シュアンティエン》の奥さんとも喧嘩した。あいつらも偽証をしたんだ。王一族の家系図に基づいて計算すれば、あの小僧があたしの母を殺したとき、満一八歳になっていたことなんかすぐにわかるのに。あたしはこう言ってやった。「お前らの娘は北京でわけもわからず死んで、死体も見つからなかっただろ。それなのにお前は偽証なんかしてる。お前は王一族の人間なのに、小僧の家系図も知らず、何歳かも知らないのか。お前ら大真面目な顔で嘘なんかつきやがって、雷に当たるぞ！」ってね。

二〇〇七年一一月二七日に判決が出たけど、一二月になっても判決書が届かなかった。あたしは地区の検察院に行った。検察長に電話をしたけど、出てくれなかった。携帯にかけたけど、やっぱり出てくれなかった。私は検察院の入口で一一時まで待ったよ。あいつがやっと電話に出た。部屋に入ると、あいつはちょっと怒っているようだった。判決書に公印を押し、そのあとあたしが拇印をした。あたしは字が読めないからね、あいつに読んでもらったよ。

市の中級裁判所の裁判官が私人として私に電話をしてきて、こう言った。「この子はまだほんの子供です。私の母は仏教を信じていて、私もその影響を受けて、許せるときは許すことにしています。どうしても死なせなきゃいけないなんて、かわいそうじゃないですか」。あたしは言ってやったよ。「あんたは情に厚いね。だけど、そんなことじゃこの仕事につくべきじゃない。あの子は子供だから生きるべきで、うちの母は八〇だから死ぬべきだとでも言うのかい」。

この連中がみんな王家の金をもらっていることは知ってるんだ。事件の前、王家の長男は外でネットカフェをやって、大儲けした。王家の長男も故郷にいたころ泥棒をやって、懲役一〇か月になったんだ。出所するとすぐ出稼ぎに行った。他所の土地でも、派出所にしょっちゅう出入りしてたんだ。一家みんな根っこが腐っているのさ。

裁判は五回開かれた。王家の小僧はあたしを見ると跪いたよ。こっちに同情させようっていうわけさ。目もくれてやんなかったけどね。

道理の通る場所がないなんて思わない。正義は負けないいんだよ。もし上訴してもちゃんとした判決が出なければ、あたしは裁判所から飛び降りてやるよ。

飛び降りの話のとき、建昆の奥さんは非常に冷静だった。ずっと震えていた声もしっかりしてきたほどだった。彼女は部屋から判決書をとってきた。私は見てみた。王家の少年の供述が目に入った。

今年春のある夜、私は学校で自習を終えて帰宅して寝ました。寝る前にポルノビデオを見ました。何時まで寝たのか覚えていませんが、私は起きると、劉婆さんの寝ている家に行きました。東からドアを開けて中に入り、手探りで鋤をつかみました。お婆さんの寝息を聞いて、鋤で何度も叩きました。

お婆さんが死んでいないといけないと思い、外に行って鳥小屋のあたりで石を拾い、戻ってお婆さんの頭の位置に四、五回打ち下ろしました。それからお婆さんが着ている服を全部脱がし、手でお婆さんの首を絞めました。私はズボンを膝まで下ろし、お婆さんに覆いかぶさって、生殖器をお婆さんの女性器に挿入して、一、二分やり、射精しました。ドアを閉めたとき、ドアのうしろの鍵を手探りでみつけ、鍵をかけました。

なんと冷酷で、残忍なのだろう。これが裁判所の書いた調書なのか、少年本人の供述書なのかは知らない。しかしこの冷酷な描写は、王家の少年が殺人をしたときの恐れ、弱さ、動揺など、感情の要素を削ぎ落としている。本質において、これは人間性のカケラもない殺人事件である。私はことばを失った。私自身も迷ってきた。何のためにこの事件を調べているのだろう。

村に滞在した数日間、王家の少年の劉婆さん殺害事件を語るたびに、村人はみな恐ろしく興奮した。王家の人が金を使ってコネを作り年齢を偽ったことにも、異様に怒っていた。私の大おばにこのことを聞いたとき、大おばは「ペッ」とツバを吐いて言った。「もしあたしが彼の母親だったら、すぐに公安局に行って銃殺させる。やったことがひどすぎる。残忍すぎるよ!」非常にいきり立っていて、私の父、支部書記の話し方とまったく一緒だった。これは私の予想を超えていた。この一八歳の少年に同情する人もいるだろうと思っていた。手段は残忍だが、つまるところ成人したばかりだし、惜しいではないか。私は弱々しい声で、彼もかわいそうだ、一人で家にいて、誰も面倒をみてくれなかったと言ってみた。ところが、話し始めたらすぐ、大おばと父にさえぎられた。「同じような子供はたくさんいるけど、事件を起こしたのを見たことはない。こんなに悪くなった人間を銃殺しなければ、この社会はどうなるんだ」。それを聞いて私はようやく理解した。この少年に対する見方は、基本的に道徳的な態度なのだ。道徳を破り、悪辣な手段を使った以上、許すことはできないのである。

道徳感は、村に深く埋め込まれている。彼らの王家の少年に対する態度が示しているのは、村における原始的で素朴な道徳に対する尊重なのである。この事件は、彼らの善良な本性に合致せず、村の基本的なあり方にも合致しない。それゆえ私が、中国は死刑が多すぎて、しかも恣意的すぎる、国外では死刑のないところもあり、死刑を廃止した国もあると言おうとすると、彼らは驚く。彼らの観念では、残忍な行為は、死刑にしなければ懲罰にならない。

父母の欠如、愛情の欠如、寂しい生活が王家の少年に与えた潜在的な影響について語る人はいなかった。そのようなことを理由として語っても、農村においては、幼稚な言い分で、根拠にならないとされる。農村でこうした状況にある少年がいったいどれほどいることか。彼らの精神の健康を、いったい誰が保証するのか。

話をしているとき、建昆の奥さんは、しばしば話題を道徳に移した。「命で命を贖う」は、もとより法である。しかし思考の深いレベルにおいて、この事件に対する判断は、やはり道徳からの裁きであった。たとえば偽証をした人たちの話題になったとき、建昆の奥さんは、ごく自然にこの人たちの別の境遇について語り、それが道徳を破ったことの帰結であり、因果応報だと証そうとした。また、彼らが間違っていると判断する理由にもした。それを聞いたとき、私はある種の緊張感を感じた。まるで最も古いもの、原始的な正義が、いまだ農村の大地に残存しているようだった。それは日常生活と、いわゆる法律や時事の背後に隠れて、いつまでも存続している。人々はこれに依拠して基本的な判断を行っている。良いことには良い報いがあり、悪事には悪い報いがある。報いがないことはなく、いつかは必ず報いがある。

私は自分を疑わずにはいられなかった。ひょっとしたら、王家の少年が殺害したのが、まもなく棺桶に入ろうとする八二歳の老人で、若い命につりあわないので、本能的に同情しているのかもしれない。もし彼が殺害したのが一〇代の少女だったら、私の気持ちは違っていたかもしれない。根本において、私も生命を軽視しているかもしれない。

いくつものツテをたどって、ついに王家の少年に会う機会を得た。私は緊張した。聞きたいことがたくさんあった。鉄柵の扉が開き、一人の少年が中から出てきた。手錠をかけ、着ているものは少なく、痩せていた。彼はこちらをチラッと見た。眼差しから何の感情も読み取れなかった。彼は向かいの椅子に座ると、また私をチラッと見たが、すぐに視線を落とした。この眼差しは何だろう。恥ずかしさ？　寂しさ？　絶望？　明確なことばにならない。ただはっきりしていることは、私の前に立っているこの少年——あるいはすでに青年の年齢かもしれないが、顔は少年で、髭もない——が、まだ子供だということだ。純真で、善良で、内向的で、さらにはちょっとした教養もある子供だ。

私はにわかに口を開けなくなった。涙で目がぼんやりしてきた。村に帰ってから長いあいだ、たくさんの悲痛な話を聞いてきたが、これまで泣くことはなかった。ところが、殺人犯を前にして、私は突然抑えがきかなくなった。彼を見ながら、すべての原因は原因でない、すべての原因でない要素が組み合わさって最終的な悲劇になった、と思った。彼が鋤やレンガをふるって人を殺した光景を想像することはできなかった。その残忍さは、目の前の少年とまったく符合しなかった。私に何を聞けるというのだろう。どんな質問にも意味はない。あの毎日の寂しい夜、少年の心にどんな陰影が宿されたのか、誰にわかるというのだろう。毎日の愛のない日が集まってどんな叫びになったのか、誰が知っているというのだろう。少年の最初の性の衝動に誰が関心を持ったというのだろう。私はどんな気持ちで彼に向き合ったらいいのだろう。私にはわからなかった。私は迷った。同情？ 憤怒？ 心痛？ 彼のような犯罪者を前にしたとき、どのことばも単純にすぎる。

二〇〇九年四月、最終判決がくだされた。王家の少年は故意の殺人の罪で死刑、政治権利の終身剥奪に処された。

芝《ジー》叔母さん

父が村で会計をしている叔父と数日前に約束をして、今日は彼の家に行くことになった。私は叔父に興味があった。前に食事をしたとき、彼はとらえどころのない人物だと思った。話が肝心なところにさしかかると、特に村の経済の現状の話になると、かならずタイミングよく話題をそらし、決して自分の意見を言わなかった。父が無理やり聞いても、曖昧にぼかした。

叔父さんの家に行ったら、清道《チンダオ》兄さんがすでに来ていた。他に一人、知らない人がいたが、叔父さんも紹介してくれなかった。前菜がすでにテーブルに並んでいた。部屋のあちらにはマージャン卓も準備されていた。どうも話はできそうにない。はたして、父が部屋に入ると、清道兄さんが、「叔父さん、遅いじゃないか。ほんの数歩の距離なのに、何度も迎えにいかなくちゃいけないなんて。早く、早く、速戦即決でいこう」と叫んだ。町から車で料理が運ばれてきた（もちろんツケである）。叔父さんが私に対して、普段は食堂で食べたりはしない、ほんのたまにこうするだけだ、と釈明した。父と清道兄さんは納得していない様子だった。清道兄さんは酒を飲まなかった。昨日飲みすぎて、底なしに飲んじまったと言っていた。父と叔父さんはそろって、飲みすぎのときこそまた飲むんだ、迎え酒だ、と言った。なんだかんだと勧められて飲み、清道兄さんは顔が真っ赤になった。「村村通」*のことを聞いてみた。父の話では、「村村通」の主たる道路（川に行く唯一の大きな道路）は、川の砂掘業者に、一七万元で売られたという。新しい支部書記によってほとんど食いつぶされた。具体的な状況は、会計がいちばんよく知っているはずである。ところが叔父さんは言を左右にするばかりで、事情を話さなかった。「どれもこんな具合で、話すことなんてないさ。金を使うところが多すぎる。やることが多くて自分でも忘れちまった」などと言うばかりで、つまるところ、はっきりしたことを言わなかった。

食事が終わったら、マージャンになった。私は庭に行って、叔父さんの奥さんである芝叔母さんとおしゃべりをした。彼女の孫は、私の息子とほぼ同じ年格好だった。二人はすぐに仲良しになり、門の砂置き場で遊んでいた。叔父さんの家は、前の支部書記の家よりかなり豪華だった。新築されて二年足らずだった。

叔父さんの家は都会風にしつらえられていた。三つの部屋は、町から内装専門の人を呼んで設計してもらった。「内装」という語は、数年前の農村にはそもそも存在しなかった。使われるようになったのはここ二年ほどである。シャンデリア、折りたたみ式収納、テレビ用キャビネット、書棚がすべて一色でまとめられており、なかなか欧風になっていた。しかし、よく見ると、使っている材料は安物で、仕事ぶりも粗雑だった。それ以上に目立つのは、モダンなデザインなのに、そこに置かれているのは依然として丸椅子やボロの竹椅子、一九インチの古いテレビ、およびこの土地に生まれ育ちいまだ七、八〇年代の服を着ている農民であることだった。すべてが様にならないと感じさせた。部屋の過剰に精緻なデザインとあいまって、滑稽でミスマッチな雰囲気を醸し出していた。

階段の下に手洗いがあった。旧式の水洗トイレだったが、耐えられないほど汚かった。白いタイルと便器が黒く変色していた。角にゴミ入れがあったが、紙があふれ出て、床に落ちていた。洗面所にも黒い汚れがこびりついていた。鏡の棚にタオルが掛かっていて、小さいセッケンが置いてあったが、タオルは色がわからなくなっていた。手洗いも、外形は都市のスタイルだったが、使い方は依然として農村式だった。北方の農村が、トイレという生活の重要な設備を重視していないのは確かだ。

芝叔母さんは、この家を建てるのに十数万元かかったらしいと言った。彼ら夫妻には関係がなく、息子が外で油ポンプ修理をやって稼いだ金だという。部屋のデザインとスタイルについて聞くと、芝叔母さんは軽蔑したように軽く笑った。「みんな息子と嫁の好みさ。あたしにはどこがいいのかわからないね。無駄な金を使って、ちっとも実用的じゃない。二階の三部屋は全部通じてるんだけどね、

＊（原注）「村村通」は政府が出資して村に作ったアスファルト道路である。資金は県が一部を負担し、村人が一部を集め、省が一部を補助した。九〇パーセントの村に道路を通すと言われた。北方の農村にとっては大きな事業だった。北方の村の中の道は、たいていが土の道だった。狭くて、曲がりくねり、雨が降るとぬかるみばかりになり、人も車も家畜も通れなかった。

将来、息子と嫁が帰って、何か商売でもできないかって考えてるらしい。一生外にいるわけにもいかないからね」。最後のセリフは村でよく聞くことばだった。

芝叔母さんは、農村ではあまり見かけない光沢のある顔で色白の女性だった。福の相だった。叔父さんと同じく、話しぶりは慎重だった。玄関によりかかり、孫を見ながらときどきしかりつつ、私とおしゃべりをした。何回かことばを交わして、警戒がかなり緩んだようで、私とのおしゃべりを楽しみだした。孫をいつから見ているのか、息子はどこで出稼ぎをしているのかと聞くと、思いがけず長い話が始まった。

孫がいつから家にいるかって？　息子が新疆で油ポンプ修理をやってるんだけど、人手が必要になって、一〇か月にもならないときに、嫁を呼んだんだ。それから今日まで、あたしと爺さんが世話してるよ。息子たちが一年のうち帰ってくるのは旧正月の十数日だけだ。ある年の夏、あたしら、あっちに呼ばれてね。まったく、なんてところだい。暑いのに太陽を避けるところもないんだ。住むところも狭くて、一部屋しかないしさ。まったく暮らせるところじゃなかったよ。孫も耐え切れなくて、一か月も住まないで帰ってきた。今年また孫娘が生まれてね、嫁はうまいこと考えやがって、上の子を連れていって、下の子を残してあたしに育てさせようとしたのさ。絶対イヤだと言ってやったよ。上の子をやっと四歳まで育てて、かわいくなってきたのに、それを連れていくなんてダメだよ。それに、あたしはもう年だ。ここ数年、腰が痛くて伸ばすこともできやしない。町に行って按摩してもらわないといけないんだ。一〇か月の子供なんてとても育てられない。旧正月のあと帰るとき、嫁は怒って行っちまった。あたしは相手にしなかったけどね。そのあと、孫が母親を恋しがるもんだから、新疆に送ってやるって言ってやったんだ。そうしたら、どうしても行こうとしない。焦って、「お婆ちゃん、今度そんなこと言ったら、ボク溜め池に飛び込むよ」って言い出したんだ。息子は電話でそれを聞いて傷ついたみたいでね、すぐに孫を寄こしてくれって言ってきた。でもあたしは行きたくない。行ってどうするんだ。住む場所もないし、死ぬほど暑くてさ、しかも一家の面倒をみなければいけないんだろ。到底耐えられないね。爺さんは、お前が甘やかすからだって言うんだ。どこに行くのも孫を連れてるって。あたしも甘やかしちゃいけないってわかってはいるんだよ。でもやめられないんだ。孫ももう父親や母親のことを言わなくなった。息子が電話をしてきて、大声で怒鳴っても、出ようとしない。わかっているさ。孫だって傷ついてるんだよ。でもどうすればいいんだい。農村なんてどこもこうじゃないか。

この村ではほとんどどの家でもこうだよ。どこも留守児童と留守老人さ。五、六〇歳、六、七〇歳の人はたいてい孫を育てている。爺さんと婆さんが孫を連れ歩いて、生活の面倒は言うまでもない。家によっちゃ、息子と嫁が金を送ってこないところもあってね、自分で畑仕事をしなくちゃならないんだ。家の中には、五、六人の孫の面倒をみて、内孫も外孫もまとめて、生活が成り立たない人もいる。子供が三人いれば、孫が六人残されるんだ、競い合ってるみたいに残していく。孫を残していかないと損をするって寸法さね。ある家では、七、八畝の畑なんてやることないよ、俺が金をやるよ、孫が五人も六人もいて大変だろう、俺たちは外にいて、金を稼ぐのは簡単だからさ、二畝の畑なんてやるなよ、と息子が言ってくれたらしい。でも金をくれる段になると、みんな少しでも少なくしようとするんだ。両親が家にいないのは、爺さん婆さんの負担になるだけじゃない。子供の勉強への影響もほんとうにたいへんなものなんだ。

こんなこともあった。爺さんと婆さんが、四人の孫の面倒をみてたんだけど、暑い日に川に水浴びに行って、四人の子供が一人残らず溺れちまったんだ。爺さんと婆さんは最後には毒を飲んで死んだ。この社会、気風とやらは、どうなっちまったんだい。

今では子供たちもすれちまって、どうしようもなくずる賢くなったよ。科子《コーズー》の子供はいつもゲームやネットをしてるし、土日は町でアニメやドラマを借りてきて、家でご飯も食べずに一日中見てるありさまさ。お婆さんが叱っても、聞きゃしない。親に言いつけると、親が電話で子供を叱りはする。ところがこいつときたらほんとうにワルでね。何日かして親がまた電話をしたら、お婆さんが自分の面倒をみないで、「闘地主」に行って、ご飯も作ってくれないし、お金もくれないって訴えたんだよ。子供が逆にお婆さんのことを訴えたわけだ。お婆さんは怒って、村中で叫びまわった。もう二度とこんなガキの面倒なんかみるもんかって。面倒をみないんじゃなくて、みられないんだよ。六、七〇歳の爺さんと婆さんが両親の代わりをして、先生や校長の役割もやるなんて、できるかい? 村で小学校、中学校に行った子供で、ちゃんと勉強した子なんて何人もいやしないよ。学校でちゃんと勉強しないし、家に帰っても面倒をみる者もいないんだからね。休みになったら親が出稼ぎをしているところに行って、何も勉強せずに、テレビばかり見てる。そして親は甘やかすばかりさ。

今は、出稼ぎで金は儲かるようになったけど、子供の教育が問題になってるだろ。農村の教育レベルはほんとうに低い。若いモンはみんな外に出ていって、自分の子供の面倒なんかみやしない。爺さんと婆さんも生活の面倒だけで手一杯で、教育までできない。数学の問題なんてお手上げだよ。どんなに社会が良くなっても問題はあるだろ。これこそが問題なのさ。

芝叔母さんが、五歳の孫が「溜め池に飛び込む」と言ったと話したとき、私は仰天した。五歳の子供が、自殺によって、心の傷を見せることを拒むなんて、いったいどれほどの苦痛が隠されているのだろう。こんな矛盾と、亀裂と、欠損のもとで成長した子供が、どうやって健康で、楽しく、幸せになれるだろう?

芝叔母さんが言った「留守児童」ということばを聞いて、「留守」という語が農村で流行し、よく使われ、普通の老人も使うことばになっていることを知った。それが意味しているのは、彼らがこの歴史的存在と歴史的境遇を黙認したことだ。芝叔母さんは一貫して冷静で、どこか嘲笑するような感じもあった。私は、つらくないかと聞いてみた。彼女は、「つらいよ、どうしてつらくないことがあるもんか。でもどうしたらいいんだい、みんなこうだろ」と言った。私は繰り返し、親子の別離、家族の離散、心の傷が子供に与える苦痛と悲劇について説得してみた(ちょっと卑劣なやり方すら使った)。しかし芝叔母さんの答えはいつも同じだった。「でもどうしたらいいんだい、みんなこうだろ」。芝叔母さんが苦痛を理解していないのは明らかだった。こうした状況はどこにでもあり、あまりに当たり前であり、きわめて自然な、日常の状態である。どうして悲劇なんて感じるのか。悲劇とか苦痛とかいうものは、私たち「観察者」や「インタビュアー」の感覚でしかない。こうした日常と化した別離を前にして、彼らがどうすべきだと言うのだろう。毎日泣いて、苦しむのか。そうしたら、どうやって生活すればいいのだ。

しかし、芝叔母さんが孫に注ぐ視線を見ると、あの哀れみと慈しみの眼差しを見ると、芝叔母さんが何も感じていないわけではないことが、はっきりとわかった。彼女はただ痛みや傷を深く埋蔵しているだけである。孫を抱きしめて一日中泣き暮らすことはしないし、電話口で泣く息子を過剰に慰めることもしない。農村の生活では、強さによって弱さに対抗しなければならないのだから。

大おば

公道沿いに家を建てるというのは、ほとんどどこの村にも見られる特徴である。そうやって商売のチャンスをつかみたいと思っているのだが、さしあたっては何もない。現実的に考えて、商売をしている家は数軒しかない。ある村人が玄関口で涼をとっていた。父を見かけて、うれしそうに挨拶してきた。ところが私を見ると、見なれない人に対する警戒の様子を示した。じつのところ、これも農村の矜持である。彼らから見れば、私はもう別世界の人間なのだ。

地面にしゃがんでいたのは、光武《グアンウー》叔父さんの息子だった。私より十数歳年上だった。顔は変わっていないが、体つきはだいぶ萎縮して、表情もどこか乏しくなり、典型的な農民になっていた。家の入口でトランプをやっていて、父を見かけて立ちあがって挨拶したのは、義衡兄さんと本家の兄さん、お嫁さんたちだった。みなあまり変わっていないが、太ったようだ。歳月がじわじわと彼らの魂に痕跡を残したようで、表情に時間が刻み込まれていた。庭から出てきかけて、私たちを見るとすぐに引き返したのは、周家の嫁さんだ。色白でふっくらしている。夫が何年か牢獄に入り、出てきて数年で病死した。別の人と再婚するだろうとみな思ったが、結局ずっと寡婦を守った。父の話では、昨年娘婿を迎えたそうだが、依然として道端の住宅地に住んでいる。何年も寡婦を守った人なので、村人も何も言わない。

大おばさん〔原文は「五奶奶」、祖母の世代の五番目のおばさん〕は、快活に笑い、ふっくらしていて、思いやりがあり、地母〔土地の神さま〕のようである。私は何年も彼女に会っていなかった。数年前、彼女は川辺の草葺きの家に住んでいた。私は彼女に会いにいったことがある。しかし川には孤独な草葺きの家がたくさんあり、孤独な老人がたくさんいたが、大おばさんの姿は見当たらなかった。父の話では、大おばさんはすでに村に戻ってきて、息子の光亮《グアンリアン》の家に住んでいるとのことだった。光亮の息子が川で溺れ死んだのだった。当時、光亮夫婦は出稼ぎに行っていて、大おばさんが家で子供を見ていた。

光亮叔父さんの新しい家は道路に面していた。門をくぐる前から、大おばさんの笑い声が聞こえた。私を見ると、大おばさんは驚き、感嘆の声を上げた。爺さん、これが清《チン》(私の子供のころの名前)かい？　どうしてこんなになっちゃったんだい？　私も大おばさんを見て、驚いた。きっと老けた様子で、悲しみにくれているだろうと思っていたが、なんととても元気で、記憶の中の大おばさんとまったく変わらず、快活な様子だった。ただ背がかなり低くなっただけだった。

家の敷地は四角形で、前方に部屋が三つある平屋があった。真ん中の部屋のところが出入口になっていて、中庭とうしろの建物に通じていた。中庭は石灰とコンクリート敷きだった。左側は厨房で、右側には豚小屋と鶏小屋が作られていた。うしろの母屋は古い建物を使っていた。大おばさんが言うには、うしろも新しく建てるつもりだったけれど、光亮叔父さんのお金がなくなったとのことだった。前の平屋を建てるだけで七、八万元を使い、三、四万元借金した。大おばさんは厨房からお椀をふたつ持ってきてお茶を淹れてくれた。お茶の葉を入れるかと聞くので、私はいらないと答え、父はいると言った。大おばさんは小さい箱を取り出し、粉末を少しばかり出した。これは二〇年前の習慣だ。あのころ、村の人は店に茶葉を買いにいくと、粉末ばかり選んで買ったものだ。安かったからだ。

大おばさんは六七歳。すっかり白髪になった髪を丁寧にすいて、頭になでつけていた。顔の皮膚は青黒かったが、光沢があった。白い髪とあいまって、かえって若々しく見えた。声は大きく、よく笑った。笑い話が好きで、ユーモアがあり、特に自分を笑うのがうまかった。農村によくいる、やり手で、事情に明るい老人だった。私たちが話をしているとき、七、八歳になる孫娘がそばに来た。一刻も休むことなく、何かしゃべり続けていた。みなの注意を惹こうと頑張っているようで、うるさかった。大おばさんは何度も制止したが、効果がないので、そのままにしておいた。

あんたのいちばん上の叔父さんは北京で出稼ぎをして、黒娃《ヘイワー》も叔父さんと同じ現場で働いてるよ。けど、嫁さんはそこでヒマにしてる。黒娃ってのは叔父さんの長男でね、長女は広州で出稼ぎしてる。良いと言うべきか、ダメと言うべきかね、ともかくどうにかこうにか暮らしてるよ。嫁さんは高血圧で、働けないんだ。まだ四〇歳そこそこなのに、仕事をせずに、いい目を見てるってわけさ。一日中家にいりゃ、血圧も高くなるってもんだよね。仕事をすれば低くなるんじゃないかい。

家を新築したのはいいさ。門を出て左側の二階建てが叔父さんの建てた家だけどね、一年に一回も帰ってきやしないよ。オリンピック期間で仕事がないから、帰ってきたいって言ってるけどね。帰ってどうするんだい。三人の往復運賃だけで一〇〇〇元以上するんだよ。どれだけ働かなきゃいけないことか。

光亭叔父さんは出稼ぎに行かなかった。川の東のレンガ窯で雇われて働いてるよ。なんとか収入はある。あの子の嫁さんも働いてなくて、村でトランプばかりやってるよ。働きもしないでさ、いい目を見てるんだ。あそこの子供は二〇歳になった。数日前、青島から帰ってきたよ。

光亮叔父さんは、青島で韓国人がやっているアクセサリー工場で働いてる。おもな仕事は金メッキとか銀メッキだけど、どっちもニセモノだよ。あそこでメッキをして、韓国に持って帰って売ってるらしい。中国で売るのもあって、価格は倍に跳ね上がるんだ。全部ペテンさ。管理が厳しくてね、家に帰っても、休みをとっても、給料が天引きされるんだって。叔父さんは、去年故郷に帰って家を新築するんで二か月休んだら、一年分のボーナスが全部なくなったって。危険がないかって？　危険なんて、聞いたことないね。みんな働いてるけど、事故が起きたのは見たことない。粉塵や金属の毒があるって言うけど、誰が証明するんだい？　小柱《シアオジュー》は死んだけど、何が原因かなんて、説明はなかったよ。叔父さんも小柱の紹介で行ったんだ。八年間、ずっとあの工場でやっている。行ったばかりのときは、給料も少なかったけど、日数が経って、勤務年限が延びてきて、今じゃ一か月に一〇〇〇～二〇〇〇元くらいになってる。

光亮叔父さんの子供、溺れ死んだあの子が、死んで二年になっても、麗《リー》叔母さんに子供ができなかったんで、よその家でこの娘を育てた（大おばさんはそばにいる女の子を指さした）。面倒なことだよ。そうやって最近になって、三年前、双子が生まれたんだ。嬉しいには嬉しいけどね、どうやって育てるんだい。二人は仕事に行ってるから、子供の面倒なんてみられないだろ。双子のうち、男の子の方は自分で育ててる。麗叔母さんは今では仕事を辞めて、ひたすらその子の面倒をみてるんだ。女の子の方は麗叔母さんの実家に預けて育ててるけど、きっとすぐに辞めるんじゃないかね。自分のところにも孫ができたからさ。ここにいる女の子、戸籍をこの子の伯父さんのところにつけて、双子にも戸籍をつけるとなって、出産許可証を手に入れるのにまた二〇〇〇元かかったんだ。

この娘は青島で欲しいって言うんだ（娘が横で「冗談じゃないよ」と悪態をついた）。まったく罪作りなことだよ。少しずつ育てたんだよ、全部このあたしがね。そりゃ面倒だったよ。おむつの世話は言うまでもなく、学校に上がったらもっと面倒になった。村の小学校はとっくになくなってるから、町まで通学するのに、毎日送り迎えだろ。桂平《グイピン》さんの家が町にあるから、昼ご飯はそこで食べてたんだ。ところが今では彼女も出稼ぎに出たもんだから、老人二人だけが残されてね。その老夫婦は一日二食で暮らしててさ、とても昼ご飯なんて食べさせてもらえないだろう。九月に授業が始まってから、昼もあたしが送り迎えすることになったんだ。道は車が行き来して危険だし、昔みたいに、子供がお昼時に自分で家に帰ってくることもできない。朝、昼、夜と送り迎えして、六回だ。一回行くのに二里だよ。もう面倒でたまらないね。送り迎えが終わったらご飯を作り、ご飯を作り終わったら送り迎え、そのあと休む間もなく、また行かなくちゃいけないんだ。

今じゃどうやら学校に行くのに学費はいらないらしいけど、実際にはやることが多すぎるよ。学費はいらないって言うけど、学校がいろいろ名目を作るもんだから、出費はほとんど減りゃしない。

普段、お金はかからないって言うけれど、浮世の付き合いは言うまでもなく、いろいろあるだろ。春に病気になって、二〇〇元使った。身体は普段はなんともないけど、病気になったら病気だ。この足も、いつもしびれて、冷え性だよ。六七歳になったんだもの、ダメだよ。（娘が走り回っていた。大おばはうるさくなって、ちょっと叱った）。

大おじさんが死んで、この一〇月で八年になるね。死んだとき六〇歳だった。酒の飲みすぎで胃を悪くしたんだ。胃カメラで見たら、胃がボロボロだった。何を言ってもダメで、飲まないといられなかった。あのころ、野菜畑をやってただろ。野菜を売りにいっては飲み、全部売れたらまた飲み、ツケで買われてもやっぱり飲んだ。どうしてあんなに早く死んだのかって。野菜が売れて、昼も食べずに茶館に行ってさ、葉っぱをお椀の半分まで入れた濃いお茶を飲んでたんだ。茶館を出たら、歩きながら道々酒を飲んでた。途中の商店でまた飲んだ。あの密造酒は、ほんとにどこから手に入れたんだかねえ。まったくもって胃を壊すやつだったってわけさ。そうじゃなきゃ、どうしてあんなに早く死ぬんだい、見つかって二、三か月で、ダメになったよ。

ちょうどそのころ、光亮叔父さんの子供も死んだ。死んだとき一一歳だった。生きていれば、今ごろ二〇歳だ。ああ、ほんとうに手がかかったよ。いたずらっ子でね、言うことなんか聞きゃしない。死んだあと、麗叔母さんは帰ってきても、あたしを責めなかったよ。みんなが説得してくれたらしい。麗叔母さんもあの子には手を焼くってことはわかってて、家ではベルトで叩いてたよ。殴られると泣いて、やめるとまたすぐ笑ってた。あの日は、学校が終わって、みんな帰ってきたのに、あの子だけ帰らなかったんだ。どこに行ったのかって。張さんの家のあたりを溜め池沿いに歩いて、ドジョウやカエルを探しながら、遊んでたのさ。

夕ご飯の前、あの子は清立たちと一緒に川に行った。あたしは家でご飯を作ってた。ほどなく、小さい子がやってきて、「兄さんが川に落ちていなくなった」と言ったんだ。叔母さんも慌てて走ってきて、「子供たちの近くで砂を掘っている人がいて、みんなそれを見てるらしいの。叔父さんや梁一族の人はみんなあっちへ行ったわ」と教えてくれた。あたしはレンガ工場に沿って、泣きながら向かった。どうやって麗叔母さんに説明したらいいんだよ。近道を行ったんだけど、坂や穴だらけでね、野草の中をかき分けて行った。トゲが刺さったけど、ちっとも痛くなかった。体中の力が抜けて、フニャフニャになった感じで、何回転んだかわからないほど転んだ。川までたどり着いたら、たくさんの人が水の中を探してた。光秀《グアンシウ》が足で探り当てて、力いっぱい引き上げた。子供の腹には水はなく、顔に泥がついてた。渦の衝撃で死んだんだ。川から引き上げられたときのあの子の顔、今でも覚えてるよ。血の気がなくて、黒ずんでた。目は閉じたままで、でも安らかで、まるで水の中で苦しまなかったみたいだったよ。きっとすぐに死んだんだろうね。あたしはペタッと砂に座り込んじまった。どうしても立ち上がれなかった。子供が、あっという間に消えちまったんだもの。子供を抱きながら泣いたよ。どうしたらいいんだろう。神様、あたしの命を子供にあげてください。あたしみたいな死に損ないが生きてても、しかたありません。

それから、あたしは川の草葺きの家に住むことにしたんだ。ものすごく疲れて、つらかった。何か空洞ができたみたいで、息が続かなかった。朝から晩まで考えてたよ。もしあたしがもっと早くご飯を作ってれば、あの子が学校から帰ったらすぐ食べられて、川に行くことなんてなかっただろうに。自分を恨んだよ。畑で余計に働いたばっかりに、子供のご飯を遅らせた。あの子は私にちょっと怒ってたんだろうね。あの子は生きてたときは手がかかって、朝から晩まで何度叩いたか、何度叱ったかわからない。全然言うことを聞かない子だったから。だけどほんとうにいなくなっちまったら、恋しくてたまらないよ。あのとき、麗叔母さんが帰ってきてあたしを責めるのを恐れてたんじゃないんだよ。だって言い訳の余地なんかないだろう。孫を預かって、育ててたら、死なせちまったんだからね。光亮叔父さんも、いつもは子供をこっぴどく叩いてたけどね、実はものすごくかわいがってたんだよ。

砂掘りのせいだって言えば、その通りさ。細かい砂を掘るから、川底を深く掘って、あちこち渦になってるんだ。ここ数年、たくさん死んでるよ。そうは言えるけど、誰に訴えるんだい。言っても誰も相手にしてくれないだろ。砂を掘ってできた渦が子供を死なせたなんて、どうやって証明するんだい。光亮叔父さんは娘を連れ帰ってあたしに育てさせようとしてるけど、あたしはもうダメだよ。子供の面倒はみられない。まだ二歳だよ。この娘の面倒をみるだけで、身体中痛くなっているんだから。まるっきりダメだ。

家のことはどれひとつ簡単なことなんてない。数日前黒娃が突然帰ってきてさ、病気だって言うんだ。外で働いて、病気になると帰って来る。北京では、誰が病院になんか行けるんだい。夜になるとずっと汗をかいて、やたらと小便をする。県の漢方医療院の診断ときたら、ひどいもんだよ。淋病だから、手術をしないといけないって。あの子ったら、それを聞いて怖がってさ。私も、あの子が出稼ぎ先で何をしてるのかなんて知らないよ。あとで、あんたの兄さんの診療所に行ったら、なんてことはなく、少しばかり点滴を打ったら良くなった。やっぱり親戚が頼りになるね。

大おばさんの家は人の出入りが激しく、おしゃべりはしばしば中断させられた。孫の死に話が及んだとき、大おばさんの表情はどこか落ち着きがなくなり、声も沈んできた。彼女は話をやめた。当時の情景を思い出しているようだった。私は、大おばさんが狂ったように川に走った様子を想像した。足に力が入らず、全身から汗が吹き出て、手にも足にもトゲを刺しながら、しかしいくら走ってもたどり着かず、永遠にたどり着かないように感じる。彼女がどれほど怖かったか、どれほど怯えていたか、誰がわかるだろう。彼女は何年も孫を育てた。自分の子供よりも丁寧に育てた。あの口達者な嫁は、どうやって彼女を責めるだろうか。彼女の最愛の息子は、どれほど悲しむだろうか。あれから何年も経ったけれど、傷あとはまだふさがっていなかった。この点についてだけは、大おばさんも自分を笑ってすますことができなかった。ちょうどそのとき、隣の奥さんがやってきた。麗叔母さんから電話が来て、光亮の娘をこっちに送ってくるという。彼女の家でもうすぐ孫が生まれるので、嫁が嫌がるのを避けるためだとのことだった。大おばさんはそれを聞いて、ため息をついて言った。「やっぱり逃げ切れないね。育てないって言っても、息子がやっていけないのを見ながら、面倒をみないわけにはいかないだろう。どのみちあたしは身体がまだ動くんだから」。

レンガ工場沿いの道を、川に向かってゆっくり歩いてみた。大おばさんがあのとき川に向かって走った道だ。この道を、彼女は永遠に歩き通せない。あの食事を、彼女は永遠に完成させられない。なぜなら、彼女の孫、あの一一歳のいたずら大王は、もう二度といたずらをできないのだから。私はふ

と、子供のとき、学校から帰る道々、歩きながら
歌った童謡を思い出した。

小さな椅子がまがってる
私は畑で大麦を刈る
風が吹き
すずしくなる
雨が降り
走って帰る
お婆さん、戸を開けて
かわいい孫が帰りました

第四章　故郷を離れる若者たち

毅志《イージー》

毅志は私の兄だ。体つきはやや太め、肌は黒く、首に小さな仏像のペンダントをかけている。ペンダントは、兄嫁と口論になって、愛情を取り戻すために、わざわざ山寺まで行ってもらってきたものだという。兄は高卒で、かつては文学青年だった。高校時代は気のおけない仲間が十何人もおり、みなロマンチストで純情な文学愛好家だった。彼らにはそれぞれ複雑で美しいラブストーリーがある。夏休みになると、仲間の家にしょっちゅう遊びに行ったり、徒党を組んで互いの彼女を訪ねたりしたという。兄にはずっと日記を書く習慣があり、ラブレターを書くという趣味もあった。遠方に出稼ぎに行っていたとき、兄嫁と数十通も手紙をやりとりした。兄嫁は小学校五年生までの学歴しかないが、兄はようやく思いの丈をぶつける相手を見つけたというわけだ。私が実家に着いたその日、兄嫁はちょうど山ほどの反故紙を片づけているところだった。「それは何なの?」と尋ねると、兄嫁は、「兄さんが買ってきたのよ。毛筆の練習をするんだって。一〇〇元も出してたくさんクズ新聞を買ってきたけど、結局は買ってから半年のあいだに一字も書かなかったわ」と言った。兄嫁はさらに大きな袋をふたつ片づけており、それをリサイクルごみとして売りに出すつもりのようだった。それについても、兄嫁はまた笑い出してこう言った。「あんたの兄さんはね、二階で書斎なんぞを作ってるのよ、笑われるからあんたには言うなって言われてるけどね」。私たちが二階へ上がってみると、はたして立派な書斎だった。わざわざ注文して造らせた書棚、文机、椅子。

兄は書斎の隅から大きな包みを引っ張り出してきた。これまでの日記と手紙だという。兄は話しながら日記を繰り、笑ってこう言った。「あのころはロマンチストだったよなあ。今見ても兄ちゃんの文は風格があって、なかなかだろう」。私は兄に恋愛遍歴と出稼ぎの歴史を語ってもらった。

鵑子《ジュエンズ》のことだろ、少なくとも小学校五年生のときには、俺はもう気になっていたよ。すごくきれいな子だなって思ってた。真面目な話、俺は小学生のころ、しょっちゅう全郷で一番だったし、中学のときも良かった。高校のときの勉強はすっげえ悪かったんだけど、それってのも全部、どうやって鵑子とイチャついてやろうか、一日中考えてたからなんだ。五年生のとき、鵑子の家では『解放軍文芸』を定期購読してた。親父さんが高校教師だったからな。鵑子の家へ行ったとき、彼女は留守だったけど、そこで『解放軍文芸』を読んだんだ。はっきり覚えてるよ、少しばかり寒かった。読んでいるうちに時間が経って、はっきり見えなくなってきた。鵑子がゆっくりと近づいて来て、一言「毅志」って呼んだんだ。顔を上げて見た途端、まるで仙女みたいだと思って、「鵑子」と返事をしたよ。あのころは何て言うかさ、まあきれいな気持ちでいたよな。高二のときにはマジで片思いだった。あるとき、鵑子を見ようとして二階からゴロゴロ転げ落ちてよ、情けなくて自分の顔を引っぱたいたよ。そのあと、鵲子の弟と仲良くなったのも不純な目的からで、お姉さんに近づくためだったんだな。高二の終わりのころ、長いラブレターを書いたよ。二十何ページかぐらいあったんじゃないかな、こっそり鵲子に渡した。結果は、鵲子ときたらその手紙に評語を二文字「遅い」だとさ！　俺は完全に傷ついて、翌日頭を剃りに行った。新たにスタートしなきゃというわけさ。けどその結果は、やっぱり勉強に身が入らなかった。その後、鵲子一家は親父さんについて都市戸籍に変わったよ。俺たち二人は無理なんだってわかって、だからもう彼女のことは考えなくなったんだ〔中国には農村戸籍と都市戸籍があり、農村戸籍の男性と都市戸籍の女性の結婚はほとんどない〕。

翌年、家のことがあって、もっと勉強に身が入らなくなり、学校を辞めようと考えるようになった。秋、うちで収穫したトウモロコシを売ったら、一〇〇元あまりになった。俺は町を出ようとしたけど、いちばん上の姉さんが許してくれなかったから、こっそり逃げ出して、バスで西安経由で新疆の伯父さんを訪ねたんだ。ずっと遠くに行ってやろうと思ってさ、そこでなんとか生計立ててやろうって。でも行ってすぐ後悔したよ。そこの厳寒の気候に耐えられなかったんだ。二〇日ほど泊まったけど、伯父さんも親切じゃなくて、俺たちのあいだには会話もなかった。それで、姉さんに二〇〇元送ってもらって、また戻ってきたんだ。あのころ、いちばん上の姉さんは憤死しそうだったよ、立派な人間になるためにもっと努力しなきゃダメじゃないってね。

一九八九年一〇月一五日に戻ってきたんだけど、心の中ではまた学校へ行きたいと思ってた。担任の先生に話してみたところ、先生が言うにはさ、それ以上もう言うな、君の勉強はまったくなっちゃない、やっぱり就職しろって。くそったれ、俺様のこの性格もマジひねくれてるからな、就職するならしてやるまでさ！　それで、就職したんだ。まずは町で従兄《にい》さんの建築工事チームで働いた。一日五元で、日中十何時間も働いて、いちばん上の姉さんのところでメシを作った。夜になってからも、映画を見に行ったり、日記を書いたりするのが好きだったよ。建築工事チームは四、五か月やった。下働きだよ、レンガを捨てる仕事だ。出勤初日、下にバケツを捨てたら、工事職人の頭に当たって血が噴き出た。あのころはメシの量がすごくてさ、一元で蒸しマントウ〔中華パン〕六つだったんだが、一回の食事で全部食っちまって、全然貯金なんかできなかった。そのころ、子供のころに仲の良かったクラスメイトの女の子がすでに大学に合格していて、俺にラブレターをくれたんだ。俺は返事しなかった。釣り合わないって思ったからさ。俺はもう農民になっている、人様の迷惑になっちゃいけないってね。それに、俺はその子にまったく恋愛感情を持ってなかったから。

三番目の姉さんは俺に「技術を学ばなきゃダメよ」と言ってた。そのころ、うちの方では農閑期に甘粛や陝西あたりへ行って、ソファーや椅子を作るのが流行ってた。そんでソファーの革やスプリングを背負って、三番目の姉さんの旦那にくっついて延安の宜川《イーチュワン》県に行ったんだ。初めて行ったのは閣《ゴー》楼《ロウ》郷だったかな。あそこの人たちは一日二食で、肉体労働の人だけが三食だった。俺たちは三回メシを食いに行ったよ。まず旅館に宿をとって、それから仕事探しだ。仕事が見つかったら、その雇い主の家で食住はまかなってもらった。あのころも日記を書いてたんだけど、それはそのあとどっかにやっちまった。始めたばかりのときには東閣楼《ドンゴーロウ》の家で働いた。そこはそのあたりでもやり手だった。雇い主のお母さんがいい人で、すごく良くしてくれたよ。その仕事を始めたら近隣一帯に広まって、親戚やら隣近所やらがみんな仕事を回してくれた。あのころはかなり楽しかったよ。俺もまだロマンチストってやつだったからね。そこには山があって、と言っても特に大きな山ってわけじゃないけど、思いっきり速く駆け上ったもんだ。仕事が終わっても、することがなかったら、頂上まで駆けていって景色を見て気持ちを吐き出したりした。仕事を始めて一か月あまりしたとき、三番目の姉さんの旦那にこう言われた。「毅志よお、お前、ここに来て一か月あまりになるが、丸太のひとつもまともに鋸で切れないなんて、やっぱり高校の卒業生様だな。お前、他に何ができるんだ?」そのことばに俺は傷ついたよ。仕事はできないわ、そのあともプロレスごっこで指を傷めるわ、腕は折るわで、旅館で二〇日ばかり無駄住まいの無駄メシ食いをやらかしてた。手に膿ができて、髭剃り用のかみそりでもって、麻酔なしで二人がかりで押さえつけてもらって、無理やりに切り取ったんだ。そりゃもう痛かったのなんのって。貼り薬の交換のときにもすごく痛かったよ。医者の女の子ってのが、またきれいだった。姉さんの旦那が笑ってたよ。「お前、薬の交換に行って、あのお嬢さんに話しかけろよ。うまく話せば、連れて帰れるかもしれんぞ」。

戻ってくるのに、どうやったかって? その土地の派出所が、俺たちが副業をしてるってんで、そこらじゅうで追い回しやがったんだ。さっき言った家で暮らしてたんだけど、夜中に起きて逃げ出した。すっかり寒くなってたから、山の斜面で焚火をして暖をとったよ。それで帰りたいと思ったんだ。仕事もだいたい終わっていたしな。あの村の旅館には勘定もしなかったよ。村にはメシ代も借りがあって、併せて二〇〇元あまりかな、全然支払ってない。今それを考えると、あんまり気分良くねえな。

それから春子《チュンズ》な、これはお前も知ってるよな。姉さんのところで家を建てるのを手伝ってたんだけど、そのころ春子は無邪気で天真爛漫でさ、読書好きで負けず嫌いでさ、これまた美人だった。俺たちは馬が合った。

そのあと、北京に出稼ぎに行ったよ。なぜかって？　家族からは結婚を急かされたけど、俺たちはどっちも結婚したくなかったんだよ、すごく貧乏だったからな。俺は春子にこう言った。俺がまず行って、うまくいったら迎えにくるってな。一九九一年に俺がまず北京に行き、朝陽区《ジャオヤン》和平里《ホーピンリー》大通りの桜花園《インホワユエン》温泉の苗木畑で働いた。しばらくしてグループリーダーになって、全盛期は九人の部下を率いてた。最初の一か月は二六〇元、その後三二〇元に昇給した。自分でメシを作ったよ、ガス代はかからなかった。俺は春子も北京に来させて、海淀《ハイディエン》区で働かせた。俺の所から春子の所まで片道だけで二時間以上もかかった。最初はうまくいってたんだけど、しばらくして春子の仕事場に男がいて、二人ができちまったんだ。これがまたアツアツでさ。俺はこう言った。春子、俺はなんとしてもお前を連れて帰るぞ。そのころ、俺にはまだ一種の幻想があったんだな。家族が説得してくれれば、まだ大丈夫だろうって。あの日、俺は春子を彼女の実家に連れて帰った。ちょっと酒を飲んだら、耐えられなくなって暴れちまった。春子のおっかさんに叱られたよ。「結婚しないうちからあんたったらこんなひどいありさまで、結婚したらどうなるの？」

一九九四年の正月の二日、俺は北京から列車で戻ってきた。三日に家に着いた。そのころ、まだ気分はむしゃくしゃしてた。金も稼げてなかったしな。その数年間、実家には二〇〇〇元しか送ってなかった。戻ってきてから、また見合いを始めた。親戚連中がたくさん紹介してくれたんだ。どれもいちばん上の姉さんが連れていってくれて相手と会ったんだけどさ、道すがら、ずっと説教されたよ。

けど、見合いは全部ダメだった。正月の一二日の朝、俺は親戚回りをしてたんだ。ちょうど着いたとき、親父が追っかけてきた。東娃《ドンワー》のかみさんのとこの娘が美人だぞ、お前戻って会いにいけって。

東娃の家に行ってみてみたら、その娘《こ》がほんとにきれいだった。たくさんの女の子とお見合いしたけどよ、この娘はマジでいいと思ったよ。俺は茶を淹れて、お茶はやりますかと冗談ぽく聞いた。お前の嫂《ねえ》さんは、お茶はまだよくわかりませんと答えた。何度かそうした駆け引きをやって、いいなあと思ったんだ。俺と嫂さんは一九九四年の正月一二日に会ったんだが、まあ一目惚れってやつだな。俺のロマンスは嫂さんが登場して一丁上がりってわけさ。

一九九四年三月にまたもや北京へ行った。北京にいたって暇だろ、俺たちのところでは北京でダフ屋をやるヤツが多くてな、俺も組んで切符のダフ屋をやったよ。普通、ダフ屋ってのは、たいてい列に無理な割り込みをするもんなんだ。ぐいぐい突っ込んで、引っぱたかれるわ、罵られるわ、でも勢いでもって突入していって、人様の前に入り込むんだな。でもって、切符を買ったらそれを必要としているヤツに三〇元とか五〇元増しで売るのさ。一回、成都市公安局のヤツの前に割り込んだことがあるけど、別に平気だったよ。だって、成都市公安局がそこで法を執行できるってのか？　人を殴ったこともある。春子と別れたあと、やけっぱちになってて、憂さ晴らしをしたかったんだよ。その後ダフ屋業がどうなったかっていうと、もし切符を買いたいヤツが十数人いたとする。切符を買ってあげる約束をして、そいつがカネをくれたら、カネだけ巻き上げてトンズラよ。北京駅は毎日すごい人混みで長蛇の列だから、あちらさんがこっちをずっと見てるなんて到底無理だ。何列か押し合いへし合いしたところで、カネを持ってドロンだ。だがな、俺は絶対そんなことはやんなかったぜ。人様と約束したら、真面目に列についたよ。そしたら、私服警官に捕まったんだ。私服は俺の身分証が穣県なのを一目見るなりこう言いやがった。「お前もロクなもんじゃないな」。そんで俺をブタ箱にぶち込みやがった。そのころ、俺たちの県の若いヤツらが北京駅で切符を売ってるって有名でさ、悪名が轟いてたんだ。まず駅前の派出所に連れてかれて、中に入るなり、指枷〔両手の親指に嵌め、両手の自由を奪う刑具の一種〕をされて階段にひっかけられているヤツが目に入った。足の先がどうにかこうにか床に届くかってぐらいの状態で、そのつらそうなことったらなかったよ。あの当時、駅前派出所では人をひどくぶん殴ってた。俺はこの目でしかと見たのさ。そこに跪かされて、私服はまた別のヤツを捕まえにいった。便所に行きたがってたのもいるけど、警察はゴム棒を手にして、ボンボンと一人ずつ殴ったんだ。俺が入ったときもそうでさ、まずゴム棒を俺の体に向かって何度も振るいやがった。俺は、自分はほんとうにダフ屋なんてやってない、穣県出身だってだけで引っ張ってこられたんだって訴えた。それで、ひどくは殴られなかったけど、小屋に閉じ込められたよ。一〇平米ばかりの小屋に四、五〇人が詰め込まれて、座る場所もねえ。みんな立って押し合いへし合いだよ。俺をからかうヤツがいたから「くそったれめ、死にてえか」って罵ってやったぜ。午後には昌平《チャンピン》収容所に送られたよ。収容所に入るなり、長らくそこにいる盲流《マンリウ》〔農村から働き口を求めて大都市に移動してきた人〕のヤツに殴られた。

昌平には二日二晩閉じ込められて、三日目に名前を呼ばれて安陽《アンヤン》に送還された。武装警察はすることがなくて暇なもんだから、そうやって人を捕まえては楽しんでるんだ。お前、ちょっと来い、なんて言いながら、頬に二回びんたを食らわせるんだ。俺はこっそり、畜生、まったく理不尽にもほどがあるぜと罵った。それを聞かれて、武警が誰だって聞いた。誰が言ったんだってね。俺は強がって「俺だ」と答えた。武警は「来い」と言って、俺の頭にベルトを七、八回振るい、何回もひどく蹴りつけたよ。気をつけをしろと言うから、胸を張ったら一発殴られ、顔を上げたらまた一発、でもまた顔を上げた。そうやって二時間。殴られ続けて、俺は顔中血だらけだった。

安陽収容所に送られてからも、やっぱり入所するなり殴られたよ。収容所の中にいるヤツ同士も殴り合うんだ。移送の途中で俺らの同郷何人かと相談したんだ、入ったらまず中のヤツを殴ろうって。そうでなければ絶対おまるの脇で寝る羽目になるだろうからな。北京駅で持ってたカネは、警察にとっくに持ってかれたから、安陽収容所に行ってから俺たち四人は他のヤツを殴って、身ぐるみ剥いでやった。そんで、そいつらをおまるの脇に押しやって、俺たちはドアの脇さ。

翌日、安陽収容所は、カネを払ったら出してやってもいいが、ないならレンガ工場で労働することになるって公布を出した。俺たちはまたも安陽市の東のレンガ工場へ連れていかれて労働さ。実際のところ、安陽収容所は俺たちをレンガ工場へ売ったってことなんだ、一人一〇〇元でな、そんでもう面倒はみないってことだ。俺は工場を一目見て、マジかよ、ここには長くはいられねえなって思ったよ。何人か命がいくつあっても足りなそうなんだ。灰がすごくて、工場の上の空ですら灰色になってた。何人か棍棒を持ってるのがいてさ、工夫を監視して、動きが鈍いヤツがいたらすぐ殴りにくる。寝泊まりする場所って言ったら、石綿スレートの寝床がいくつかだけ、過労死しなくても凍死するだろうって場所だよ。俺たちは逃げ出してやろうって企んだ。朝、飯を食い終わったら、午後にはすぐ仕事が始まる。深い穴の中で土を掘るんだ。片側は高くなってて、もう片側で監視してるヤツがいる。休憩時間に茶だぞって呼ばれてさ、俺も仕事熱心なフリして茶をとりにいった。一緒に逃げようって仲間としっかり約束したのによ、その二人が先に逃げやがった。監視人は俺たち残った二人をシャベルだの棍棒だので滅茶苦茶に殴ったよ。そんで俺たちへの監視は一層厳しくなった。寝るときはどうしたのかって？寝るときは服を脱いでパンツ一丁だ、そんで監視人が俺たちの服を抱えて向こうで寝やがるのさ。俺は夜中に小窓の鉄柵を外そうと頑張った、でも外せなかった。翌朝、空がほんのり明るんできたころ、監視人が服を放り投げてきて、みんなに着替えさせるんだ。俺は夜のうちに服を盗んでおいた。誰の服かなんて知るもんか。服を着て布団の中で横になっていた。監視人が俺らの部屋のドアを開け、他の部屋のドアを開けに行っている隙に、俺はドアに沿って逃げた。厨房で見ていたヤツがいたらしく、「逃げたぞ、逃げたヤツがいるぞ」とわめきやがった。俺はぶっとい火かき棒を手にして、もし追っかけてくるヤツがいたら、そいつを絶対ぶっ殺してやると思ってた。

途中、土地の者に邪魔されたけど、俺は丁寧にお辞儀をしてこう言ったんだ。おあにいさん方、俺はここでもう半年も働いている者です、もう心底耐えられません、逃げるか死ぬかです。その人たちはとっくにレンガ工場の腹黒さを目障りだと思っていたらしく、急いで逃げろ早く逃げろと言ってくれたんだ。追手は追いつかないと見てとって、追うのをやめた。俺は逃げて逃げて、靴がダメになった。すっげえ怖かったよ、捕まるなんてマジでやりきれねえからな。ある村まで逃げていって、バスに乗ったんだけど、一分〔貨幣の単位。一元は一〇〇分〕のカネも持ってなかった。駅まで一元かかる。俺は、カネはない、レンガ工場から逃げてきたばかりで、何も持ってないんだと言った。乗客はレンガ工場から逃げてきたと聞くと、みんなすごく俺に同情してくれて、カネは要らないと言ってくれたんだ。

あとで、そのレンガ工場は問題を起こした。中で工夫を殴り殺したんだ。それが明るみに出て、安陽収容所も危うく取り締まられるところだったらしい。あそこのヤツらはマジでひでえよ。良心のカケラもねえんだからな。

駅に着いて、今度は列車に乗り込んだ。そのとき、切符はどうにか手に入れてよ、北京に出てアニキたちに会ったんだ。酒仙橋《ジウシエンチアオ》の郭《グオ》叔母さんの所に行って、うまいモン食って、ばたんキューだった。食べすぎで、翌日腹を壊したんだけどな。あとで思い返してみれば、まあ結構面白かったかな。でも当時はマジで怖かった。捕まって殴り殺されたかもしれない、そんでそれを誰も何も知らないんだからな。

一九九四年のはじめに嫂さんと会って、北京で一〇月まで働いてから戻ってきた。一方ではもう充分やったって気持ちがあって、もう一方では結婚したかったんだ。そのとき、もう二四歳だったからな。出稼ぎしてもずっとカネなんて稼げなかったし、戻ってくるのにも人様に二〇〇元借りて路銀にした。そして戻ってきたら結婚の準備だ。衛生学校〔看護、保健、衛生などを学ぶ職業専門中等教育機関〕で医学の勉強を始めたよ。もう出稼ぎはやめた。日記も書かなくなった。

菊秀《ジューシウ》

私が北京から戻ってきたと聞いて、襄樊《シアンファン》で暮らしていた菊秀が、とても興奮して大喜びし、その日の午後にすぐ息子を連れてやってきた。菊秀は私の少女時代の親友で、仲良し三人娘の一人である。

もう一人の親友は霞子《シアズ》で、私たち二人は一緒に師範学校に合格した。彼女は今、町の小学校で教師をしている。私たちは大人三人、子供三人で霞子の家に籠り、床に寝床を一列に並べた。

菊秀一家は八〇年代後半に梁庄を離れた。菊秀の兄は中学を終えたあと、湖北省襄樊の河南人村へ行ってその日暮らしをしていたらしい。彼はしだいにその土地に根を下ろし、菊秀の両親や弟妹たちを呼び寄せた。ただ菊秀だけはどうしても行こうとしなかった。そのころ私たちはちょうど中学生で、菊秀は、商売はしたくなかったし、出稼ぎもごめんだった。進学して自分の理想の生活をしたかったのだ。そこで彼女は一人で家に残った。そのため、菊秀の家は私たちの集会所になった。私たちは菊秀の家で宿題をし、おしゃべりをし、日記を書き、喧嘩をし、あれこれバカ話をしたものだ。夏の夜には、庭に座って月を眺め、それぞれ文を書き、その後お互いにそれを見せ合った。私たちは川で水浴びし、川べりを散歩し、少女のしなやかな心で砂州や川の水や草地を鑑賞した。中三の冬になると、私たちは数人で校長先生を訪ね、学校の廃倉庫を空け、寮として住まわせてくれないかと頼んだところ、思いがけず成功してしまった。菊秀はそのとき、執念深い性格を発揮し、校長先生がイエスと言わなければその場を離れないと粘ったのだった。私たち三人はひとつのベッドに寝たが、私というミニストーブを争って、菊秀と霞子は喧嘩をした。そのころ、私は彼女たちがいちばん大好きな友人だったのだ。

私と霞子が二人とも師範に合格したあと、菊秀は留年して二度中三をやったが、結局彼女は合格しなかった。その間、菊秀の両親はずっと彼女に襄樊の方へ来るように言っていた。商売が人手不足だったからだ。それに、菊秀の成績では、どうやらどんな学校にも合格しそうになかった。

私もあなたみたいな生活がしたいの。でもどうしてもダメね。私だってしょっちゅう反省してるのよ。自分が成功しないのは、多少なりとも自分の性格と関係があるんだって。私がこんなにバカじゃなくて、こんなに単純じゃなかったら、今みたいなことにはなっていなかったでしょうね。

あなたたち二人は師範に合格して、私は中三を二回もやったのにそれでも合格しなかった。あの何年かはつらかったわ。母さんたちは小さな露店を出して、それを私にやらせたがったんだけど、私はうんと言わなかったの。だって進学したかったんだもの。でも結果はやっぱりダメだった。あなたも知ってるでしょ、うちの家族がどれだけ私を恨んでたか。学校を辞めてから、両親が暮らしてる所へ行ったわ。最初は両親と一緒に露店をやったけど、全然合わなかった。どうしたって少しぐらいは夢がなくちゃって思ってたからね。他には興味のあるものがなかったから、裁縫を習い始めたの。将来デザイナーになって、大きな衣料品店を開きたいって思って。それって上品な職業だものね。

母さんと取り決めをしたの。一年間裁縫を習って、ものにならなかったら、ちゃんと戻ってきて露店で売り子をやるって。私が見習いに入った仕立て屋は遠くてね、毎日往復で五キロはあったわ。先生は次から次へと私たちに作業を振り分けたから、たくさん仕事をした。ずっとズボン作りよ。毎日二〇本は作らないといけなくて、私たち見習い二人は競い合ってた。いちばん早く帰れても夜一二時で、普通はいつも一時だったわ。一人で自転車をこいで、毎日大きな坂を上るのがほんとうに厄介だった。自転車を押して上がるのが大変で、押しているうちに眠っちゃうの。何度も何度もそんな風で、それでびっくりして目が覚めるわけよ、どうしてまだ家に着いていないのって。どれだけ私が眠かったか考えてみて。そんな日々の繰り返しで、風が吹こうと雨が降ろうとそんなだった。

一年間見習いをやったんだけど、先生はいつも肝心な所を教えてくれないものだから、私はこっそり勉強した。もう一人の見習いの子は、一年半やったけどマスターできなくて、私は自分でこっそり見て、家に帰ってからズボンを二本作ってみた。なかなかの出来だったわ。それで年季明けよ。店を持ってやろうと思って、一〇〇元、二〇〇元はあちこちからかき集めて、それから母さんと兄さんに頼み込んで支援してもらった。母さんもどうしようもなかったみたい。じつはそのころ、兄さんたちが屠畜場をやっていてね、その屠畜場がまたもうかなり稼げるようになっていたものだから、家族は私にもそこで働かせたがってたのよ。私はどうしてもやらないって言った。そんな生活、すごく下品で、私の理想には合わないんだもの。

そのあと、兄さんが六〇〇元くれた。六〇〇元を手にして、私の心の中はずっしり重かった。そのお金でミシンと裁ち目かがり押さえを買ったわ。反物を買いに行って裁縫を始めて、作りながら材料を仕入れた。最初は親戚たちに作ってたんだけど、服を作り間違えたこともあって、お客にクレームを入れられたりもした。でも、そのころは私、ほんとすごく我慢して、お客に釈明をしたわ。一九九〇年に見習いに行って、一九九二年に自分で仕事を始めた。九二年と九三年はいちばんつらかった時期よ。家族はお金を稼げていないからって、支援してもくれなかった。元金がないから、借金にも行った。ある女性と知り合って、借金の手助けをしてくれるって話だったんだけど、あとで貸してくれなくなったりもしたわ。私ほんとうに苦しくって、一人でお酒を半斤〔二五〇ミリリットル〕飲んだ。ものすごくつらかった。いつまともになれるのかしらって思ってた。私の生涯でお酒に酔ったのはその一回だけよ。どうしようもなくて、心細かった。彼氏を紹介してくれるっていう人もいたけど、私は欲しくなかった。あのころ、五〇〇〇元ありさえしたら、まったく別の生活ができたのに、お金がないんじゃあね。

それから、老三《ラオサン》に会ったのよ、うちの人ね。それがさらに間違いだったわね。私たちみたいな人って、ロマンチックなのが好きでしょ。老三はあの当時、若かったし、色白で、笛を吹くのが好きで、本なんかも読んでて、すごく上品に見えたのよね。私、すぐ好きになっちゃって、彼と付き合い始めた。そのころはまだ服を作ってて、毎日遅くまで働いてたけど、楽しかったわ。毎朝、トレーニングも続けて、土手に行って歌ったりして。そのせいで、母さんはしょっちゅう私を怒ってた。仕立て屋の商売は全然拡大しなかったし、どんなに苦しくてもお金は儲からなかったから。

裏樊はミカンが多くて、あとになって同郷の何人かとミカンの売買を始めたわ。農園と連絡を取って、それから全国各地に運ぶの。おもに開封とか河北なんかにね。あれもかなりつらかった。仕入れのときには、農園の人たちが腐ったミカンを混ぜ込みやすいし、売りに出すときには絶対品質の良い物でなくちゃダメで、価格はずっと上げられないの。そうしたやりとりもつらいし、それに加えて途中もつらいのよ。一日一食だったこともあって、空腹のあまり胃が悪くなったわ。それでも大して稼げなかった。一台の車の保証金が二、三万元なんてときもあってね。二、三年ミカンの売買をやっても、いくらも稼げなかったのよ。

そのころから老三に不満を覚えるようになった。創業精神が少しもないわ、苦労はしたがらないわ、何かあっても前に出てきてくれないわ、死んでも出世できないタイプね。兄さんたちが老三に仕事を割り振ってもちゃんとできないの。二人でしょっちゅう喧嘩した。兄さんは私が悪いって言うの。コイツはそもそもお前が選んだヤツだろうって。笛もできるし歌も上手だけど、格好だけで実力がない、そして仕事はさっぱり。じつは私も頭ではわかっていたのよ、老三は人とは争えない、人に厳しくできないタイプだって。私も同じ。だからお金を稼げない。でも、暮らしていかないといけないでしょ。

二〇〇〇年ころかな、兄さんと一緒に河北でレンガ工場をやって、労働者集めを手伝った。駅で自分のやり方で相手を説得して、一緒に来させるの。これは相手の心理をわかっていないといけないのよ。数分のうちに相手を説得するのって、これまた大変なのよ。石家庄《シージアジュアン》で小さな家を借りて、毎日そこから通わなくちゃいけなかった。ものすごい強風のときも出かけていって、駅の待合室や出口で待つの。

私は、働きたい人たちを助けてるんだって思ってた。私たちが紹介した所はどこも良い工場だって聞いてたし、お給料が出てから人を送れた。でも、あくどい工場は排除し切れなかったわ。あの何年間かはひどく苦しかった。毎朝五時過ぎには起きて、働く人を探して、それでその人たちを説得する。雲貴川《ユングイチュワン》〔中国西南地区の雲南省・貴州省・四川省の三省を指す〕の人がわりと多かったかな。一切の経費は全部仲介料から出さないといけないから、彼らからお金を受け取らないわけにはいかなかった。途中、警察も私たちを捕まえようとしたから、あちこちに隠れたし、他の仲介業者と客を奪い合って、散々な目に遭ったりもしたわ。あんな暮らし、なんでやってこられたのか、まったく謎ね。あるとき、一人で駅に座ってたんだけど、座っているうちに泣きたくなった。私は精いっぱい良い生活を求めているのに、どうして結局はこうなっちゃうのって。ニュースの報道を見てると、出稼ぎの人がレンガ工場で働いてもお金をもらえなかったり、責め殺されたりとかってやってるでしょ。私悲しくって。

まるであの人たちみんな、私が手配して生き地獄のような状況に追いやったみたいで。道を歩いていても、顔も上げられないわ。

そんな風にして三、四年、私、こんな生活は長期的展望がないっていつも思ってたわ。ある女性と知り合って、また服の商売を始めたの。私たち二〇〇五年に始めたんだけど、やっぱり貧乏くじでね、ちょうど始めたばかりの服の商売が下り坂になっちゃって、私、石家庄で稼いだお金を全部つぎ込んだ。でも充分な顧客が得られなくて、商売は成功だったとは言えない。それでまたやめたの。

襄樊に戻ったわ。兄さんが商売を始めていて、人手が要ったものだから、老三に兄さんと一緒に運送の仕事をさせた。ほらね、最後にはやっぱり兄さんを頼らないといけないのよ。

今になって思うんだけど、世の中でいちばん悪いモノって理想よね。だって、ちっぽけな理想なんか守ろうとしなければ、私、こんなひどい暮らしなんてしてなかったんじゃないかな？　それに、老三みたいな意気地なしと結婚してなかったんじゃないかしら？　兄さんみたいな人と結婚すれば良かった。今、私がいちばん崇拝しているのが兄さんなの。昔は兄さんなんてすごくガサツだし、学歴もないって思ってた。でも、今見るとね、やっぱり兄さんは一人前になったわよね。汚いのも疲れるのも厭わずに、何だってやるんだもの。そこへいくと、老三はガサツじゃないけど、何の腕もない。でもね、結局のところ、老三も悪くはないのよ。わりに平凡で、形式を守るサラリーマンみたいなタイプで、リスクは冒さない。私たち二人のあいだの齟齬ってのは、つまり考え方が合わないのよね。もともと恋愛中は心の内をさらけ出して話し合ったり、夢を語り合ったりしたけど、今では何を話すっていうの。二、三言も口にしないうちにすぐ喧嘩が始まっちゃうんだから。彼もコミュニケーションが下手で、私、彼と話したって馬の耳に念仏だって思ったりもする。

仕立て屋をやってたときにはまだ理想があったわ。どんなに苦しくて、どんなに大変でも、頑張れるって思ってた。暮らしは充実していたし、いつも楽しかった。でも今の暮らしはどんなに裕福だったとしても、楽しくないの。少し卑屈になってるのかもね。なんと言っても、あなたたちはやっぱり自己実現してるから。私自身は？　何もないわ。暮らしも良くないし。

夜、夢を見るとね、しょっちゅう私たちが学校に通ってたころの夢を見るのよ。試験中、問題が解けなくて、すごく緊張してるとか。でも、やっぱりたまらなく楽しくもあるの、だってまた学校に戻れて、また学校に通っているのよ。目が覚めると、すごく悲しくなる。それにあの田舎道、私たち三人夕陽の中、腰を下ろしたり、小川のほとりを散歩したり、ぼんやりしたり。そんな夢を何度も見たわ。昔が懐かしいのかしら、それとも何かしら。この二日間、あなたたちと一緒に遊んで、少女時代にまた戻ったみたいで、すごくすごく嬉しい。さっぱりしていて、とても感慨深いわ。特にまた私たちの学校に戻ってこられて。私、学校に対して強烈な愛着があるの。もし高校に受かっていたら、少なくとも精神的にはかなり充実していたはず。

私が今ほんとうに考えていることは、子供を教育して立派な人材にしたいということ。部分的には自分の夢を実現したということにもなるから。でも、うちの子も役立たずみたいなのよね。息子の性格は父親の影響で、かなり暗いのよ。うちの人、すぐ息子を殴るから。それともうひとつ、私たちの環境も悪いのね、うちってほら今は茶館でマージャン屋でしょ、その影響もある。

私、家を買うつもりなの。家は絶対必要よ、子供には居場所が必要なの。でもこれまで、この問題を考えたことがなかった。家を建てたら、来年は私たちの家に遊びに来てね。やれやれ、ときどきほんとうに感じるの、将来の見通しがつかなくて目標がないなって。でも私は絶対に目標を見つけるわよ。私の理想の生活は、物質面と精神面を結びつけて、今のあなたたちみたいに、しっかり満足感を覚えられる生活なの。

レンガ工場に人を斡旋していたころの話になると、菊秀の顔は真っ赤になり、涙が溢れそうであった。そのころの暮らしを恥じていたからだが、それはまた彼女がその仕事を続けられなかった原因でもある。

ある面から見れば、確かに「理想」が彼女を損なったのだろう。もし彼女が兄妹と同じように、小学校にしか通わなかったら。もし彼女が滑稽な理想と尊厳を守り続けていなかったら。そして、もし彼女がそうした理想や尊厳を捨て、驕らずに心中の欲を捨て、兄妹たちと同じように全力で生活をし、社会の困難に立ち向かえる恋人を見つけられていたら。それならば、彼女の今の生活もここまで苦しいものではなかったろう。しかし、そういう気持ちを持ち続けることは、間違いなのだろうか? どうして菊秀の生活は、どこかミスマッチなものになってしまったのだろう? 母親の軽蔑や兄の嘲笑は決して道理に適っていないわけではない。菊秀はあまりに実際的でなさすぎた。特に異郷においては、そういう夢物語のような感情のせいで、彼女の選択はすべて明らかに現実離れしたものになったのだ。

暮らしは菊秀に理想を実現する機会を与えなかった。それゆえ、彼女の理想、彼女のロマンチシズムは欠点へと姿を変え、彼女がより良く暮らすことを妨げる障害物となった。菊秀の物言いや振る舞いからは、明らかに劣等感、怒りっぽさ、弁解を感じとることができた。瞬間的にさっと私をかすめた目つきには、いやというほど屈辱を被って暮らしている菊秀の苦痛が見てとれた。私には何もしてあげられない。菊秀にくらべれば、私の生活はきわめて順調で、いくらか生命力に欠けているほどですらある。私はひたすら学問をし、仕事を得、安定した生活を送っている。私は自分の理想を実現し、創作し、思考し、一種深みのある生活ができている。そして、それらはまさに菊秀の憧れ、彼女が少女時代にはっきり定めた理想なのだ。しかし、暮らしが彼女をまったく別の軌道に放り出したとき、彼女には少しのチャンスもなかった。

私は、菊秀がもっと複雑で暗い経歴を隠していることを知っている。しかし、私たち三人について言えば、菊秀の性格はあいかわらず一種純粋だ。菊秀は世の中のことや多くの人間関係について、あまりよくわかっていないようで、明らかに幼稚な部分がある。彼女の話を聞きながら、私と霞子はたびたび視線を交わした。その透徹した憐れみの眼差しには共通の感覚があった。菊秀、彼女の魂は一八歳で止まっているのだ。理想に満ちてはいるが、幼稚で物事をいつもダメにしてしまう少女。

私たちは霞子の家に三泊した。その数日間、ずっと夜は雨で日中は晴れていた。早朝起きると、空気は涼しく爽やかでしっとりしており、すがすがしく心地よい。私たちは子供たちを連れ、川岸を散歩した。まるで子供時代に戻ったかのようだった。浅い川の中にできた中州の小道に沿って村の奥まで歩いていき、墓地の方から上がっていった。母の墓を目にし、私は軽く手を振って言った。「お母さん、行くね。またね」。心中、不思議な温かさと感動が胸に込み上げ、溢れ出しそうになった。まるで母がまだ生きていて、ただいつも通り「行ってきます」を言っているだけのような気がした。もし毎日こうだったらどんなに良いだろう。もしかつてこんなひと時があったら、どんなに良かっただろう。

私たちは、少女時代に黙って夕陽を眺めた畑の合間の小道を再び歩き、また村に戻ってくると、昔の面影をたどりにいった。菊秀はやはりあの天真爛漫な菊秀で、小躍りしていた。しかし、いったん一二歳の息子と話し始めると、彼女はあっという間にぐどぐどしく、せっかちで、感傷的になった。菊秀が自分の未完成の理想を息子の身に託していることは見てとれたが、彼女の息子はといえば、勉強には、まったく興味がないのである。韓家の人に出会い、霞子は私たち二人に一人ひとり紹介してくれた。みな、面識がある相手ではあったが。またあの懐かしの通学路に沿ってひとしきり歩いたが、もう何も感じなかった。最後には全員が、レストランにでも入って、早くエアコンをつけようということになった。レストランに落ち着くと、みなは談笑に打ち興じ、あの懐かしの道は元のように忘られてしまった。それがあの道の必然の運命なのだ、菊秀のように。

春梅《チュンメイ》

二〇〇八年の夏は特に暑かったようだ。ちょうど正午時分、兄とおしゃべりをしてから、ここ数日の録音を整理しようと二階の部屋へ上がった。それはひどくきつい仕事で、時間がかかり、成果も上がらないのだ。その場に大勢の人がいて、彼らの声が大きいために、インタビュイーの声が完全にかき消されてしまっていることもある。しかも、事前に計画したテーマ通りに進んだことは一度もない。しかし、面白くもあった。いつも、新しい、思いもよらないものが発掘されるのだ。

兄嫁が突然駆け上がってきて言った。「早く下りてきて。春梅が毒を飲んだの」。そして、つむじ風のようにまた駆け下りていった。

イヤホンを外すと、兄の家の前庭が騒がしいことになっているのが聞こえた。泣き声もあったし、大声で叫んでいる人もいた。「春梅、春梅、目を醒まして！　起きて！」私は大急ぎで下りていった。ちょうど兄が道具を手に、荷車に横たわった女性の口に何か注ぎ込んでいるのが見えた。胃の洗浄をしているのだろう。

春梅はすでに人事不省で、表情はひどく苦しそうだった。顔がはたかれ、彼女のまぶたが何度か動いた。みなに応答しようとしているかのようだった。一通りの応急手当てのあと、春梅は少し意識を取り戻したらしかった。彼女は目を開けると、周囲を見渡し、突然姑の手を強くつかむと、かすれた声で言った。「死にたくない、生きたい。私、死にたくないのよ。助けてよ。私絶対良くなるから」。春梅は途切れ途切れにそう言うと、また意識を失った。その間、春梅はずっと姑の手をつかんでいた。あたかもそれが命を救う一本の稲藁でもあるかのように。意識の戻ったごく短い時間に、春梅はもがきながらはっきりしない声で吐き出すように言った。「もし助かったら、お義母さんに靴を作ってあげるわ」。

一時間後、春梅の足が何度か痙攣し、そして動かなくなった。兄は彼女の脈を調べ、首を振って言った。「ダメだ」。

私は静かに退出した。その後の数日間、ひっそりと静かな梁庄の村は、突然にぎやかで騒がしくなった。村の東のはずれにあった春梅の家は、初めて村の中心になった。人々はドアのまわりを取り囲んだり、溜め池の傍らに立ったりして、この件についてあれこれ取り沙汰した。梁家の長老数人は、父方の従弟の家に集まって長いこと相談し、最終的に人望のある中年を、春梅の実家に行かせ、知らせることにした。埋葬の件も相談しなければならなかった。というのも、春梅の夫は外地に出稼ぎに出ており、行き帰りに二、三日かかる。夏で気温も高いので、遺体の保存が難しかったのだ。春梅の実家からは、両親に兄、それに本家から二十数人が来て、泣きわめいて罵倒し、棍棒やら鋤やら鍬やらで、春梅の家と姑の家の鍋釜食器類をすべて叩き割った。そのうえ、父の従弟とその妻につかみかかった。彼らが言うには、埋葬はさせない、絶対に春梅の夫の帰りを待って話をつけてやる、ということだった。そこで、人を出して従兄を呼びにいかせた。私のこの従兄は、幼名を根児《ゲンアル》といい、中学を卒業後、村では珍しく、炭鉱へ石炭掘りの出稼ぎに行った。彼は携帯電話を持っておらず、鉱区にも電話はなかった。毎年農繁期や旧正月になると、彼の方から戻ってくるのだ。この事件が起きて、みなはようやく、根児に連絡する術がまったくないことに突如気づいた。そこで急いで一族の若者を列車で向かわせ、従兄に会いに行かせた。春梅の実家の兄が「護送」して、父の従弟が最高ランクの棺桶を買いに行き、大量の氷も買ってきて棺桶に敷き詰め、日増しに強くなっていく腐臭を防ごうとした。

春梅は背が高く、村ではかなり美人のお嫁さんだった。丸顔の大きな目はいつも好奇心と警戒心に溢れていた。彼女は村では受け入れられていなかった。ひどく負けず嫌いだが、わからずやでもあり、村の大部分の女性ともめ事を起こしていた。普段、道でばったり会うと、決まってお互い角突き合うのである。春梅の死は、村の女たちに強い衝撃を与えた。女たちは寄り集まり、何か言い合っていた。不思議だったのは、私が近寄って口を挟もうとすると、すぐさま話すのをやめ、警戒心もあらわに私を見つめ、さっと話題を変えたことだ。その怪しげな表情は、明らかに私の知らない何かがあるらしいことを示していた。その年若いお嫁さんたちについて、私はあまりよく知らない。私が村を離れたとき、彼女たちはまだこの村に来ていなかったのだ。その後、兄から、私の従兄の奥さんが春梅とかなり仲良くしていたこと、その彼女が村における春梅の唯一の親友だったことを教えてもらった。兄が引き合わせてくれたので、私はその奥さん、この人は高卒で、頭の回転が速い、自分の意見をしっかりと持った人だが、彼女と話し合って、春梅の自殺の理由をおおかた理解した。

私、あなただけに話しますから、絶対他の人に言わないで下さいね。この数日間、私、気持ちが悪くて、すごくつらいんです。言ってみれば、春梅の死には私にも責任がある、私と関係があるんです。春梅と根児が結婚してひと月も経たないうちに、根児は出稼ぎに行ったんです。ほんとうなら春梅も行けばよかったんだけど、彼女車酔い体質で、バスが県政府所在地に着くまでさんざん吐きまくったの。それでもう絶対家を離れない、列車にも乗れないって言って、そのあと娘を産んでも家を離れることなんて考えないようになったんです。春梅は癇癪持ちで、お姑さんとも村の人ともしょっちゅう喧嘩してたけど、彼女、根児との仲はとても良かったのよ。二人が口論してるのなんて見たこともないくらい。根児が戻ってくると、しょっちゅう自転車に乗って、前に娘を乗せ、うしろに春梅が座って、町の市場へ行ったり、春梅の実家に親戚回りで戻ったり。娘をお姑さんに預けて、二人で町に遊びに行くときもあったわ。そういうときも自転車に乗って、彼が彼女を乗せたり、その逆だったり、まあほんとうに仲良しだったの。

春梅はあまり教養がなくて、少し頭は悪かったけど、まめだし、清潔だし、一日中朝から晩まで動き続けて、二間の小さな家をきれいに片づけていました。ベッドやテーブルの上には、灰の粒すらなかったほどよ。畑仕事に出たら、全力で働いていました。家では鶏、鴨、豚を飼っていて、ウサギを飼っていたこともあったけど、すごく忙しくしていたわ。彼女のいちばんの夢は、煥《ホアン》さんの家みたいに大きな家を建てることでした。ひとつ屋根の下、お姑さんと一緒なのを我慢しないで済むようにって。

事件が起きたのは今年の春です。旧正月に根児が戻ってこなかったんです。向うから村の元書記さんに電話を寄越してきて、炭鉱では採掘場を見張る人が必要だとかで、それが一日の給料が二倍だから、戻らないことにしたって言うの。春梅は電話にも出られなくて、心の内ではずっとひそかに怒っていました。あなたは知らないでしょうけれど、根児が前回戻ってきたのって去年の旧正月のときなのよ。あいだの麦刈りにも戻らなかったのに、それでまた戻らなかったら、夏の麦刈りには一年半戻らなかったってことになるんです。春梅は気分がくさくさしていたらしく、家で娘をぶつわ、家畜を罵るわ、他人にもいい顔をしないという具合でした。家の戸を閉め切って、長いこと出てこないなんてときもあったんです。農村に、真っ昼間から戸を閉め切っちゃうなんて習慣、あるわけないでしょう。お姑さんもそれが気に入らなかったらしく、春梅は男がいなけりゃ暮らせないのかって言ったわ。それで春梅もムッときて、「そりゃあ、お義母さんは恋しくないでしょうよ。だって、毎晩出歩いてるんですもんね」なんて言い返してたわ。まあ、お姑さんの怒ったことったら、息が詰まりそうなくらいだったのよ。じつはお姑さんはクリスチャンでね、それもあって外出して家にいないというわけだったんです。だってねえ、お正月でしょう、他の人はみんな集まって団欒して、若夫婦は一緒に親戚回りをしてたのよ。春梅だけがひとりぼっちで、そりゃあ気の毒でした。

お正月が過ぎたら、春梅が私のところに遊びにきました。何か言おうとして、最初はもじもじ煮え切らなくて、何も言いません。でもあとでぶちまけて、続けざまに根児を罵っていました。彼女がすごく根児を恋しく思っているんだって、私にはわかったわ。それで私、春梅に知恵を貸したんです。根児に手紙を書いて、病気になったから早く帰ってきてって言ったらって。春梅ははじめはきまりが悪そうでした、手紙なんて書けないわって。あの人たちはこれまで手紙なんて書いたことがないんです。根児は中三まで学校に通いましたから、字も書けるし新聞も読めますが、春梅はほとんど字が読めないんです、どうやって書くのって。私はあなたが書けないんなら、私が代わりに書いてあげると言いました。私、とにかく高校は出てますし、とてもロマンチックな質《たち》なものですから。私の旦那は南方で船員をしてるけど、私たち夫婦はしょっちゅう手紙を書いたり、お互いに写真も送ったりするの。それって、すごくいいのよ。手紙が来るたびに、最高に素敵な気分になって、どんなに疲れていても嬉しくなるんです。春梅は私たちがしょっちゅう手紙のやり取りをしてるって知っていて、前から羨ましがってたんです。だから、最後には彼女もそうすると言いました。私が春梅の名前で根児に手紙を書き、気持ちを吐露することばも加えました。書き終わって春梅に読んで聞かせたら、彼女ったら、誰があんな奴を恋しいもんですかなんて怒っていました。でも、書き直すようには言わなかったの。

だから私、手紙を清書して封をして、住所も書いて、春梅がそれを町の郵便局まで出しにいきました。なんとそれがまずいことになったの。手紙を出した翌日から、春梅は毎日返信を待っていました。村の入口で待ったり、郵便局まで行ったりしたわ。配達員を目にするなり、そのそばをうろちょろして、他の人に見られるのが嫌なものだから、私も引っ張っていったりして。私、彼女に手紙の往復には二〇日ほどかかるものよって言ったんですけど、彼女聞いてなかったわ。一か月あまり待ちましたが、返事は来ませんでした。私はひょっとしたら誤配されたんじゃないかって思いました。本来ならそんなはずはないんです、根児が送金してきたときに書いてあった住所に送ったんですから。春梅は用があろうとなかろうと、私のところに押しかけてきては聞くんです、どういうこと、どういうことよって。私は、いっそのこと、もう一度手紙を書きましょう、前回は誤配されたのかもしれないからって言いました。そこで、またもう一通書いたんです。それに春梅に写真を持ってこさせて手紙のあいだに挟みました。根児に返事を寄越してもらうために。今思うと、私、ちょっと焦りすぎたのね、あのときにはまず春梅を励まさなくちゃって思ってたんです。でも私のそれが火に油を注いだようなもので、春梅は行き詰まってしまったんです。

それでまた二〇日あまり待ちましたが、根児はそれでも返事を寄越しませんでしたし、当人もやはり帰ってきません。春梅ももう私のところに聞きにこなくなりました。私が会いにいくと、私の相手をするのも億劫そうでした。一日中家で座り込んで、戸を閉め切って、トウガラシも収穫しませんし、部屋の掃除もしなくなりました。お姑さんが彼女に小言を言っても、春梅は以前とは違って、人の言うことなんて全然聞こうともしないんです。私は内心焦りました。それでこっそりまた根児に手紙を書き、元書記さんも訪ねていって、根児がかけてきた電話の記録を調べてもらったんです。元書記さんの電話は着信履歴が残っていませんでした。私はネットでも探したんですが、根児の出稼ぎ先の炭鉱は見つけられなかったんです。そうなったら、どうしろと言うんです?

私は春梅と町の市場へ行きました。もともとは通りを歩いているだけでも、服売り場で売り手と喧嘩をするわ、靴屋でもリンゴ屋でも喧嘩をするわという具合に、毎回春梅はそりゃもうにぎやかだったんです。ところが今度は静かで、彼女、一言も発しないで、目が据わっていました。目に入った物をすぐ買って、すごくおとなしかったんです。彼女の顔を見たら、異常なほど真っ赤で、手に触れたらすごくじっとり熱かったの。しばらくしたら、突然大声を出して、人を見ると罵り出しました。お舅さん、お姑さん、娘のことまで罵って、ほんとわけがわからなかったわ。なぜかはまったくわかりませんでした。

お姑さんは、春梅は「色情狂」になったんだって言いました。男が恋しくておかしくなったんだって。二人で喧嘩したとき、お姑さんが村の人たちの前で春梅をそう罵ったの。春梅は恥ずかしくてたまらなくなって、さあっと家に駆け込んで出てきませんでした。ほんとうに少しはそんな感じだったのかもしれません。最後の二か月、春梅は仕事ができず、精神は悪い状態でした。畑に仕事をしにいっても、何度も娘をそこに置いたまま自分だけ戻ってきて、炊事もしないの。それに彼女は、村の男の人を目にすると逃げるんです、まるで誰かが彼女を捕まえようとしているみたいで、とても異常な感じに見えたわ。村にも春梅について偏見を持って、陰であれこれ言う人が出てきました。私、腹が立って、誰かが何か聞いてきても、必ず言い返してたわ。でも、どうしようもありませんでした、根児に連絡がとれなかったんですから。悪い方に考えなければ、連絡がとれなくても正常なんでしょうけど。普段、何の問題もなかったら、誰が家に連絡なんてします？　そのときになったら、自分で戻ってくるだけのことなんです。

麦刈りの時分まで我慢したら、根児も帰ってくるだろうと思いました。ところが、その肝心なときにやっぱり戻ってこなかったんです。ただ、これまでも根児は麦刈りのときには戻っていませんでした。今はほら、全部機械化してるでしょう、機械が直接袋詰めしてくれて、家に運び込むのだってそんなに人手は要らないんです。でも、今度の状況は違う。春梅は見る見るおかしくなって、今にも悩み死にしそうなくらいでした。彼女は一気に溜め込んだものだから、心の病気になってしまったの。

でもまあ、そんなのまだ大したことないんです。お聞き苦しい言い方かもしれませんが、春に猫が発情して鳴くみたいなものね。人も正常なら、ちょっと我慢すればすぐ落ち着きます。でも、何か月か前に、隣村の王営《ワンイン》で事件があり、春梅はそれを気にしていました。王営のあるお嫁さんが首をつって自殺をしたんです。なぜかって？　その女性の旦那が出稼ぎから戻ってきて、二人で一緒に十数日間ハネムーンみたいに仲良く過ごしたらしいんです。その後、旦那が出稼ぎに行ってひと月ほどのあいだ、そのお嫁さんは下半身がずっと痒かったんですって。彼女は恥ずかしいから病院に行くのを我慢してたんですけど、とうとう熱が出て、仕方なく病院に行ったところ、医師が診察するなり性病ですって。医師はさらに彼女に、旦那さんはどんな人と接触を持ったのかって聞いたそうです。採血してエイズ検査をしなくちゃって。村の人がみんなそれを知って、お嫁さんは恥ずかしいやら腹が立つやらで、それで首をつってしまったの。それと春梅と何の関係があるのかって？　春梅はそれを聞いて、発狂したみたいになって私のところに来たわ。根児も外で同じようなことになってる、だから戻ってこられないんじゃないかって私に詰め寄って聞くんです。私はそんなこと知るもんですかって言いました。それに、炭鉱で採掘してるのはみんな男でしょう、女の人なんかいないわよって。春梅は、違うと言いました。テレビで見たんだそうです。炭鉱のまわりにはたいてい女の人がいて、職業的にそういうことをしてる、だからみんな病気持ちなのよって。私はどうしてもうまく説明できませんでした。「思い切って、あなた娘を連れて根児に会いにいきなさいよ。今、大きな炭鉱には大抵家族住居区があるでしょう？　部屋を借りれば暮らせるわよ」。私がそう言うと、春梅はまたがっかりしてしまいました。これまで春梅は家を離れたことがありませんから、頭が混乱してわけがわからなくなり、パニックになっちゃったんです。それに彼女が特別な日でもないのに根児に会いにいったら、村の人はきっと彼女をからかうでしょう。家の耕地は、彼女も人には譲りたくないですし、苦労して植えたトウガラシや緑豆もある。それに肥料をやってダイコンやハクサイも育てなくちゃいけない。根児が稼いだお金は今現在、家を建てるには足りない。そしたら、春梅は土地を棄てられないでしょう？

さきおととい、何で揉めたのかは知らないんだけど、春梅はお姑さんと大喧嘩をしたんです。喧嘩のあと、春梅は畑に肥料をやりにいって、戻ってきてから肥料を撒く畑を間違えたと気づいたらしいの。まるまる二袋の化学肥料をよその家の畑に撒いちゃったんです。彼女、また畑に戻って、そこでぐるぐる何周もまわっていました。おかしくなっちゃってるって思ったものですから、私はずっと彼女のそばにいました。戻ってきて、あっという間に姿を消したと思ったら、DDVP〔有機リン殺虫剤の一種〕を飲んだんです。バカだと思いますか？　村の男の人で外に出稼ぎに行かない人が何人いると思いますか？　彼女みたいな境遇だったら、これ以上生きていけると思いますか？

三日後、迎えにいった人と根児が一緒に戻ってきた。春梅の実家はまたひとしきり大騒ぎをした。実家の兄は衝動に駆られ、根児につかみかかって何度も平手打ちをした。根児は硬直して突っ立ったまま、殴り返しもせず、涙も拭わず、いや涙すら流さず、まるで木偶《でく》の坊のようになっていた。あるいは、根児はただひたすらいぶかしんでいたのかもしれない。彼はわからないようだった。彼ら夫婦の暮らしはどんどん良くなっていたのに、どうして妻の春梅が自殺などしたのか？　私は彼には近づかなかったが、ほんとうは聞きたかったのだ。春梅の手紙を受け取ったの？　もし受け取っていたのなら、どうして戻ってこなかったの？　今は通信手段がこんなに発達しているのに、どうして携帯電話を持たないの？　まさか春梅が恋しくなかったとでも言うの？　彼女の若々しい、今でもふっくらしてつやのある体が恋しくなかったの？

しかし、そんなことにどんな意味があるだろう？　田舎の人にとっては、正月でも祝日でもなく、春や秋の農繁期でもないのに、家に戻るなどというのはおかしなことで、まったくもって金の無駄なのである。感情の通い合いや気持ちの表明などは、さらに口には出せないことである。田舎の人たちは、訓練によって自我を「抑圧」する能力を身につけており、性の問題、肉体の問題など、放っておいてよいことなのだ。中国では、こうした流動人口が何億もの隊列を成している。もしこれら「ささいな」問題を考慮しなければならないとしたら、煩わしすぎるというものではないか？

改革開放以降、「労働輸出」ということばが地方経済を決定する重要な指標となった。というのも、出稼ぎのおかげで、農民たちは金を稼げ、また地方経済を引き上げられるからである。しかし、その背後には、考慮の範囲に入らない人生の悲しみや喜び、消耗した生命が、どれほどあることか。男性は故郷を離れ、一年に一回、多くて二回戻るだけで、帰郷期間はあわせて一か月にも満たない。彼らはみな、まさに青春期もしくは壮年期であり、肉体的欲求の最も旺盛な時期でもある。しかし、そうであるにもかかわらず、長期にわたって一種極度に抑圧された状態にあるのだ。たとえ夫婦が同じ都市で出稼ぎをしていても、一緒に暮らせることはほとんどない。なぜなら建築現場や工場は、彼らに住む場所を提供してくれず、彼らの収入では部屋など借りられないからだ。往々にしてそれぞれが工場で寝泊まりするのだが、週末になったところで、どうやって会い、どうやって性生活を営むのか。想像しにくい暗い問題である。とはいえ、同じ都市にいてしょっちゅう会うことができれば、それだけで幸運である。性の抑圧が原因で、農村では多くの問題が生じている。農村の道徳観は崩壊寸前で、農民工は自慰か買春で肉体的欲求を解決している。中には出稼ぎ先であっさりもうひとつ臨時の家庭を持つ者もいる。こうして、性病、重婚、私生児等、多くの社会問題が引き起こされている。農村に残った女性の多くも自我を抑圧しているため、色情狂、浮気、近親相姦、同性愛といった現象が起きることもある。これらは農村のヤクザ勢力が暗躍する土壌を提供し、一部のゴロツキやチンピラが機に乗じて公然と女性たちにちょっかいを出し、しかもそれがしばしば成功を収める。ある村の幹部など「三妻四妾」状態で、その妻妾たちはお互い嫉妬し合い、結果的に多くの刑事事件を引き起こすまでになった。

「性」の問題がおろそかにされているということは、明らかに社会の農民に対する深い蔑視を示しているだろう。我々の政府やメディアは、インテリをも含めて、農民工の問題について検討する際、彼らの待遇の問題により多く言及し、「性」の問題に触れることはほとんどない。まるで、彼らはたくさん金を稼げれば、一切の問題は解決するのだ、待遇が改善されれば、彼らの性の問題は放っておいて構わないのだ、と言わんばかりだ。しかし、なぜなのか？　まさか、彼ら、おびただしい数の中国の農民には、金を稼ぎ、かつ夫婦円満な生活を送る権利などないというのか。

春梅はとうとう埋葬された。肥料が撒かれなかった例の場所に、彼女は最終的に自分の体を肥料として差し出したのだ。初七日、根児は墓にお参りをし、眠っている春梅に向かって爆竹を鳴らし、紙銭を燃やし、そしてまた出稼ぎに行った。

義兄《イー》さん

義兄さんは姓を袁といい、四〇歳ほどだ。梁庄では袁という姓は一家族しかない。義兄さんは一七歳で学校を中退し、一家そろって村を離れ、南方の埠頭に生活の糧を求めた。土地の者と縄張り争いをし、命がけの姿勢と死をも恐れぬ精神を頼みに、とうとうその埠頭で足場を固めた。海産物の卸売りで会社を興し、何もかも順風満帆、一気にその一帯の風雲児となったのである。

おそらく兄から私が実家で聴き取りをしているということを聞いたのだろう。義兄さんは、絶対に戻ってきて自分のことを話してくれるということだった。その日、一台のフォルクスワーゲンがクラクションを鳴らしながらやってきて、兄の家の前に停まった。車の背後には埃がもうもうと巻き上がっていた。そして、義兄さんが母親と息子を連れて車から降りてきた。義兄さんの顔はつやつや光っており、きらきらと輝く、太い金のネックレスをしていた。白いランニングシャツを身に着け、筋肉がそのシャツの下で盛り上がっている。そのせいで、背が高くなく、やや太り気味の義兄さんは、かなり威張った様子に見えた。彼の話し方はとてもさっぱりしていたが、話が昔のことに及ぶとすぐに感情的になり、何度も涙をこぼした。義兄さんの母親は二〇年前に村にいたころにくらべると、より若々しく、肌もきめ細かくつややかになっており、一目でいい生活をしているのだとわかった。息子はわずか八、九歳ほどであった。義兄さんは息子を連れてきたのは教育のためなのだと語った。「こいつらガキは、何が苦しいってことかを知らねえ。父親がどんなひどい目に遭い、どんな苦しい思いをしてきて、今の暮らしがあるかってことを知らねえんだ」。義兄さんは他県から駆けつけてくれたのだが、彼はそこでアルミニウム鉱山を開発する大プロジェクトに関わっているのだという。三時間話すと、義兄さんはまたもや息子と母親を連れて慌ただしく帰っていった。友人が彼に仕事の話があり、待っているからとのことだった。義兄さんは自分の金を稼ぐ能力に自信を持っており、政府御用達の業者として、これからの生涯についてはもっと自信満々であった。

俺の一生はよ、マジでしんどいもんだったぜ。話すとなったら、何日もかかって、本が一冊書けるほどだ。

村にいたころはよ、マジでメシにもありつけねえ日々だった。親父とお袋が家を建てて、外にでっかい借金を作っちまったんだ。羊飼いとか靴底売りがカネになるって聞いて、靴底売りに出ようとしたんだけど、当時生産隊がやらせてくれなかったんだよ。お袋が隊長に跪いてもダメだった。そんで、羊を飼うことにしたんだけど、泥棒野郎が壁に穴を空けてそこから羊を盗みやがったんだ。ついてねえだろ。

あのころ、どれだけ貧しかったか説明できることがある。親父とお袋が靴底売りに出ちまって、家には二七袋の乾麺が残された。今スーパーで売っている一斤袋じゃなくて、農村で作られた、あの短いタイプの、多くても半斤のやつな。トウモロコシの麺とかも何もなかったからよ。俺たち兄妹はそれでひと月と二〇日間を過ごしたんだ。兄妹は学校が終わったら手分けして仕事をした。薪拾いに行くヤツ、火を熾こすヤツ。毎日決まって薄い水みたいな汁蕎麦に、野草を入れて、サツマイモの葉っぱとかそういうやつな、最後には節約しようにも何も残らなかったよ。俺は外に行って食糧を借りようとした。村中に頼んだけど、あのころはみんな貧しかったからよ、誰がそんな親父もお袋もいねえガキに食糧をくれるってんだ。親父とお袋が戻ってきたときにはよ、姉貴も妹たちも餓死寸前だったんだ。

村じゃひとつしかねえ姓だろ、地位も相当低いわな、それにあんたら梁さん一族が住んでるあたりに住んでたからよ、しょっちゅう梁家からいじめられた。家を建てる場所でも揉めてよ、万明たちが言いがかりをつけてきやがって、戸口で騒ぎ立てやがった。俺は片手に菜っきり包丁、もう片手に鉄の鍬を持って、死ぬくらいの勢いで奴らを打ち倒してやった。そのころ、俺は十いくつかだった。梁万明は俺の先生でさ、彼が、義坊よお、おめえ、なんで俺を殴るんだって言った。俺はこう言ってやった。「おめえら人をなめくさって、横暴にもほどがあるぜ」。

そんで、親父とお袋が湖南から戻ってきてしばらくして、不注意から家が焼けちまってよ、トウモロコシも焼けちまった。家の布団とかも全部焼けた。親父は家のまわりをぐるぐる回ってた。俺たち家族は地面に座り込んで泣いたぜ。ありゃ、マジで窮地の大泣きってやつだ。最終的には生産隊のタバコ加工小屋を借りて住んだんだ。

一七歳で家族揃って陽《ヤン》県に移った。お袋は実家から一〇〇元あまり借金をして、陽県で豆の搾り機を買った。豆腐を作ろうってんだ。親父とお袋が家で作って、俺は陽県の住宅地のそこらじゅうで売った。冬、大雪が降っても、豆腐を売りに行かないとなんねえ。坂がすごく滑って自転車がひっくり返って、豆腐が全部ダメになったよ。俺は座り込んで泣いたね、もう生きていたくねえって思ったよ。そのあと、事業を拡大しようとしたんだ。陽県はリンゴの里でさ、リンゴ販売が結構カネになる。俺は取引先に渡りをつけてよ、船でリンゴを運んで何千元稼いだら、俺の取り分は何百元って決めたんだ。俺はめちゃめちゃ嬉しかったね、マジで初めて結構な額を手にしたんだ。けどな、俺に酒を飲ませて酔わせたヤツがいてな、金をすられたんだ、俺は大声で泣いたよ。それってのはヤツらの罠だったんだ、俺を騙すためのな。そのあと、船で魚を売ったときには苛められたよ。殴られて、俺に跪けって言うんだ。俺は跪かなかった、殴られてもごめんだった。それから俺も強くなったよ、この世の中でやっていくには、優しくっちゃダメなんだよな。ちょっと優しくすると、土地のヤツらはすぐ痛い目に遭わせてくるからな。それから、陽県のいろんなアニキたちと知り合いになり始めたよ。アニキたちは、俺に豪胆さがあると思ってくれてるから、俺を見下したりしない。世のヤツらは河南人はどうだこうだって言うけどさ、じつは切羽詰まっちまって、それからやっと立ち上がって、自分自身の世界を造ったんだ。俺は向こうで俺みたいな人たちと知り合いになって、相互理解やコミュニケーションを通じて、同じタイプの義理堅いヤツを探して、連盟を結成したんだ。

そんで、埠頭で魚や海産物を売って、大々的な卸売り業をした。これはカネの稼げる商売で、剛直で筋を通すヤツじゃねえと絶対無理なんだ。その期間、喧嘩して命が危うくなったことが何度もある。鄭《ジョン》ってヤツがいてよ、俺たちは切った張ったをやらかしたよ。ある人が鄭のヤツに魚を届けようとしたんだけど、俺がそいつを横取りする格好になった。この人は俺がちょっとばかり高めに買ってくれるって聞いて、俺に魚を売ろうとしたんだ。鄭のヤツはそれが気に入らなくて、ナイフでその人に斬りかかった。俺もナイフで応戦したものだから、あのときは弟たち二人ともが血を見たね。ヤツらが俺を無理に連れていこうとするからよ、俺はうしろから斬りかかって、妹の旦那が直接棒で殴ったもんだから、そいつは脳震盪を起こした。その後、ヤツらは噂を広めやがった、俺や弟に会ったが最後、殺《や》ってやるってな。そのとき、弟は一八、九でさ、俺が陽県に行って六、七年ってころだった。最終的には、俺たちはナイフで死にもの狂いに暴れたからさ、代償を払わされる結果になったよ。やっぱりカネで警察側を丸く収めて、この件はようやくケリがついたってわけだ。だが、あのころは法律意識ってもんがなくてな、派出所の人が説得してくれたけど、俺はヤツらがひどすぎるんだって言い張った。あとで知ったよ、あれは過剰防衛ってやつだったんだって。

陽県のヤツで俺と同業がいてな、完全にその土地生まれのその土地育ち、町外れの村のゴロツキですげえヤツだった。その土地ではヤツが一声命令すれば、みんなが動くってぐらいだった。そいつが鄭とグルになって、俺ら一家を陽県から追い出そうとした。そんで、俺はダチの李老二《リー・ラオアル》に仲裁に入ってもらったんだ。俺はそいつを「チビおし」って呼んでたけどな、やっぱり有名なヤツだったんだ。互いが互いに頭を下げることで手打ちにしようとしたけど、相手はそれを飲まなかった。俺のダチはメンツ丸潰れよ。そのときはマジで背水の陣ってやつだ。尻尾を巻いて河南に戻るか、陽県で足場を固めるかだからな。俺らは李老二の家に司令塔を据えた。俺ら三人が司令官で、俺の弟が特攻隊長で、全部で数十人いた。その年の二六日、弟が鄭のヤツとその一味に斬りかかって、三階から一階まで蹴落として、全部で八人斬ったんだ。そのせいで弟はブタ箱さ。

何度か小競り合いがあって、結果としては俺がカネで適当に処理したよ。法律意識がねえから、妹の旦那はこの件でこっぴどい代価を払ったよ、なんせ八か月の投獄だからな。俺は数万元払って二か月で済んだ。けど弟は監獄に八年だ。当時はこの事件が陽県を騒がしたもんよ、まあそのおかげで俺はあそこで顔になって足場が固まったんだけどな。俺は今陽県でよ、俺が顔出しゃあ、どんなことでも便宜をはかってもらえるんだ。

ずっと魚の卸売りをやってたよ。商売がノリ始めたころは一年に二十数万稼いだ。俺自身は七、八万稼げりゃ御の字なんで、残りはダチにやっちまった。肉がありゃ一緒に食うだろ、義理ってもんが必要なんだ、そうすりゃ相手もお前さんに命を投げ出してくれる。この数年、国の形勢が変わって、買い付けや卸は場所を決めてやるようになった。俺らの海鮮卸売りは毎年の収入がわずか六、七万になって、俺の支出をはるかに下回っちまった。仕方ねえから、工場をやることにしたのよ。三年間失敗ばかりで、大して稼げなかった。そんで陽県に戻って精油を始めたんだ、けどまたダチに騙されてカネを巻き上げられた。その間七、八年はいつも負け戦だったな。九十何年かに手元に百数万あったけど、そのあとにほとんど損してなくなったよ。

そんでまた陽県に戻ってきて茶館を始めたんだが、不正な手段でな、賭場をやってるんだ、地下賭博場だ。三人で合同で茶館をやって、何百万か稼いだ。茶館をやってる途中で、今のアルミ鉱山業を始めた。七人が協力し合って、一人数十万を投資して専門の工場長を見つけた。けど、その工場長ときたら運営が下手でよ、またも損したんだ。そのあと、七人の団結が崩れて、その鉱山を争って、危うくドンパチやるところだったぜ。俺は現金をヤツらに分けて、鉱山を手に入れた。今その鉱山は、俺が法人代表なんだ。すでに一二〇〇万投資したけど、最終的には二〇〇〇万あまり必要らしい。けど、俺の製品の質はとうに国の許可を得てるし、製品はメーカーもとうに認めてる。もうすぐ利潤が上がるさ。

俺は今、専門知識も相当なもんだぜ、そんな専門的な名詞を言っても、あんたはきっとわからねえだろうがな。

人には想像力ってもんが必要なんだ。俺はやっとわかったよ、官民協力体制ってやつがね。俺は今、県知事や公安局長にも公明正大に合わす顔があるんだ。俺はもとは捕まったヤツだけどな、今ではこの俺様は名実相伴う企業家様ってわけだ。

生命のあと

梁庄の入口近くに家が一列並んでいるが、その中の一軒の庭はとりわけ大きい。壁はなく、セメントを直接敷いて公道の車道につながっている。見るからにかなり広々として、立派な庭である。そこは梁光河《リアン・グアンホー》の家で、二〇〇七年に建てられたものだ。村人は陰で噂をしている。あの家は彼らが子供の命と引き換えにしたものだと。

それは嘘ではない。光河とその妻は二人とも真面目で、光河の夢は見栄えのいい家を建てることだった。二十数年貯蓄したが、家を建てる資金は貯まらなかった。彼らは借金をする気もなく、一生懸命働いた。光河と妻と息子は出稼ぎに行き、何年間も一度も戻らなかった。事が起きる前は、家などいつ建てられるかわからない状態だった。光河の家は、子供の死後に得た賠償金で、翌年に建てたものだ。それ以降、光河は出稼ぎに行くことはなくなった。外出すらめったにしない。村で彼の姿を見ることはほとんどないのだ。私が村に戻ってしばらく経ったが、まだ一度も彼を見かけていなかった。

夕食を終えたが、空はまだ完全に暗くなってはおらず、黄昏の村は一種異様な静謐さに覆われていた。新しくもなく、流行のものでもなく、新鮮でもなく、素朴で落ちぶれた、落ち着いた静謐さ。そのせいで、いわく言いがたい、長い年月の経過が感じられた。私は父と一緒に散歩に出かけ、光河の家の戸口のところまで来た。ドアは開いており、中は暗かった。父が何度か呼んだが、誰も答えなかった。ちょうどその場を去ろうとしたとき、光河が出てきた。光河の顔は暗がりから突然浮かび上がり、びっくりするほど青白く、顔の内側の青筋がほとんど見えるほどだった。顔はかなり痩せこけており、鼻は異常に尖っている。皮膚はたるみ、まるで血色のない恐ろしい亡霊の首のようだった。彼はごくゆっくり体を動かし、背骨が曲がっているので、七、八〇歳の小柄な老人に見えた。私は心底驚いた。私の印象では、光河はかなりハンサムな青年で、珍しいくらい彫りの深い人だったのだ。今ではその彫りの深さのせいで、逆に病人っぽさが増していた。彼は私たちに挨拶をし、腰掛けをいくつか運んできて、戸口のところで座るように言った。そして戸口を通り過ぎようとした子供を呼び止め、父親を呼んでくるように言った――梁庄の元書記の梁興隆のことである。これらすべてのことを、光河はひどく緩慢な動作で行った。彼の声はだるそうで元気がなく、体などまるで一枚の薄紙であった。風がさっと吹きつけたら、倒れてしまうだろう。

しばらくして、父親が来た。私たちが花嫦《ホワシェン》と呼んでいる彼の妻も、あたふたと戻ってきた。花嫦は眉が濃く大きな目をしており、丈夫そうで、甲高く大きな声で話す人だった。彼女の様子からは、この家でかつてどれほど悲惨な事件があったかを見てとることはできない。農村の女性の精神的強靭さはたいてい男よりも上だ。

私は光河の子供のことを話したかったが、まったく話の切り出しようがなかった。どうやら父も言い出しかねるようで、何度も口にしかかっては、とどまるのだった。光河はずっとしょんぼりうなだれ、元気がない様子だった。しかし我らが元書記は、今なおかくしゃくとしており、政治に関心を寄せ、時局を独創的に理解していた。私は彼の首、手、そしてはだけた胸元を仔細に観察した。どこもかしこも傷跡があった。一本の斜めの傷跡が、ほとんど胸部全体に走っていた。例の清立がつけた傷だろう〔第五章参照〕。

光河の家を出たときには、空はもう完全に真っ暗だった。村の公道を歩きながら、農作物のさまざまな呼吸音を聞いた。まるで大地全体が起伏して呼吸しているかのようで、広くゆったりとみなぎる一種の生命感に溢れていた。夜は暗く、とても美しい感じがした。夜空はますます静まり返り、丈のばらばらな農作物は神秘的で、深呼吸をしており、まるで私たちと一緒に歩いているかのようだった。真っ白な灯りが、ちらちらと光りながらしだいに近づいてきた。ごく近くまで来ると、灯りのちらちらした動きが止まり、私たちの顔を照らしたかと思うと、声が聞こえた。「二爺《アルイエ》、こんな遅くに何をしているんです?」父は「ぶらぶらしてるんだよ。あんたは何をしてるんだい?」と答えた。「セミを捕まえてるんです」。答えた人は手にしていた壜を持ち上げて見せた。中には濁った水が半分ほど入っているようだった。水を出すと、セミが中で這っていた。私が「セミなんか獲ってどうするんですか?」と尋ねると、相手は村の食堂が買ってくれて、一匹一元、最低でも六角にはなるのだと答えた。通り過ぎてから、父は私にこう言った。「今のは勝文《ションウェン》、周家の上の息子だ。あいつが出稼ぎに行っていたころ、父親の老周《ラオジョウ》が代わりに孫息子の世話をしていた。でも目が届かず、井戸で溺れ死んじまったんだ。勝文は戻ってきて、老周夫婦を追いかけて村中を駆け回った。老周を殺そうとしたんだ。老周夫婦は怯えて、村を出て半月ほど隠れてたよ」。

家に戻ると、父は私に光河がどういう目に遭ったのか詳しく語ってくれた。

事件が起きたのは二〇〇五年一〇月一八日の六時ころだ。夕方、学校がちょうど終わった時分だな。光河の一男一女、弟の梁亮《リアン・リャン》と姉の梁英《リアン・イン》は梁庄村に帰ろうとしていた。梁亮はバイクに梁英を乗せていたんだ。梁英は妊娠していたんだよ、四、五か月だったかな。梁英は良い娘で、実家の面倒も嫁ぎ先の面倒もみていた。梁英と旦那は村で家具屋をやっててな、商売は順調だった。嫁ぎ先の姉さんってのが眼が悪かったんだけど、梁英はしょっちゅう面倒をみてて、仲が良かったんだよ。その日、梁亮は広州の出稼ぎからちょうど戻ってきたところで、村に姉を迎えにいって実家で食事をするつもりだったんだが、ちょうど高校の角のところで小型のセダンに轢かれちまったんだ。運転手は龐《パン》といって、食糧管理所の主任だった。龐の実の兄というのが公安局の人間で、刑事事件担当の副隊長とかそういう役職だったんだ。龐は飲酒運転で、スピードも出ていた。一台の農用車がヤツの車と並んで走っていたそうだ。龐はその車を追い抜こうとして、梁亮のバイクを轢いたんだな。梁英は農用車の上まで跳ね飛ばされて、隣の県まで連れていかれたそうだ。およそ三、四〇キロもな。人々が車から荷を下ろそうとしたときに、ようやく車に死体があることに気づいたんだ。その時点ですでに夜の一〇時ころだった。農用車の運転手は肝を潰し、どうしていいかわからずに慌てて警察に届けたんだ。事故現場の方では、運転手の龐が、人が死んだのを見て慌てて電話をした。すぐに車が来て、龐を連れていった。目撃者が警察に届け、梁亮は病院に運ばれたが、とっくに死んでいた。村人と梁英の嫁ぎ先の家の者は、ずっと梁英を探していた。梁亮と一緒に出たということは明らからしいが、じゃあいったいどうしていなくなったんだろうってね？　翌朝、公安局が地域の派出所まで捜査をした結果、やっと梁英が別の車の上に跳ね飛ばされて、隣の県まで連れていかれたんだとわかったんだ。

光河夫婦はそのときまだ新疆で出稼ぎをしていて、何日かしてやっと戻ってきた。光河の弟の光《グアン》天《ティエン》が家でいろいろ取り仕切っていた。梁英は火葬場、梁亮は病院の霊安室にいた。そのとき、龐は村の治安主任にこう言ったそうだ、この件は七、八万元で賠償可能だろうと。光天は七、八万ではダメだと考えていた。二人の大人、加えて梁英の腹の中の子供、この三つの命だからな。それで龐は、今度は村の有力者のところに行って、九万五〇〇〇でぎりぎりだ、それ以上は無理だと言ったんだ。三日経って梁光河夫婦が戻ってきた。その傷心ぶりは言うまでもないよ。息子のところで大泣き、そしてまた娘のところで大泣きだ。喉が嗄れてしまったそうだ。村人はもう泣くな、死んだ人間は生き返らない、急いで賠償のことを考えた方がいいと勧めた。最初光河は、金なんか要らない、命が重要なんだ、龐を罰して監獄に入れろと言っていたんだ。みんなは光河に、子供が死んで金もこれ以上入らないとなったら、これこそまさに人も財産もなくしてしまうってことだぞと説得した。それにお前の娘と息子はあの世で魂がある、彼らだってそんなこと望むまい、ともね。光河もそれで言うのをやめたんだ。あのころは、大勢が光河の家を取り囲んで意見を言った。ひとつには同情からだが、もうひとつは心の中で皮算用してたんだ、万一たくさん貰えたら、ちょっと貸してくれるかもしれないとな。

最終的に地区の公安局にコネをつけて、贈り物をしてとりなしてもらい、最低賠償は二〇万だと言ってもらった。だが龐はうんと言わない。だが、地区の公安局の人は、この件に構う必要などないと考えていたらしい。事が引き延ばされて、和解協議書にサインをしなければ、重大交通事故ってことになって、賠償金の他に実刑を食らわす必要が出るからな。その後、龐はまた多くの人を使って光河と和解しようとして、双方ともが膠着状態になった。最終的には、龐が「奥の手」を使いやがった。これ以上騒いだら金は出さない、実刑なら実刑を食らうまでだってふれ回ったんだ。それが梁光河にはものすごいプレッシャーになった。龐にはバックもあるし、たとえ監獄に入ったところですぐに出てこられる、金も引き延ばした結果手に入らないんじゃ、ほんとうに人も財もなしってことになってしまう。そのため、梁光河も方々をまわって智慧を授けてもらったんだが、良い方法はそうそうなかった。

龐のヤツも情報を集めて、梁家一族には村の外に有力者がいるが、ほとんどは梁光河の家、特に彼の父親の梁興隆とは歴史的に対立してるから、間違いなくこの件には多くは関わらないだろうとわかったらしい。だから、相手も梁光河がどんなに奔走しても構わず、静観してられたんだな。

この件は結構長いこと放っておかれた。梁亮と梁英はずっと埋葬されずに、火葬場の冷凍ケースに入れられてたんだが、それだって毎日少なからず金がかかってたんだ。光河夫婦は毎日泣いて、最後には涙も出なくなったそうだ。娘も息子も埋葬できず、先方からは相手にされず、裁判を起こそうにも手伝ってくれる者もいない。一か月過ぎて、光河は痩せこけて、まるで別人みたいになってしまった。最後には光河は耐え切れなくなって、人を通じて仲裁に入ってもらい、補償金は一五万七〇〇〇だとした。それで和解さ。梁英の嫁ぎ先もいくらか手にしたようだ。

あとになって、梁家の梁興隆と敵対しているヤツが、村で他の人に会ったときにこの件について話し、これは全部梁興隆が報いを受けたんだって言ったそうだ。お前は知らないだろうけど、梁興隆のスッポン野郎が書記をやっていたとき、ほんとに良心のないひどいやり方で、そりゃもうすごかったんだ！　お天道様はヤツに報いずに、ヤツの孫たちに報いたんだろうよってな。そのことばを聞いた人は内心こう思ったそうだ。それを俺が知らないとでも言うのか、くそったれめ、あのころヤツらにマジでひどい目に遭わされたんだ、糞野郎のヤツにも今日の報いだ！

梁庄の人のほとんどはあの二人の孫に同情したよ。だがな、梁興隆が書記をしていたときにやった悪事の報いだとも思ってるのさ。

農村の人間の考え方は現実的だ。人が死んだら、いちばん重要なのはお金の問題である。そして金額を争う過程で、痛みや悲しみや肉親の情はすべて値段を駆け引きする材料へと姿を変える。何もかもがまるで冷たく無情で残酷であるかのようだ。これはまた、一般の人が農村の似たような事件を理解するときによく見せる非難や軽蔑でもある。農村の人間は金を人命より重く見なしているらしいと。しかし、誰が彼らの心の奥の深い流れを目にできるというのか?

私が故郷を離れようとしたとき、光河は県政府所在地に病気を診てもらいに行っていた。舌が突然動かなくなったというのだ。何を食べても吐いてしまい、飲み込むことができず、もう十何日も食事ができていないらしい。私は最終的な検査結果を知らないが、姉が言うには、たぶん神経系の病気で、どこかの神経が制御不能になったのだろうということだった。しかし、私は、光河の症状は鬱病が引き起こしたものではないかと疑っている。光河が家の暗がりから出てきたときの、倦怠感に覆われた、弛緩した細面の顔を思い出すと、まるで死が傍らを離れずにいるかのような感じだった。息子と娘の死が彼に与えたショックがどれほど深いか、誰に想像できようか? 老人世代が若者世代を喪うということは、本来ひどく苦しくつらいことだ。ましてあんなにも残酷な形で喪ったのだから。息子も娘もいなくなった光河にとって、生活の希望や目標はどこにあるのだろうか? そして彼の新しい家は彼にどれだけのプレッシャーを、あるいはことばにできない一種の罪悪感を与えていることだろう?「子供の命と引き換えにした」。このことばは彼の心の内にどのような反応を呼び起こしているのだろうか? 農村では、突然このような大金を手にすると、分不相応な望みがある人は言わずもがな、嫉妬に駆られた人々から、その人たちの普段の気性にそぐわないことばを吐かれることになる。私は、少なからぬ人が光河に借金をしようとしたに違いないと踏んでいる。結局のところ、彼が大金を持っていることを、みなが知っていたのだから、借金をしない理由などない。そしてすべての金があの一軒の家に変わったとき、それは村中の人々の財産が失われたにも等しいことだった。それは一種の人情にもとるやり方であり、村人の不満を招いたはずだ。それもまた、光河の罪悪感を深めているに違いない。

第五章　大人になった閏土《ルントー》

清立

夜、大雨が降った。朝起き出すと、村人はみな、外に出て家のまわりの様子を見てまわった。水が溜まりすぎている場所があると、床下浸水の恐れがあるのだ。農村の下水道はつねにいつでも大問題である。というのは統一的な排水溝がなく、各自に任されているからだ。いったん雨が降ると、村の中を水が縦横に交差しながら流れ、前後の家同士が排水の件を理由に喧嘩するという現象が日常茶飯事であった。

私と兄も昔の家の様子を見にいった。東西の部屋には水溜りがふたつできており、たくさんの水で溢れていたが、周辺の床下までは浸水しておらず、家が倒壊する恐れもなさそうだった。私たちは戻って朝食をとることにした。青石橋まで来たとき、清立が手提げ籠を提げて道の向こうから現れた。清立は上着の前をはだけており、丸い腹が出ていた。ズボンは藁縄をベルトにして、片方の手に八、九寸〔一寸は約三・三センチメートル〕の鉈を持っていた。彼は兄を見ると、遠くの方からにこにこして挨拶した。「叔父さん、お帰りかね。叔母さんはいつこちらにお戻りに?〔同じ一族の中では、実年齢にあまり関係なく上の世代に属している人を敬称で呼ぶ〕」清立の声は低く、少しかすれ気味だった。私は小声で兄に囁いた。「まったく正常に見えるけど。頭がおかしくなったってどういうこと?」兄はこう答えた。「ちょっと話しゃお前もすぐにわかるさ」。そして、兄は大きな声で清立に声をかけた。「清立、早いな。何をしてるんだ?」清立は答えた。「川が増水したもんだから、五時過ぎには起きて、川に魚を獲りにいったんだ。大きなナマズが獲れたよ」。話しているあいだに、彼は近づいてきて籠を私たちの顔の前に差し出して見せた。その小さな籠の中には、大きな魚が入っていた。二、三キロはあるようで、髭がまだかすかに動いている。私と兄は感心して誉めた。清立はそれを聞くと、魚を兄にあげるという。彼は籠を青石橋の隅に置くと、縄を探し始めた。魚を縛ろうというつもりらしい。

私が「清立、あなたの写真を撮ってあげるわ」と言うと、彼は信じていないようだった。「ほんとうに?」私は「ほんとうよ。ちゃんと立って、姿勢を良くして。手に持ってる鉈は、その辺に置いて。それを持ってると見栄えがしないから」と言った。しかし清立は、とにかく鉈は持っていると言い張った。私は「それを籠の中に置いてちょうだい。写真を撮り終ったら持てばいいでしょう?」と言いながら、ごく自然に彼の鉈に手をかけた。すると清立の顔色が突然変わり、ひどく緊張した様子で、手の鉈を今まで以上にしっかりと握りしめた。目には凶悪な光があった。兄はそれを見ると慌てて近寄り、私を引き止めた。「写真が撮れればそれでいいだろう」。

清立は突然はっと我に返ったようで、服を捲り上げると、鉈を腰に挟み込んでから服を下ろした。鉈は外からはほとんど見えなくなり、かすかにその輪郭がわかるだけだ。私が「撮るわよ」と言うと、清立は跳び上がって「いや待ってくれ。まだちゃんとポーズとってないから」と言った。彼は一本の木の傍まで行くと、その木に寄りかかり、両脚を交差させた。おそらくその姿勢が格好いいと思っているのだろう。そして得意気な笑顔をしてみせた。写真を撮り終わると、彼は写真が現像できたら絶対一枚くれるようにと私に繰り返し頼んだ。私は承諾した。

私は清立としばらく雑談をして、彼の精神状態を理解したいと思っていた。九年前、清立は突然頭がおかしくなり、鉈を持って元書記の梁興隆の家に押し入り暴行を働いたのだ。梁興隆は仰天して村中を逃げ回り、清立は村中を追いかけまわした。梁興隆の頭と手脚は軒並み斬りつけられ、胸元も一太刀浴びて、肋骨が剝き出しになったという。梁興隆の妻も、手と腰を斬りつけられて傷を負った。この事件は当時、半径数十キロ四方を震撼させたニュースとなった。物好きがいて、こんな戯れ歌を作っている。「梁庄で大事件、清立が興隆に斬りつけた、腕をバッサリお腹にブスリ」。

私は清立にどうやって暮らしているのかと尋ねたが、彼は逆に聞き返してきた。「北京から戻られたそうだけど、オリンピックはどうだったね？」私がまだそれに答えないうちに、彼は「オリンピックってのは大したもんだ」と話し始めた。私は内心、ひそかに驚いていた。清立は決してほんとうにおかしくなっているわけではないと思ったのだ。しかし、しだいに何を言っているのかわからなくなった。清立の話し声は低く、ぶつぶつ言って、はっきり聞こえない。両腕を胸の前で組み、目は空を見上げており、何やら沈思黙考といった体だ。国家天下のことから世のあれこれまで、食糧政策について論じたかと思うと、今度は治安管理の話題、はてはどこそこで人が死んだなどと彼の思考は乱れ、完全な表現というものはなかったが、ほとんどすべて国家の大事だった。

去り際、清立は私たちにその獲った魚を持っていくようにしきりに勧めた。彼は細縄をとうに見つけており、魚を縛ると兄に持たせた。兄は持ちにくいからいいよと断ったが、どう遠慮しても無駄だった。兄は仕方なくその二・五キロはあろうかという大魚を持って帰った。道すがら、兄はこう言った。「お前もこれで、清立から鉈を取り上げるなんてことがどれだけ危険かわかっただろ？　あの事件以来、ヤツは村にいるときは鉈を肌身離さず持ち歩いてるんだ。ときには、歩いているうちに鉈を持って変な踊りまでしやがる。誰もそれを止めようとはしない。お前考えてみろ、人に斬りかかるなんてことをしでかして、誰があいつに近づこうってんだ？」清立はなぜ、魚を兄にくれたがったのか？　それは事件当時、裁判沙汰になった際に兄が清立のために弁護士を手配してやり、精神病院で鑑定を受けさせたからである。彼は、やはり心の内ではわかっているのだ。

朝食を食べ終わると、私は兄に清立の傷害事件の詳しいプロセスといきさつを話してもらった。

清立な、たしか今年四四歳だ。もともと、小商いをやってたんだが、頭が切れるし、力仕事もできるってんで左官をやったんだ。ヤツらの家も梁庄ではイジメの対象だった。ヤツの親父さんってのがガチガチの石頭でな、正義感が少しもなくて、ここらの人と連帯しようとしなかったんだ。村の幹部に取り入ろうとして、うまくいかず、村の人たちから見下されてたよ。「文化大革命」のときには、ちょっとは勢力を得たこともあったが、それも手先にすぎなかった。あのころ、俺らの親父が批判されたとき、ヤツの親父も便乗してやってきて、蹴ったり殴ったりしてたな。ヤツの親父は村に一人の友人もいないし、ヤツらの家に遊びに行く人もほとんどいない。宴席もほとんどあったためしがないんだ。

清立は農村では有能な部類だが、人となりや世渡りの点で、ヤツの親父にちょっと似てる。ひねくれた性格で、友達付き合いもほとんどない。だが、ヤツが人に会ったときに話したり挨拶したりっていうのは、親父さんよりましだな。

清立は大した稼ぎはなかった。嫁さんをもらったんだが、これが負けず嫌いでな、しょっちゅう甲斐性なしってわめいてたよ。じつはそのころ、社会全体にカネなんかなかったんだけどな。清立は分家して、村での暮らしはいちばんひどいってほどでもなかったんだが、嫁さんは気に入らなかったらしく、二人してそのことで口論するわ、取っ組み合うわ。清立は口でも嫁さんに敵わないし、取っ組み合いでも敵わないんだ。おそらく、あのころヤツの性格はちょっと萎縮してたんじゃないかな、村の人たちはヤツの頭はちょっと普通じゃないと思ってたよ。ただ、何も事件は起こしてなかったけどな。

清立と梁興隆の不仲の原因は家の問題にあった。清立の家は溜め池の縁にあって、興隆の家からはかなり遠かった。だが、興隆の家の下水道が詰まったんだ。じつはそれはそんな大問題なんかじゃない。下水道なんて自分で引くもんだろ。雨が降って排水がうまくいかなくなったら、ちょっと手を入れれば良しだ。だが、ちょうど興隆が書記をやってたときでな、ヤツは優位に立って人をバカにするのが習慣になってたんだろうな、直接清立のところへ行って罵声を浴びせたんだ。そのとき、清立はそれが気に入らず、口答えをして、挙げ句興隆を地面に押し倒しちまったんだよ。そんで、興隆の息子たちが清立を懲らしめないと気が済まないってなったんだ。負け犬のくせに、強い者にたてつきやがってとんでもねえってな。さもなかったら、あの気違い野郎、どこまでつけあがるかわからねえってな。興隆の三人の息子たちが清立の家に押しかけ、ヤツを部屋の中で押さえ込んで一発殴ったんだ。結構強かったらしい。生産大隊で白黒つけるってなったんだが、村の治安主任は興隆の二番目の息子の嫁さんの親だろ、なあ、そんなんで清立に分があると思うか？　村では清立は理不尽野郎だって決めつけられたんだ。梁興隆を殴ったからな。しかも五〇〇元の医療費も払わされた。それ以降、清立は心を病んじまって、完全におかしくなったのさ。

ある晩、梁興隆の息子が周家でテレビを見て、やおら帰ろうとドアを開けようとしたとき、誰かに肩を叩かれたらしい。振り返ったところへ、鉈でビシビシと突かれたんだ。清立がやったんだと疑う人がいた。ヤツらは清立のところへ因縁をつけに行った。清立は自分じゃないと言ったが、みんな信じなかった。またもや殴り合いだ。そして、そのときは清立がさらにバカを見た。その件の最中に、清立の嫁さんが息子を連れて出ていっちまったんだ。探しても見つからない。多分、出稼ぎに行ったんだろうが、手紙のひとつも清立に残さなかった。

何か月か過ぎて、たしか一九九九年の夏だったと思うが、正確な日付は忘れた。清立は手に鉈を持って、なぜかはわからないが、興隆の家まで押しかけて、まず興隆の嫁さんを殴り、彼女の指を斬り落とした。頭にも傷を作ったらしい。梁興隆はびびって村中を逃げ回り、清立は鉈を持ったまま村中を追いかけまわした。興隆は清立に鉈で首を斬りつけられ、肩や足も何回か斬りつけられたそうだ。傍にいた連中が引き留めようとしたが、清立は鉈を持ったまま村中を追っかけまわしてたから、みんなびびって誰も仲裁になんか入れなかったんだ。村の連中は、興隆はこれでもう絶対に生きてられないだろうって噂した。

興隆と嫁さんは入院し、清立は派出所に捕まった。興隆の治療には一万六、七〇〇〇元かかったんだが、息子たちは誰がいくら払うかで、すったもんだやってたぜ。二人とも重傷だったから、傷の程度を調べる詳しい検査もした。法律に照らせば、清立は少なくとも懲役一五年ってところだったらしい。

そのとき、誰だったかが提案したんだ。清立に弁護士をつけて精神鑑定を受けさせるべきじゃないかって。清立の親父さんが俺の所に頼みにきた。最初俺は関わらねえ方がいいって思ったんだ。興隆はうちともゴタゴタがあっただろ、公的なことを利用して私的な怨みを晴らそうなんて、考えねえ方がいいって思ってさ。けど、あとになって、こうも考えた。俺は正義を貫くんだ、万一、清立がほんとうに病気だったらどうするんだ。病人だったら、そんな無実の罪を着せちゃいけねえって。そこで俺は清立のために弁護士に連絡して、医者に鑑定をしてもらった。鑑定の結果は、清立は間違いなく統合失調症ということだった。

裁判では、裁判官が「梁清立、あなたはなぜ、梁興隆を殺そうとしたのですか?」と尋ねると、清立ときたら「くそったれめ。あいつをぶっ殺してやりたかったからです。今回は手ぬるかったです」と答えやがった。何度尋ねても、清立の答えは同じだった。裁判官は裁定に困って、開廷して大して経ってなかったのに、すぐ休廷を宣言したんだ。そんで、清立はまた精神鑑定を受けさせられたよ。そんで地区の方でも鑑定を受けて、間違いなく統合失調症だと。何か月かして、清立は無罪で釈放されたよ。

村に戻ってきてからは、怖いからか、それとも脅しのためかは知らんが、とにかくどこへ行くにもヤツは鉈を肌身離さず持ち歩いてるのさ。

私は暗澹とした気分になった。古い農村の物語は依然として続いている。近代化の風がすでに何十年も吹いているというのに、今もなお農村内部の生存構造は変わっていないのだ。当然のことながら、清立にとって法律の公正さが彼を刑罰の苦しみから遠ざけたのではあるが、彼の精神の内部崩壊に誰が責任を負えるだろう？　兄は、清立の家を見にいけばもっと何かヒントが得られるかもしれないと言った。昼食後、兄と清立の家へ行った。清立の家は、じつは村の入口付近の溜め池の傍にあるのだが、私はこれまで気に留めたことがなかった。家は一九八〇年代中期に建てられた耐火レンガと普通のレンガの混合タイプの家で、壁の半分がレンガでもう半分が泥だった。なぜか清立は、東側と西側の部屋のふたつの窓を、どちらもレンガを積み上げて埋めてしまっていた。

清立は私たちが来たのを見ると、非常に嬉しそうに、家の中に招き入れた。部屋の中はひどく暗く、腐ったゴミ捨て場のような臭いがした。入ったばかりのところにある母屋は、まだ光がわずかにあり、室内の装飾を見ることができた。実際のところ、大した装飾はなく、部屋の中心に丈の低い古い小さなテーブルとふたつの腰掛けがあるばかりで、テーブルの上は埃だらけだった。恐らくもう長いこと誰も来ていないのだろう。奥の壁には粘土を積み上げて作った長ベンチがひとつあり、その上には雑多な物が置かれ、それらの物には蜘蛛の巣がかかっていた。長いあいだ放っておかれているのだろう。西の部屋はほとんど真っ暗だった。ベッドがひとつ置かれ、ボロボロのむしろや何着かの服があったが、枕はなかった。例の鉈は、おどろおどろしくベッドの上に置かれ、暗がりの中で光っており、見る者の肝をヒヤリとさせるのだった。

室内の臭いに我慢できず、私たちは急いで退出した。もともとは写真を撮りたかったのだが、清立がまた不機嫌になるのが嫌で、その要求は口にできなかった。兄が私に合図を送り、庭の豚舎を見にいった。豚舎の中も真っ暗で、豚はおらず、ただ長いヨモギが敷き詰められていた。清立の家を立ち去ったあと、兄がこう言った。「今、清立の毎日の仕事は、川までヨモギを刈りに行くことなんだ。豚舎に敷き詰めて、また刈りに行く。しばらくして、部屋がいっぱいになったら、外に捨てる。そんでまた刈って敷き詰めるんだ」。清立に何をしているのか尋ねると、鉈を磨いているとのことだった。清立はこう言った。「くそったれめ。鉈は長いこと使わなかったら、鈍っちまう。それじゃダメだろう? 万一、使うことになったときにどうするってんだ?」

昆生《クンション》

初めて墓地の中にある家を目にしたのは、およそ一〇年前だろうか。やはり夏のことだった。激しい雨がひとしきり降ったあと、私は兄と母の墓参りに行った。兄は、墓地の外れに家があって人が住んでおり、別の自然村《しぜんそん》〔村落共同体の基礎となるムラを指す。行政村とは必ずしも一致しない〕の人だけれど、なぜか村から離れて一人でそこで暮らしているんだ、と教えてくれた。私は好奇心に駆られ見にいった。墓地の外れは、丹精を込めて手入れされていた。地面を平らにならした麦脱穀場があり、まだ脱穀していない麦藁が積まれ、いちばん下には、発芽した麦がかなりの厚みの層となっているのが見えた。それから井戸、自家製の碾臼《ひきうす》などもあった。中央部の広くなっているところで、男が二人家を建てていた。ちょうど壁が積み上げられたばかりで、傍らには自分たちで造った粗末な土レンガがあり、どうやら家の梁を組もうとしているようだった。隣には茅で造られた小屋があった。二人の男はひどく警戒したように私たちを見、何も言おうとしなかった。兄がタバコを一本ずつ渡すと、やっと少しリラックスした表情になった。私は腰を屈めて茅葺き小屋に入り、目が室内の暗さに慣れたころ、中の様子に驚いて茫然とした。

茅葺き小屋は完全な形ではなく、前方にはいわゆる表門があるのだが、後方はトウモロコシの類を固めた壁しかない。昨夜の大雨がそうした脆弱な遮蔽物を突き抜け、その狭い空間を水で浸していた。そこは厨房のはずだが、鍋や釜はすっかり雨やら泥やらで汚れ、食べられそうな物は目に入らなかった。空間全体の中で唯一乾燥している場所と言えば釜の前の一部だけ、椅子を三脚置ける程度の場所だった。このごく小さな空間で、三人が縮こまって寝ていた。一人が多分母親であろう、両目がぼんやりと前方を見ていた。それから子供が二人、一人は床に這いつくばっている。床には麦藁が敷き詰められ、子供の髪は乱れていた。彼女の顔は見えず、少しも動かない。もう一人はわずかに年長の女児で、泣いていた。一〇歳ほどに見えた。兄は近寄っていって、這いつくばっている子供を少し撫で、その子が高熱を出しているのに気づいた。兄は年齢のいった女性に話しかけたが、彼女は何のリアクションも示さなかった。今度は外にいる二人の男に尋ねると、昨夜雨に濡れたせいで、ずっと熱が出ているのだと言った。

私たちは町にとって返し、薬を用意し、麺、ビスケット、塩、野菜を買い、金物屋で厚手のプラスチックシートを数メートル裁断してもらうと、再び先ほどの家に戻った。その小さな空間は、私たちが立ち去ったときのままだった。私はビスケットを姉娘にあげたが、彼女は食べようとせず、振り返って妹を呼んだ。「妹妹《メイメイ》、妹妹、ビスケットだよ」。姉娘は妹をそっと呼んでいた。妹娘はやはり動かない。兄が二人の男性に言って、例の女性に手を貸して外に連れ出させ、姉娘には妹を助け起こして向きを変え、抱きかかえさせた。女の子は顔中真っ赤で、目はきつく閉じられ、まるで呼吸もしていないかのようだった。兄はその子に解熱の注射を打った。

私はずっと考えていた。釜の前のあの三脚の椅子ほどの広さしかない場所が、唯一乾燥している場所だったが、夜には五人もいたのだ。病気の子供と男が二人、もう一人は半分おかしくなっている女性。彼らはあの晩、どうやって過ごしたのだろうか？　あの長く、しのついた、ひどく冷たい大雨の晩を？　今になってこの問題を思い返しても、私の胸はいわく言いがたい痛みにとらわれる。私にとって、それは永遠の謎であった。

墓地の外れのその小屋が目に入ったとたん、二人の人間が小屋の前の荒れ地で働いているのが見えた。老人と少女で、老人は鋤を振るい、少女の方は地面にしゃがんで何かを拾っている。私たちを目にすると、彼らは手を止めて腰を伸ばし、私たちを見つめた。間違いなく、その老人がこの家の世帯主だ。一〇年来会っていないうちに、彼は白髪の老人になっていた。頭髪は相当長いこと洗ったことがないようで、ごま塩状態でもつれ合っており、肩先まで伸びていた。髭は口をほとんど覆っており、これまたひどく汚かった。目は若干白内障気味なのだろう、白目が多く、人がはっきり見えない様子だった。傍らにいる少女は表情がいくらか活き活きしており、にこにこして私たちを見ていた。

私たちは彼らに畑からあぜ道まで上がってくるように言ったが、はっきり聞こえなかったようで、彼らはもの問いたげに私たちを見ている。少女が先に上がってきて、少し恥ずかしそうにしながら、かしこまって私たちを見つめた。いちばん上の姉が五〇元を取り出して少女にあげようとしたが、少女は受け取らず、助けを求めるかのように畑の中の老人を見やった。老人はとうとう体を動かし、口の中で何やらもごもご言っていた。まるでぶつぶつ独り言を言っているかのようだったが、私たちを見ており、コミュニケーションを取っているようでもあった。姉が金を老人の手の中に押し込むと、彼は何度か遠慮したあとに受け取った。何を言っているのか、やはりはっきり聞こえなかったが、何度か尋ねてだいたいのことは聞き取れた。彼はこう言っていたのだ。このぴかぴか光る銀貨は受け取れません(もしくは使えません)よ。私たちは、彼が何を言いたいのかわからなかった。清立と同様、長きにわたって孤独だった人は、基本的な表現能力やコミュニケーション能力を失ってしまっているのだ。

私は傍らにいた少女にとりわけ興味をかきたてられた。彼女は頬が紅く、痩せて小柄ではあるが、健康そうだ。目はずっと笑みを湛えて曲線を描き、とても可愛く質朴そうだった。私は好奇心に駆られた。彼女はあのときの姉娘だろうか、それとも妹の方だろうか？　私は彼女に、家には他に誰がいるのかと尋ねた。彼女は、「姉はもうお嫁に行ってしまいました、母は今年の春に死にました」と答えた。それならば、彼女はあのとき、病気になっていた例の妹娘ということになる。なんと、こんなに大きくなっていたとは。ほんとうによかった。ことばを交わすうちに、姉娘は貴州に嫁いで行ったことがわかった。なぜそんな遠いところに嫁いだのかと聞いたが、彼女も知らないようだった。彼女は学校へ通ったことがなく、字を読めなかった。出稼ぎで広州に行ったこともあるが、すぐに戻ってきた。というのは、字が読めないので多くのことが理解できず、また恐ろしくもあったかららしい。

彼女はしばらく農作業をしてから、町の食堂へ手伝いに行くつもりだという。その話はもう決まっており、一か月で五〇〇元、食住付きとのことだった。食堂はすでに何度も彼女を急かし、早く来てほしいと言っているらしい。私はそれを聞いて大変嬉しく感じた。少女も自分でお金が稼げるようになったのだ。少なくとも、彼女の生活はもう問題ない。父娘《おやこ》で今はどこに暮らしているのかと尋ねると、村のタバコ加工小屋との答えだった。村の幹部が見つけてくれたらしい。以前ここに建っていた家はしょっちゅう崩れていたという。私は周囲を見回し、彼女が言っていることをだいたい理解した。そのあたりは地勢がかなり低く、夏の雨季のころには水が溜まりやすいのだろう。

私は父娘に「写真を撮ってあげます」と申し出た。老人は非常に喜び、何度も手で自分の髪をしごいたが、どうしても指が通らなかった。老人は掌にぺっぺっと唾を吐き、なんとかオールバックに仕上げた。少女は父親の隣に両脚をきっちりそろえて立った。手で服の端を引っ張るようにし、口元には恥ずかしそうな微笑を浮かべ、私を見つめた。

私の心は震えていた。感動か、それとも喜びか。このようにして、ひとつの命がついにつらい歳月を耐え忍び切ったのだ。そしてこんなにも健康で明るく、質朴で清らかなのだ。彼女の未来の生活はきっとより良いものになるだろう。私は彼女に一〇年前のことを告げなかった。当時わずか五、六歳だった少女が、あのときのことを覚えているはずもない。願わくは彼女には永遠に忘れていてほしい。

家に戻ったのはすでに正午近かった。清道兄さんの家の脇を通り過ぎた。清道兄さんの家はお客が大勢訪ねてきていた。町役場の友人たちが彼の家にマージャンをしにきているらしい。清道兄さんはマージャンをする一方で、ひっきりなしに挨拶もしている。私たちが通り過ぎるのを目にすると、清道兄さんはひどく喜んで私たちを引き止め、周囲に紹介して回った。ことばの端々に若干ひけらかすような響きがあった。

墓地の一角の例の家の話になり、私はそこで初めて老人が昆生という名だと知った。じつは、私もその時点で初めて思い至ったのだ、あの老人にも名前というものがあるはずなのだと。

人々は昆生を「大髭」と呼んでいた。若いころに入隊し自動車兵をやり、退役後は村に戻らず、雲南や貴州一帯であれこれ仕事をしていたそうだ。彼は手先が器用で、特に竹でござを編むのがうまく、ござの中央に異なる色の文字や花が出るように編めるのだという。墓地のあの一角の井戸、貯蔵窯、家屋は、すべて彼自身が造ったものとのことだった。

清道兄さんがこう語った。「あいつなあ、頭にちょっくら問題でもあるんだろうよ。村にはヤツの宅地があるし、兄弟だって何人もいるってのに、どういうわけかどうしてもあそこに住むっていうんだ。昔、ヤツが墓地に例の小屋を建てたとき、俺のところにレンガをもらいにきたから、まあバカじゃあないんだろうけどな。俺はこう言ったよ。俺はどこへ持って行きゃいいんだ？ 俺の家からレンガを剝ぎ取ってお前の家にするってわけにはいかねえけどってな」。清道兄さんの口調は、かなりあっさりとした無頓着な感じで、少し軽蔑のニュアンスを帯びていた。

私は清道兄さんに尋ねた。「政府には彼らみたいな人のために具体的な政策がないの？ たとえば補助金とか」。清道兄さんは答えた。「もちろんあるさ。村でもヤツのために何度となく配慮したんだぜ。当時、ヤツが墓場に住んでいたから、何度も村に戻ってくるように言ったんだ。ところがそうしようとしない。そんで、夏には大雨、冬には大雪だろ、墓場の家が崩れて、とにかく戻ってくるよう

にやかましく言ったんだ。そんで、ヤツを生産隊のひとつに加えて、隊のおんぼろタバコ加工小屋を修理して、そこに落ち着かせたってわけだ。嫁さんが春に死んだときも、村がヤツのために埋葬してやった。ヤツは五つの保障〔農村などで、労働力にならず身寄りのない人に対して、衣・食・燃料・教育・葬儀の五つを保障すること〕を受けてんだ。一年に七、八〇〇元、それに三、四〇〇〇元の生活費だろ、普段は小麦粉に布団、着る物だって渡してる。実際、暮らしぶりは悪くないんだ。村で骨身を惜しまず働いてる真面目な他の連中よりずっとマシだぜ」。清道兄さんは、一貫してからかうような口調で話し続け、周囲の人たちもそれに同調した。

そのとき、マージャンをしていた一人の若者が口を挟んだ。清道兄さんは、この人はうちの町の民政所の幹部で、俺たちの村が管轄なんだ、状況をいちばん理解していると紹介してくれた。若者はこう言った。「あの昆生について、あなたは彼の哀れそうな顔を見たのでしょうね、でも実際はひどくあくどいヤツなんですよ。こんなことがありました。彼が酔っ払って、郷に押しかけ訴え出たんです。誰も自分の面倒をみないって。そのとき、所長はそれが気に入らず、出ていって昆生を叱りつけました。政府はお前を生き神様に対するかのように世話してやってるっていうのに、お前、これ以上何を望むんだ。政府がもしお前の面倒をみなかったら、お前なんかとっくに餓死してるんだぞって。僕は彼に、さっさと戻りなさい、ここで騒いではいけません、と言いましたが、彼は言うことを聞きませんでした。それで僕はこう言ったんです。あなたが私の言うことを聞かないのなら、今後あなたの面倒はみませんよ。民政所もあなたの世話をしませんよ。そんなにひどく騒ぎ立てるのでしたら、あなたを派出所に突き出しますよ、とね。彼も善悪はわかってるんでしょうね、騒ぐのをやめました。彼は今、全然貧しくなんかありません。賢いヤツですよ。村は彼に一三アールの畑を与えましたから、彼はそれを耕しています。墓地のあの土地だって、今は結構マシなんです。水が溜められますから。彼はレンコンを植えています。貯金もあって、おそらく一万元そこそこはあるでしょう。一昨年、上の娘を売って五〇〇〇元を手にしました。あの二人はどちらも養子にもらった娘ですからね、惜しくないんですよ。彼が汚い服を着てるなんて思わないことです。かなりの衣裳持ちですよ、ただ洗わないだけでね」。

こうした話を聞いていると、昆生はまるで人品極悪の輩であるかのようだ。酒を飲み騒ぎ立て、政府を恐喝し、娘を売り飛ばし、わざと貧しいふりをしている、などなど。私は黙って考えた。もしそれがほんとうに昆生の別の一面だとしたら、私は自分の同情心のレベルを下げるべきなのだろうか？

彼のモラルが損なわれているから、彼は怠け者だから、善悪を理解していないから、だから同情に値しないのだと。しかし、彼らの語る昆生と私が目にした昆生とは、明らかに同じ人物ではない。あるいは、同じ観察体系の人物ではない。彼らは色眼鏡で昆生を見ているのだ。彼はほんとうに娘を売ったのか？　私はこう考えた。ひょっとしたら、娘の嫁ぎ先が少しは金を寄越したのかもしれない。その金は昆生のような人にとっては、手にすべきものではなかったのだ。彼は赤貧であるべきで、一文無しであるべきなのだ。それでこそ人々が同情の眼差しを注いでくれる。酒に酔うことも、政府の経済援助を受けているような人からすれば、それこそ一種のならず者ということなのだろう。

私は不意にはっとした。農村では、昆生のような人は、すでに正常な道徳体系や生存体系の外側に排除されているのだ。彼らの存在は、その村が非人道的であることを象徴しているのではなく、逆なのだ。彼らが世間と隔絶しているゆえに、彼らが愚かで奇異であるがゆえに、彼らは村の道徳面の汚点になっており、嘲笑され、排除される「モンスター」とされているのだ。庇護や世話や援助など、到底受けられるはずもない。私たちの文化において、「生命」それ自体、「人間」自身には、なんら値打ちなどないのだ。同じ文化共同体の中で価値に相応するものを見つけない限り、尊重と肯定は与えられないのだ。それゆえ、自分から集団の外に出たら、どんどん孤立していって、文化共同体の外側に追われてしまい、尊敬にも手助けにも値しない「廃棄物」になってしまう。民衆も、ほんとうの腹の底では、そうした人たちが行き届いた援助を受けるべきだなどと考えてはいない。人々は、制度が整っているので、そうした「善行」を行っているにすぎないのだ。

姜《ジャン》・疙瘩《ゴーダ》

昼食を取ろうとしたとき、すでに午後一時を回っていたが、「農村飯は二時半」という言い方に従えば、まだ早い方だった。食事がちょうどテーブルに運ばれたとき、一人の痩せこけた老人が外から入ってきた。手も足も真っ黒で煤だらけ、入ってくるなり大声で叫んだ。「なんだあ、まだ昼前だってのにもう飯かよ！」しかし、兄は淡々と一言挨拶を返しただけで、多くを話そうとしなかった。父もいつもと打って変わって、あまり親切ではない。私は老人をしげしげと眺めた。この人は姜疙瘩〔「疙瘩」は出来物、腫物の意〕ではないか？ 何年も会っていないうちに、ひどく老けて腰はすっかり曲がっている。目はかなり濁り、後頭部の出来物が一層突出していた。兄は席を勧めたが、食事は勧めなかった。姜疙瘩はしばらく腰を下ろし、トンチンカンな話をしながら、目で四方を窺っていた。彼はどうやら私がわからないようだった。なぜかはわからないが、私も自分から彼と話そうとはしなかった。少しして、姜疙瘩は突然兄に言った。「志子《ジーズ》、昨夜酒を飲んだとき、壜底にちょっと残っとったろう。あれを出して飲ませてくれんか」。兄はとうに準備ができていたようで、テーブルの下から酒壜を取り出した。はたして底に少し残っていた。兄は形式的に勧めて、「少なすぎるけど」と言った。姜疙瘩は真面目そうにこう告げた。「一本丸々空けるわけにはいかねえぞ。ちょっとでいいんだ」。大体五〇ccほどだろうか、姜疙瘩は一気に飲み干すと、口元を拭って何回かすすり、兄に時刻を尋ねた。兄が二時だと答えると、姜疙瘩は落ち着かなげに言った。「ええっ、くそったれめ、マジで遅いな。女房がきっと待ちくたびれちまってるな」。彼はオンボロバイクに乗ると、よろよろと去っていった。

私は姜疙瘩に対して不親切だと兄を責めた。父と兄は笑い出してこう言った。「姜疙瘩に親切になんてできるもんか。あんなに冷淡にしても、ヤツはほぼ毎日来やがるんだ。そんで毎日ああやって酒を欲しがるのさ。もしいつか親切にしてやってみろ、ヤツときたら絶対、昼来て晩にも来て、ちょっとのあいだ野良仕事をしているときにまで押しかけて酒を要求しやがるぞ。来てもたくさんは欲しがらず、壜底に残った少量だけ飲みたがるから、うちでは毎日ヤツのために壜底に酒を残してやってるんだ。ここのところしばらく来なかったのは、大おばさん〔原文は「四奶奶」〕がヤツと喧嘩して、「実家に帰る」と言ったもんで、ヤツがそれを引き止めてたからなんだ」。

「姜疙瘩」は姜という姓ではない。私たちの同族の近親であり、六〇歳過ぎだ。世代から言うと、私は彼を大おじさん〔原文は「四爺」〕と呼ばねばならない。彼の本名を知っている者はおらず、父や村の何人かの老人に尋ねてもみな思い出せなかった。ではなぜそのような奇妙な名前で呼ばれているかと言えば、みなつい笑い出してしまうのだが、横から見ると、彼の後頭部が極端に不規則でデコボコしており、ヒネショウガの形にそっくりだからなのだ〔「姜」はショウガの意〕。正面から見ても、彼の後頭部に突き出している「山の峰」がやはり見える。

記憶の中の姜疙瘩は、やはり大変痩せている。ただ腰は曲がっておらず、表情も今ほど疲れてはいなかった。日がな一日民謡の類を口ずさんでおり、ときたま声を張り上げて信天游《シンティエンヨウ》〔中国西北地区の民謡の形式〕を歌ったりもしていた。彼の両親についてはこれまで聞いたことがない。家は傾いたボロ家があるばかりだ。彼は一年中、外地でフラフラしていたが、ときおり村に現れた。自分では食事を作らず、東の家で一食たかり、西の家でも一食たかりで、特にどこかの家の暮らし向きが良くなったとなると、早速その家に現れるのだった。彼は目が活き活きとしており、また力持ちでもあった。そのためみなは、彼のただ飯食いを嫌がりはしなかった。だから、我が家でもマントウを蒸す時間になると、姜疙瘩が民謡を口ずさみながらやってきて、自分から進んで小麦粉をこねたり切ったりする仕事を引き受けてくれた。彼は両手で小麦粉をこねると同時に、その手で小麦粉を宙に巻き上げるようにし、高く放り上げたり、まな板の上を高速で移動させたりと、まるでマジックのようだった。そして、あっという間にふたつの丸々としたマントウができあがるのだ。彼がこねて作ったマントウはいつも大変美味しく、鍋の蓋を開けたとたんに突如噴き出してくる甘く美味しそうな匂いに、誰もが食べたくてたまらなくなるのだった。当然、昼になれば、姜疙瘩は我が家で食事をすることになる。彼は一気にマントウを三、四個食べ、私たちはもったいながってイライラしたほどだ。あのころはほんとうに貧しく、小麦粉はいつも計りながら食べていたのだが、彼の一食は我が家の三日分の小麦粉の量に匹敵した。

姜疙瘩が戻ってきたことは、当時村の特大ニュースだった。みなは数年経ってもまだ興味津々で当時の状況を話題にしたものだ。その日は、小雨が降っていたが、村の独身男連中はいつものように道路脇に集まり、往来する女たちに向かって色目を使ったり、変な艶笑譚を言い合ったり、ときおりわけもないのに大笑いをしたりしていたという。女が通りかかると、彼らはすぐ「ヒューヒュー」と声を上げた。黄昏時になって雨はやんだ。バスが一台、突然ガーッと音を立ててみなの前に停車し、最初に降りてきたのが姜疙瘩だった。姜疙瘩はスーツを身に着け、ゆがんだネクタイもしていた。続いて降りてきたのは、とても若い女性だった。正確に言うと、その女性は、姜疙瘩に片方の手で引かれ、もう片方の手で腰を支えられて下りてきたのだ。「俺の嫁さんだよ」。姜疙瘩は得意気に昔の仲間たちに紹介した。言うまでもなく、そのときその場にいたおバカさん集団は、ただただ呆気にとられていた。その女性はすべすべと滑らかな顔、長いお下げ髪の大層な美人だった。ただ、背が少し低く、尻が大きく、足が短く太かった。しかし、一目で真面目に生活をしてきた女性だとわかる。姜疙瘩はこれ見よがしに、みなに手伝わせてバスから荷物を運び出した。その日の昼、姜疙瘩は村で盛大な酒宴を張った。タバコを振る舞ってまわり、酒を勧め、得意満面の大天狗だった。のちに聞いたところでは、その女性はやはり西安市の市民〔都市戸籍であることを指す〕だった。みな、姜疙瘩が騙して連れてきたのだろうと臆測した。彼は結構な歳だし、見かけも無様この上ない。どうしてあんな艶やかな女性が素直に連れ添えるものか？

物好きな連中が村の支部書記に訴えたが、一言で突っぱねられた。「甲斐性があるんなら、お前も女の一人くらい連れて帰ってこいや」。

姜疙瘩はレンガ工場のボロ小屋にひとまず身を寄せた。翌日、妻を連れて結婚登記の手続きをし、生産大隊に土地と食糧を要求し、さらには自分の本家を回って家具やら日用品やらをもらって、この土地で生活を始めたのだった。二年して、姜疙瘩の妻はなんと丸々太った男児を産んだ。姜疙瘩の喜ぶまいことか。五十数歳にもなった老チョンガーには、どう考えても自分に息子ができる日が来ようとは思えなかったのだ。そのころの姜疙瘩は、当初持ち帰ってきたわずかばかりの金などとうに使い果たしていた。彼の妻は良い人ではあったが、家事の切り盛りが下手で、食いしん坊の怠け者だった。

息子の満月《マンユエ》〔生後満一か月〕の祝いの日、姜疙瘩は酒宴を設けなかったが、妻に息子を抱かせ、自分は小麦粉袋を提げ、家から家へと喜びを知らせてまわった。「お前には祖父さん世代が一人増えたぞ」、「お前にまた叔父さんができたんだ」。彼の息子は、歳はごく幼いが、世代的にはきわめて高く、ほとんど村中の人がみなその赤ん坊を上の世代として呼ばねばならなかった。みな、彼の手にした小麦粉袋を見ると、すぐに理解した。食糧やら金やらを渡さないわけにはいかないということだ。あるいは自分の家の子供がかつて着ていた服を探し出して渡すとか、妻には育児の常識を授けるとかだ。息子ができると、姜疙瘩の家は手狭になり、一層貧しくなった。彼は家探しを始め、方々で雑用仕事を求めた。元書記さんの斡旋で、長期で外地に出稼ぎに行っているある家族に同意を取りつけ、その家を借りた。四部屋半の家で、とても見栄えがした。姜疙瘩は妻子とともに移り住み、とうとう家持ちとなったのだった。

数年前の旧正月、私は実家に帰って母の墓参りをした。ちょうど昔の家のドアを開けたとき、姜疙瘩がいつの間にか現れた。背後に若い女性と三、四歳の男児を連れている。私は「これが彼の奥さんと子供ね」と思った。その男児は、まるでもう一人の「小さい姜疙瘩」であった。はたして、姜疙瘩は真面目くさった調子で私に紹介した。「これがお前の大おばさんと小さい叔父さんだ」私はその女性を見た。美人ではなかったが、顔立ちはやはりとても整っている。噂にあった長いお下げ髪、そして特におとなしくて善良そうな表情にはとても好感を覚えた。姜疙瘩は室内を一通り見回すと、年寄風を吹かせて私を叱りつけた。テーブルや椅子を触り、上に積もった厚い埃を見せ、壁に掛かった鋤を下ろすとひとしきり鋤くふりをしてこう言った。「見ろ、すっかり錆びてやがる、もったいないじゃないか！」私は彼のもったいなさそうな様子を見て、それらをすべてあげることにした。彼は非常に喜び、妻に鋤を持たせると、自分はテーブルと椅子を提げ、腕のあいだに私があげたその他の細々とした物を挟んで帰っていった。去り際、自分の家にも遊びに来てくれと言い残して。一家が遠ざかっていくのを見て私は思わず笑ってしまったが、口にはできない苦しさもいくらか感じていた。魯迅の『故郷』の中の場面を思い出したのだ。一世紀が過ぎたというのに、なぜまだ同じような場面があるのだろう〔魯迅の小説『故郷』に、語り手の少年時代の幼馴染みである閏土が、愚鈍な中年農夫になり、語り手の家から物を持ち去るシーンがある〕？

翌日、私は姜疙瘩の家を訪ねた。姜疙瘩はちょうど、戸口のところで昨日の例の鋤を磨いていた。私が来たのを見て意外だったらしく、彼は少しぼうっとしていた。恐らく私がほんとうに来るとは思っていなかったのだろう。我に返ってからは、彼はとても嬉しそうに大声で妻を呼び、椅子を持ってこさせたりお茶を淹れさせたりした。彼自身はストーブのそばにしゃがみ込み、刻みタバコを巻きながら吸っていた。このときの姜疙瘩はとても落ち着き払っており、一家の主という風格に満ちていた。普段の外でのイメージとはまるで別人のようであった。私は彼らの家を観察した。かなりきれいに片づいている。我が家から持ってきた小テーブルには小型テレビが置かれ、紅いベルベッドのカバーがかけられている。妻はベッドの端に腰を下ろしてセーターを編んでおり、壁には普通の家と同様、糸でつなげられたトウガラシ、トウモロコシ、ニンニク、農具が掛かっており、温かく満ち足りて堅実であった。

今、姜疙瘩は町の石炭屋で豆炭を扱っている。豆炭一トンで二〇元だという。調子が良いときには一日で三〇元以上稼げるらしい。六〇の坂を過ぎた人が、毎日朝五時には起きて村へ働きに行く、昼にはあたふたと帰ってきて食事をする。彼はこれまで町の食堂に入ったことがないそうだ。ただ酒好きの欠点だけはあり、自分では買えないものだから、知人の家に上がり込んではちゃっかりご馳走になるというわけだ。

ある日、私が戸口のところでぼんやり座っていると、遠くから自転車を押して近づいてくる小柄で太った影が見えた。あれは姜疙瘩の奥さんではないだろうか？　私は少し近づいていって挨拶をした。やはり大おばさんだった。彼女の長いお下げ髪はすでに切られ、自転車の後部座席には少女が座っていた。おお、姜疙瘩には娘もできていたのか。少女はリボンで髪を結わいており、スカート姿だった。頭の形はかなり整い、姜疙瘩の「腫物」はなかった。大おばさんは自転車のサドルに日傘を引っかけ、娘が陽に当たらないようにしている。若い大おばさんは以前よりもずっと話し好きになっており、息子がどんなに言うことを聞かずちゃんと勉強をしないかとか、一人っ子政策が追っかけて来て罰金を払わねばならないとか、そして姜疙瘩の酒好きは困ったものだ、などとぶつくさ言った。私はそれを聞きつつ、内心ではことばにできない感動を覚えていた。

しかし、彼はどれだけの期間持ちこたえられるだろうか？　これはそう難題ではないかもしれない。故郷の人々は代々、さまざまな困難に直面してきたが、どんな困難が降ってきてもそれに応じる方策がある。彼らにとっては一切がごく普通の出来事にすぎず、いずれ過ぎ去っていくものなのだ。

私の夏のこの感嘆は、まるで不吉な予言となったかのようだった。数か月後、姜疙瘩が死んだ。姜疙瘩の年若い妻はよその男と関係ができ、夏にはもうその前兆があったという。相手の男は四〇過ぎとまだ若く、やはり農村の老チョンガーであり、ここ数年外地で出稼ぎをして、そこそこ金を持っていた。いつからか二人は関係を持っていたのだそうだ。農村では、姜疙瘩夫婦のように夫が年老いていて妻が若い場合、女性の方はたいてい他の独身男のからかいや不倫願望の対象になる。妻はずっと離婚を申し出ていたのだが、姜疙瘩は認めず、妻は相手の男と逃げた。冬のある晩、酒に酔った姜疙瘩は車に轢かれて死んだ。ちょうど、町へ向かうあの通りの角でのことだったそうだ。そこはかなりの急カーブで、ほとんど何年かおきに村人が車に轢かれて亡くなっている場所だ。姜疙瘩の死を知って妻が戻り、ひとしきり大泣きをしてから葬式を取り仕切った。一族の者が彼女に説明した。交通事故で二万元の賠償金が支払われ、村の支部書記のところにある、彼女がそれを使いたいときには一族の同意を得ねばならないと。のちに彼女は二人の子供を連れて去った。

現在、梁家の人たちは「小さい姜疙瘩」をもう一度村に連れ戻そうと相談している。いずれにしても、あの子は姜疙瘩の跡継ぎなのだから。しかし、その子が戻ってきたところで誰が面倒をみるのか？　誰もそんなバカバカしいことはやりたがらない。そこでその話はうやむやになってしまった。

第六章　孤立する農村政治

政治

どんなに寝るのが遅くても、父は朝六時ごろにはもう起きだして、中庭を歩き回り、ときおりカッ、カッと痰を吐きながら、大声で豫劇《よげき》の一節を歌った。「胡鳳蓮、船上に立ち、思いの丈を語る、哀切きわまりない声で。田の若様、どうか私の言葉をお聞きくださいませ」。明け方に声を張りあげるのが、父の数十年来の習慣だった。もの悲しい歌詞で、節回しはゆったりしており、泣いて訴えているかのようで、心地よい抑揚があった。父が何十年も繰り返し歌ったので、私たち姉妹数人は、すっかり覚えてしまった。「私の家は川辺にございます、母は息子に娘と子だくさん、娘の一人の私は、名を鳳菊（ママ）と申します。あいにく母は早くに亡くなり、父と私が残されました。凶作を漁でしのぐため、父は朝早く起きて、町へ魚を売りに。魚を買った盧の息子は、支払いをいたしません。父は心中不服でした。盧の息子は、虎拳で父の両足を折り、そのうえ革の鞭で四〇回、ひどく打ちすえ、父は息も絶え絶え、死んでしまいました――」。

父は芝居の朗唱を生涯熱愛してきた。「父さんは子どものころ、歌がうまくて、舞台姿がりりしいものだから、芝居の一座に連れていかれそうになったんだよ、お爺さんが絶対に反対だったから、行かなかったけれどね」と、得意げに話していた。幼ないころ、寒い夜には、夕食を済ませると、家中みなすぐに横になった。ほの暗いランプの下で、父は母の足元に横たわり、母の冷えきった脚を抱いて暖めた。私たち姉妹は、もうひとつの大きなベッドに寝て、ぼろぼろの薄いふとんをかぶり、身を寄せあって暖をとった。そんなとき、父はゆったりと、「胡鳳蓮、船上に立ち――」と歌い始める。古い家の東の部屋は、父と母のベッドがうしろの壁際に、私たち姉妹のベッドが前の壁の窓の下にあり、窓の外から清らかな月の光が射し込み、悲哀と暖かさが同時に心に流れ込んできた。この光景は永遠に、私の心の基調である。もの寂しく、悲しげだが、いわく言いがたい暖かさがある。

朝食が済むと、続けざまに父に催促されて、私たちは話を始めた。この一か月というもの、父は私のインタビューにとても興味を持ち、誰と話しに行くべきか、誰とおしゃべりをするべきか、絶えず指南し、また私が最終的にどう考えているのか、問いただした。私は父に、自分の政治闘争史を語ってもらうことにした。それは村の政治闘争史でもある。

政治とは何だね。わしはこれまで役人になったことはないが、いたるところで、政治の方から、わしを探しあててきたよ。

一九六六年旧暦一二月、農村でも文化大革命が始まった。老いも若きも紅衛兵で、走資派を打倒した。生産隊の幹部や大隊部の人間はみな走資派だった。幹部連中が公金で飲み食いしていたのを思い出して、ヤツらを片づけようとなった。役人になりたくない者なんていやしない、そうだろ？　村中みんながわしがいいと言って、「紅衛兵組長」に選ばれた。あとから大隊の「文革委員」にもなった。村で何かあると、わしも批判闘争に出かけて、保管係の梁光明を闘争にかけた。だが、いつだって事実に基づいて闘争したよ。梁光明はひどいヤツで、人を殴るやら、食糧を賄賂に取るやら、もっと早く批判闘争にかけるべきだったのさ。あのころ、会計の梁《リアン》興建《・シンジエン》が、焦ってわしに土下座したことがあった。なんでかって？　小さい赤旗を作ったときに、「毛主席」の三文字を逆さまに書いてしまったんだとさ。わざとじゃない、だが毛沢東に反対していると言われた。まだ寝ていたんだが、来るなり跪いて、大目に見てくれと言われた。一九六七年七月に「新文革」で何もかもひっくり返されちまった。村にまた新しい組織ができ、わしは「保皇派」、幹部を守ろうとしたと言われ、批判闘争にかけられるようになった。全部でたらめなつるし上げだ。

わしは県政府所在地の建築会社に行って、親戚を訪ね、仕事を探してくれるよう頼んだ。建築会社では数人の若者が「七一兵団」というのを作って、年長の労働者をつるし上げていた。年長の労働者たちは、わしが正義を主張しているのを見て、話をもちかけてきて、「八一兵団」を作り、「摧資総部（摧毀資産階級総部）」の管轄下に入った。わしは「八一兵団」の一号団員として、みんなが革命をやるのを指導した。その他に「八一八兵団」というのもあってな、わしらと対立していた。互いに鉄砲を持ち出したが、死人は出ていない。あとになって「八一八兵団」が勝った。わしはまた負け組に入ってしまっておったんだ。打倒され、「七一兵団」に批判闘争にかけられたので、逃げた。連中はわしの資料を郷政府に送り、刑を下すよう求めた。それでその後、何度も逃げるはめになったのさ。

一九六八年の「二月黒風」のあと、親戚と一緒に湖北に布団綿を打ちにいった。六月に戻り、また建築会社に行って、別の人と別の場所に、倉庫建設をやりにいった。外で潜んでいるつもりだったのだ。そこで、思いがけず村の人に出くわした。そいつにしっかり飲み食いさせてやり、家に帰ってもわしに会ったことは言うなと言い含めたんだが、結局そいつは戻ってから「革命委員会」に報告したんだ。そのころは、梁興隆が民兵営営長で、すぐに人を派遣してわしを捕まえにきたよ。逃げる間もなく、捕縛されて連れ戻されることになった。梁庄に戻る道の途中に母さんの実家があった。ちょうど七月になったばかりだった。村に着いたら、みながわしだと気づき、わしを拘束していたヤツに「まあお茶でも一杯飲んで行きなさい」と声をかけた。村の人たちは、間隙をついて、わしを実家にかくまってくれた。ヤツらはわしが見つからんので、村の大隊支部書記に「ここに反革命分子が逃げ込んだ」と言ったが、大隊支部書記はとりあわなかった。村の人は「探すのはやめにしな、これ以上探したらお前らぶっ殺してやる」と言ってくれたよ。

わしは潜伏した。昼間はとても家には帰れず、タバコ畑にもぐりこんでいた。村から遠く離れた木の陰にいたり、親戚の家に行ったりした。ちょうど夏で、暑くてもぐりこめるところもない。特にタバコ畑は、七、八月はタバコの伸び盛りで、人の半分くらいの高さになり、畑を一分の隙もなく覆いつくし、一筋の風も入らない。朝はまだ多少涼しいが、午後の二時、三時になると、ほんとうに暑いんだ。わしは夜、こっそりと戻った。あのころお前の三番目の姉さんは一歳にもなっていなかった。春生《チュンション》に見つかって、大隊部に報告された。梁興隆はすぐに人を組織してわしを捕まえにくると、王家の入口、菜園へ行く道を全部ふさいだ。どれも逃げるには通らなければならないところだ。わしは韓家から北の丘の道まで逃げた。ようやく道路に出ると、七、八人の紅衛兵が見えた。そこで待ち構えていたのさ。もう逃げられんかった。

一九六八年七月三日に拘束され、家に連れ戻された。その年は閏七月があった。はっきり覚えとるよ、一生忘れられん。梁興隆たちは、「明日の午後から夜にかけて学校の運動場で批判闘争会を開く。主席にご報告して、問題をはっきりさせるんだ」と言った。わしが逃げるのを心配して、まわりに人を配置して、見張らせた。午後に会を開くのにはわけがあって、じつは、暗くなれば殴りやすいと考えとるんだ。このことは、いちばん上の姉さんがはっきり覚えている。ヤツらはわしを縛って会場まで連れていった。各生産隊の積極分子、中堅分子が、ぎっしり座っていた。お先棒を担ぐ連中が前に座り、梁興隆は外で指揮していた。原《ユエン》さん*があとから、「梁興隆は、あんたを殴り殺してもかまわない、と言っていたよ」と教えてくれた。罪名がいくつもあって、ひとつ、武器庫から武器を強奪した、ふたつ、毛主席を罵った、三つ、劉少奇を支持した。どれも死に値する罪状だ。「跪け」と言われたが、跪かなかった。形勢が悪いと見てとって、「わしはこの世の腐敗分子だから、上級に処理してもらいたい」と言った。実際の誤りは、何ひとつ認めなかった。李学平《リー・シュエピン》はうちとは親戚だがね、毛沢東語録でわしを殴り、血が出るまで頭を殴って、全身青黒くなったよ。殴った連中はみな積極分子だった。だんだんめちゃくちゃになり、みなが殴るもんだから、誰なのかもわからなくなった。着ていた綿の単衣はちぎれてぶら下がり、血に染まって真っ赤だった。帰る道すがら、誰かが遠く離れて後をつけてきた。分かれ道まで来て、母さんが待っているのが見えた。母さんは、わしが全身血まみれなのを見て、泣きだした。「麺を打っておいたから、自分で料理して食べてね、私は出かけてくる」と言って、興隆のお袋さんに会いにいき、「お母さん、同じ梁家、近い親類です、お兄さんが帰ってこられたら、むごく殴らないよう言ってください」と頼んだ。ちょうど興隆が戻ってきたので、お袋さんは、「うちがうまくいかなくて、戻ってきてから食べるものも飲むものもなかったとき、光正の家は蒸しパンを売ったり製油所をやったりしていて、助けてくれたんだ。光正のことは、なあなあにして、むごく殴ってはいけないよ」と言った。興隆は、「奴を殴り殺したら、威勢を示せるよ。昔のことを持ち出すなよ、俺には関係ない」と言った。興隆は母さんがそこにいることに気づかなかった。母さんは怒りにぶるぶる震えて帰ってきた。

翌日の夜もまた批判闘争で、今回は問題の性質を決めることになっていた。学校の塀まで行ったら、生徒たちがレンガや瓦を投げつけてきた。会場に着くと、誰かが「梁光正を打倒せよ」と叫び、あいかわらずわしに認めさせようとした。証人を探し出し、あれこれ筋書きを決めておいて、わしがどこそこで毛主席を罵ったなどと、デタラメを言いよった。わしが梁光立《リアン・グアンリー》たちと学校の塀を作っていたとき、わしは毛主席を罵っていた、生徒たちが全部聞いていたと言われた。それから会場の灯りが吹き

＊（原注）父の親友で、別の村の人。明太爺と同じく長いあいだ我が家にいた。話もしないこともあったが、ずっと出て行かなかった。原さんが亡くなってから、奥さんは首にできた腫瘍が悪くなり、首つり自殺した。上の娘さんはお嫁に行き、二番目の娘さんは、学校に行きたくて、毎週トウモロコシのひき割りを一袋背負って学校に通っていた。町の廃屋で料理をし、一日三食トウモロコシのひき割りで、おかずも油も塩もなかった。結局学校には通えなくなった。息子さんは高熱で頭がおかしくなってしまい、あちこち流浪して、どうなったのかわからない。ときおりひょっこり戻ってきて、親戚や知りあいの家でお金や食べ物を求めていた。

消され、レンガや瓦が投げつけられ、胸や顔に当たり、何か月も痛んだ。そのとき、立《リー》ちゃんのお袋さんが「興隆、あんたたちが言ってることはおかしい、あたしらが塀を作ったのは夜だよ、子供らの学校が終わるのは暗くなる前だ、どうして光正が毛主席を罵っているのを聞けるのさ？　おかしいね」と言った。興隆はどう答えていいかわからず、「のちほど処理する」と言った。その晩はそれで終わりだった。

毎年正月にお前たちを立ちゃんのお袋さんのところへ挨拶に行かせるのは、そういうわけだ。さきおととし、立ちゃんのお袋さんが亡くなったとき、お前の姉さんはわざわざ戻って二〇〇元贈り、お弔いの鳴りものをやってくれたよ。

これが一九六八年七月のことだ。この批判闘争が終わってからは、しばらく沙汰止みになり、いろんな人がわしの様子を見にきた。一九六八年末、今度は清理階級隊伍運動が始まった。大隊部に「お前のことをはっきりさせなければならない」と言われた。一九六九年二月、わしはまた対象になった。二月から麦が黄色く色づくころまで、ずっとつるし上げられ、町の高校に閉じ込められた。食料は自分で持っていき、もっぱら許の家で料理してもらった。数か月「清理」したが何もはっきりせず、「のちほど処理する」ことになった。家に帰っても絶えず探しにくる。殴られたのは二回だけだが、批判闘争は大小あわせて数十回になった。「反革命分子」「暴乱分子」と書かれた札をかけられた。その後、「また運動をやる、お前に重労働をさせることにした」と言われた。一九六九年一〇月、わしはお前のいちばん上の姉さんを連れて新疆の伯父さんのところへ逃げ、旧暦一二月に戻ってきた。新疆から戻った翌日に、「刁河《ディアオホー》治水」のダム工事に送られ、そこでも批判闘争にかけられた。刁河ダムを掘るというのは、川の流れをよくするために、溝を掘って川筋を変えるんだが、うまくいかなかった。畑をダメにして、今でもまだきれいになっとらん。幸いなことに、ずっと誤りを認めなかったので、一九七〇年に少し楽になった。

一九七四年春、光傑《グアンジェ》、光勇《グアンヨン》、光明が村で横暴な振る舞いをしたことに反対して、三月に家のうしろで殴られ、全身血まみれになった。一九七五年はレンガ焼きをした。一九七七年に家を建て、お前の妹が生まれた。

一九七八年にようやく名誉回復された。この年は大事件が起こった。一九七八年一一月一五日、梁興隆がわしらの家の前の道をふさいだのさ。左側の道は叔母さんがとっくにふさいでいた。というのも、うちはずっと右側から出入りしていたからね。その右側をふさがれたら、出口もなく、活路を断つに等しいじゃないか。わしは木槌で壁を壊した。それからは喧嘩だ。その喧嘩のことは、お前のいちばん上の姉さんと兄さんがよく覚えているよ。わしは包丁を持ち、兄さんは鉄球を持ち、姉さんは鉄シャベルを持った。わしらの家の鉄球は、それ以来数々の功績を打ち立てたものだ。それから公社まで訴えられ、公社の書記は大隊書記に、わしのことを「厳重な反党分子で、徹底的に闘争しなければならない」と請け合った。それを聞いて、公社の書記が会を開く場所にはどこへでも行き、この件を解決してくれるよう頼んだ。結局、公社の書記は面倒になり、「解決してくれというなら解決しよう、今すぐ解決だ」と言って副書記を寄こした。梁興隆は「それなら光正を俺のところへ来させろ、俺は塀を壊されたんだ」と言った。わしは認めず、「興隆こそわしのところへ来るべきだ、うちの通路をふさいで、人が生きられないようにして、謝れとは何ごとだ」と言った。その後「人は通ってもいいが、車は通さない」と言ったので、拒否した。一九七九年の清明節のころに、この件はだいたいかたがついた。

わしという人間は、いじめられている者を助けないではいられない。気に入らないことがあると、ちょっかいを出したくなるので、「おせっかい」と呼ばれたよ。党員の「新陳代謝」が叫ばれていたころ、村の幹部を選び直すことになり、梁家の派閥争いがひどくなった。梁光望《リアン・グワンワン》はわしらの派閥の人間で、「新陳代謝」の対象だったんで、あいつを守るために、朝から晩まで駆けずり回り、郷の指導チームを訪ねた。一族のためと、一種の義侠心からだよ。誰にも感謝されず、母さんには「あの人たちにはいつもコケにされて、あなたはつるし上げで殺されそうになったのに、協力するなんて、恥ずかしくないの？」と言われたよ。母さんはその時ばかりはほんとうに怒って実家に帰ってしまい、何度も呼びにいって、やっと戻ってもらったのさ。

一九八〇年九月一六日、母さんは病気になった。興中《シンジョン》がわしらの畑を水浸しにしてダメにしてしまい、母さんは奴らと口論になった。興中は母さんを畑に押し倒し、手に怪我をさせた。母さんはカッとなって倒れ、脳溢血になったんだ。数えで四〇歳だった。

それから、母さんをおぶってあちこち治療に行く日々が始まったんだ。

私には、父が挙げたたくさんの名詞、たとえば「統一買付統一販売制度」「二月黒風」といったことばは、あまりよくわからない。だが、父はごく自然にそれらのことばを挙げた。当時、普通の庶民の生活に、政治がどれほど浸透していたかがうかがえる。ただ、父は一人の「破壊者」、「批判闘争の対象」として、そこに参与したのだが。父が逮捕を免れるために、見晴らしのきかないタバコ畑で座っていたさまを想像した。十数時間も座ったまま、しーんと静まりかえった中で、灼熱の太陽が父に照りつけている。どんな心境だろう？　その長く、ひもじく、喉がかわく酷暑を、どうやって過ごしたのだろう？　村全体について言えば、六、七〇年代の政治は農村全体を席巻したが、内在するロジック、精神構造、実行の方法は、標準的な政治とは根本的に違う。村の内部の家庭の恩讐、権力闘争、人間関係の親疎がそこに入り込み、批判闘争の精神構造と批判闘争にかけられる者の運命とを決めていた。最終的に、父に対する批判の判定は、一人の老婦人の経験的なことばで否定されたが、このことは、この批判闘争に内在するロジックがいかにでたらめであるかをはっきり示している。

「分に安んじない」田舎の老人として、父は中国の現代政治の歴史を経験し、それに参与した。天地をゆるがすような大事件が発生したわけではないが、政治は父の人生と家庭に切実な影響を与えた。母と家族は、父の、喧嘩っ早く、「おせっかい」な性格の最大の被害者だった。父の批判闘争史は、私たち一家の受難史でもあり、母の病気と早世は、身体的な原因だけでなく、いつも不安におののいていたことと、かなり関係がある。だが、私たちが「父さんのせいで母さんは傷ついた」と非難すると、父は激怒して私たちを罵る。私たちが身勝手すぎると思っているのだ。ここ数年は、やや「晩節を汚した」（父は村の権力層に認知され、新旧の支部書記の家に得意満面で出入りするようになり、誰からも礼遇された）が、村の財務問題や、どこかの家がいじめられたなど、不公平なことを目にすると、村の人であろうとなかろうと、知りあいであろうとなかろうと、たちまち「活力」をみなぎらせ、若いころと同じように、人のために東奔西走した。

覚えているかぎり、父はいつも他人のために訴訟を起こしていた。いつも、一群の人が家で相談をしていた。中学二年のとき、ある一家を助けて訴訟を起こし、その家の姉弟は、ほとんど二か月私の家で暮らした。そのころ家は、一回食事をしたら次の食事がない状態で、母は床についており、父は仕事もせずに彼らと走り回り、裁判官を訪ね、親戚を頼り、親しい村の何人かと相談した。結局裁判には勝てなかった。この話を出すと父はまた罵り始める。「構わないでいられるか？　とことん悪い連中なんだ、奴らを放っておいていいものか！」数十年来いつも聞かされてきたことばである。

父は、自分の行為が間違っているとは一貫して認めなかったし、そう思ってもいなかった。だが、「父親」という身分を外して父を見れば、父は「政治」への熱意に溢れた人で、村の「トンガリ」「おせっかい」だからこそ、農村の道徳と正義のバランスを守ってきたのである。彼らが通常演じるのは農村知識分子という役柄だ。多少の見識があり、権力や上を欺き下を抑圧する者にごく自然に不満を持ち、虐げられている人々に積極的に味方し、義を貫くのである。

老支部書記

梁清道、梁庄の前支部書記、五七歳。平べったい大きな紫色の顔をしており、目にいつも狡猾そうな光がきらめいている。独学で技能を修得した村の優秀な調理師であり、背後で作戦を立てる農村政治家であり、話したことがそのまま文章になり、順口溜が口をついて出る農村の人材であり、どうしようもない爺さんであり、熱狂的な博徒でもある。

私は彼に、この三〇年間の梁庄における政治と権力の動きを話してもらった。

農村の政策は変化が激しいよな。特にこの一五年は発展したな。昔こんな順口溜があって、言い得て妙だった。「隊長さんやあ隊長さん、歩くときにはカッカッカッ、会計さんやあ会計さん、青い綿サージが決まってる。隊長さんには権勢があり、会計さんには金がある。がっちりしまり屋、公社の社員を飢え死にさせる」。今の若い連中は、頭がちょっと悪けりゃ家を出て金を稼ぐよな。出稼ぎすれば、役立たずなら一万そこそこだが、働きのいいヤツなら二、三万稼ぐ。俺は悔やんでるんだ、もっと早く退職すりゃよかったってな。数年前に退職していれば、幹部が世話をしてくれ、うちの跡取り息子を村の幹部にしてもらえ、俺も面子が立っただろう。数十年やってきて、酒という酒を飲んだだけだ。くそったれ、なんてバカだったんだ。退職年金があるかって？　ある、あるさ、話したら笑っちまうよ、今働いている連中にいくらもらっているか聞いてみるといい、二〇〇元だ。退職した俺は、一か月六八元、保険を足して、全部で一一六元だ。

全面請負制で農家が生産も経営も請け負うようになって、村はダメになっちまった。それでも全面請負制だってんなら、村の幹部は最後にはいなくなるだろうよ。俺たちのこの行政村は、人口二〇〇〇人あまりで、一人一年につき一一〇元、毎年郷政府に二八万元支払わなきゃならん。農業特産税〔一九八三年に制定され、まず福建、広西などで導入されて全国に広がった税制度。二〇〇六年に廃止された〕も、みんなから金を取らなきゃならんし、トウガラシや、タバコを植えるにも金を払わなきゃならん、村の支出もやはりみんなから出してもらうだろ。非正規教員の給料、事務費、接待費、すべて土地から取ってる。企業がないからな、とにかく土地から取るんだ。一畝ごとに税を決める。そうでないと、村の支払い、上納が不足することになるんだ。はじめのころは、土地を耕しているヤツが金をひねり出していた。そのあと、農業をやらなくなっても、土地の名義人は一畝ごとに五〇元支払わなきゃならん。夫婦二人とも出稼ぎに行ったきりで、帰ってこない家が多いだろ。村の幹部が取り立てに行けば、村民の方も反発して、極端な場合は衝突が起こる。あのころは幹部と大衆の関係がいちばん緊迫してた。ほんとうにどんどん悪くなっていった。村で大衆を説得できれば、これは政府のことで、幹部には関係ないとわかってもらえる。説得できなければ、便乗徴収とまで言われる。大衆は幹部をひどく憎んだよ。お前ら、金を取り立てる以外、何ができるってんだ！　というわけさ。特に九七年以降、公立学校の先生の給料も末端で支払うことになり、郷はまた村に割りあててきたんで、先生はストライキし、村民は騒いだ。郷の幹部も焦って借金しにいったよ。政策があと二年延びたらどうなっていたことやら。

今はどの村にも外債がある。多ければ数十万にもなる。赤字はほとんどが公共積立金〔原文は「提留款」。公益費、管理費などを村から徴収していたが、二〇〇二年に廃止された〕と産児制限違反金だ。公共積立金を全額集められたことはない、すべて村が補塡するんだ。産児制限違反金は人口比で支払うが、うちの村は毎年三、四万支払わなきゃならん。だが村民はずっと外にいて、まったく帰ってこないから、これも村で補塡しないといけない。連中はからかうのがうまいからよ、村の幹部の仕事を「食糧の催促、金の取り立て、避妊手術」とか言いやがる。こっちは面目丸つぶれだよな。

こういう借金は民間会社からするんだ、銀行は絶対に貸してくれないからな。一分八厘、二分といった高利貸しで、積立金を徴収できたら返す。その結果、村の債務はどんどん増えたよ。信用協同組合は貸したがっているが、この情況を知って組織には貸さなくなり、個人の名義で借りないといけなくなった。支部書記が、仕方なく私人の身分で借金するんだ。ほとんどの村でも、幹部は自分で金をひねり出したり、貸したり、借りたりして、任務を完遂し、支出をまかなう。幹部は借金を背負い、辞めたくても辞められない。幹部をやっていればなんとか手だてを講じて返せるが、辞めれば借金は全部自分がしょいこむことになる、それで暮らしていけるか？　ある村の支部書記は、最後の一年に借りられなくなり、選挙で落選した。そいつは郷党委員会書記にこう言ったんだ。「書記さんよ、もしやらせてもらえないなら、お宅の家の玄関で首をつるぜ」。

俺は絶対に自分では負債を負わない。集められれば支払うし、集められなければ支払わないんだ。うちの村に赤字はないよ。俺は生産隊に割りあてて、隊から集めてるんだ。要はやりようさ。支払期限になったら、土地を売って支払わせる。土地を差し押さえて、一畝一〇〇元支払えば耕作をしていい、支払わなければ耕作はさせないってことだ。

うちの村は貧しくて、よそじゃあ村長の座を争って数百万使うが、俺たちのところにはやるヤツがいないだろ。農村の貧しい隊なんて何もないし、やっても何の役にも立たないからな。選挙は三年に一回だ。民主的と言えば民主的だが、結局のところ中央集権さ。村民委員会はあるし、壁にメンバーも書かれている。選挙の規則や制度もあるが、ただのお飾りにすぎないんだ。制度が悪いんじゃねえよ、村民自治はいいもんだ。だが問題は、誰を治めるのかってことなんだ。若い者はみんな出稼ぎに行っているだろ。外で出稼ぎをしているヤツは、まったく参加しないし、意見も言わない。選挙で金を出したところで人が来ない。俺たちの行政村には二〇〇〇人あまりの村民がいるが、二〇〇人だって集まらないだろ。会議をしたところでお茶を濁しているだけだ。経済社会で、農民はすべてを経済に注ぎ込み、役人を争ってやろうという意識も強くない。庶民は出稼ぎしていくらか金を持っており、組織は空っぽだから、やりたがるヤツもいない。熱心に会議をして、選挙に出たいヤツが自分で金を工面し、外で出稼ぎしている人間を呼び戻す村もある。ぼろ儲けができるからだ。だが選挙どころか、やりたがる人間がいない村もあるんだ。村の支部書記をやるより、出稼ぎに行く方がましだからさ！

だが、話を戻すとな、大多数の人間はそれでもやりたがる。少しは甘い汁を吸えるし、政治的な栄誉でもあるからな。少なくとも人材だと認められたことになるだろ。全部虚栄心なんだけどな。「道よお、お前は村の支部書記を一生やって、俺たちの村をすっからかんにしちまったな」と言われてよ、俺はこう答えた。「でたらめ言いやがって、どいつもこいつも、取り立てようにも何も持ってねえだろ。ここ数年、適当に糞拾いをしていくらか稼いで、俺は酒を腹いっぱい飲んだだけで、一文無しだ。要するにどいつもこいつも、俺という支部書記とは関係なしってことだろ。みんな出稼ぎに行っているからな。出稼ぎに行ってなけりゃなおダメだ、家で二畝の田んぼにしがみついて、ろくに食べることもできやしない」。

自分の貧しさの話になると、清道兄さんは目に見えて興奮し始め、傍らで父が大笑いした。「お前なあ、まるで不当な待遇を受けているような話しぶりだが、村の支部書記をやらなかったら、道路沿いのあの家を建てられたか？　三人の息子を育てて、養鶏場までやっているじゃないか。貧乏ぶるのはやめてくれ！　たくさん酒を飲み、ばくちもずいぶんやった、すった金はどこから来たんだい？」

清道兄さんはうちの一族で、近親だ。父はふだんから、清道兄さんと話すときは遠慮会釈なく罵っていた。清道兄さんが私の前で、自分のことを棚に上げ、清廉潔白なようなことを言うので、父は抑え切れなくなっていたのだ。

それは俺も認めるよ、そりゃ少しはうまい汁も吸ったさ。だが、俺がやっていたときは、町の食堂にはほとんど行かず、支出を減らした。村はとてつもなく貧しいんだ、でたらめに食べていいわけないだろ。誰が相手のどんなことか、いついつ、何のためか、月末に立て替え払いを精算するとき、ひとつひとつチェックするんだ。家で接待しようと、食堂で接待しようと、規定の分だけ精算して、超過分は自分で持った。俺は毎日帳簿をつけていたんだ。ありのままだ。その日何をやったか、誰と一緒に飯を食ったか、全部きっちり記録してたんだ。

役人をやった経験から言うと、おおかたの大衆は道理をわきまえている。理がわからないヤツもいるけどな。およそ何か問題があれば、まず幹部自身の問題を探るんだ。先に庶民に原因を求めちゃいけない。庶民の九割方は道理をわきまえている、幹部がそう言わないだけだよ。ある年、大衆の中に、農業税の穀物の納入を拒否したヤツがいた。俺は三日出向いて、三日間声が嗄れるまで話した。そいつらは「穀物を借りるから、口を利いてくれよ」と恨み言を言った。解決できることは、俺が解決してやる。解決できなければ、きちんと事情を説明してやる。だが、農業税は国家のことだろ、納めるべきものは納めて、あとからなんとかするんだよ。穀物を借りてでたらめをやったんでは、結局ダメになる。あとになって村人はみんな、前からあんたが言うみたいだったら、俺たちだってちゃんと納めてたよ、と言った。解決すべきことを解決し、言うべきことを言って、文句なしだろ。

今の国家の政策は、庶民にとってもいい。農業をやれば金をくれるし、補助金もどんどん増えているだろ。七、八〇元補助金をもらって、土地が荒れるはずなんかないんだ。郷も村も、一般大衆に金を要求しないし、国家が補助するから、大衆は上部に対して経済的に何の負担もない。作柄が良ければ収入が増え、少なければ減るだけのことだ。今の村の幹部の職責はとても簡単だ。まず、党の政策を伝え、産児制限、宅地、治安、民事訴訟のことを処理する。それから、村の支部は大衆が豊かになれるよう方策を考える。昔の幹部は金を取り立てたが、今はサービス業だよ。一軒一軒の家でやり切れないことを、村の支部がやってやるんだ。

今の農村の新政策では、村の幹部はまったく必要ないからなくしちまえばいい、というヤツもいるが、それは絶対にダメだ。現実的に言って、不適切だし、そんなことをしたら農村の人間は砂のようにばらばらになっちまう。政府と農村のあいだには、間違いなく隔たりがあるだろ。農村の具体的なもめごとは、お上には解決できないんだ。第一に、情況を理解していないだろ。村の人間関係は複雑で、誰の家と誰の家にどんないきさつがあるか、外の人間にはまったくわからないから、処理できないんだ。第二に、真偽の判断がつかない。郷政府が直接農村に入るのは不可能だ。村という層をなくしちまったら、その下の大衆は集団でなくなる。人員削減はいいが、機関をなくしちまったら、糸が切れたも同然だ。ひとつの村に一一〇〇戸、政府が直接各戸に働きかけるのは不可能だからな。お上の業務も展開できないよ。

俺たちの今の県委員会書記を、俺はほんとうに尊敬している。初めて県・区・郷幹部の合同幹部会が開かれたとき、俺は聞き終わってこう言った。これはいい、俺たちの県にも見込みが出てきた、とね。事実に基づいてやっていたんだ。今の書記が会議をやると、会場に針が落ちる音だって聞こえる。壇上も会場も、しーんと静まりかえってる。理論と実際が、伝統的なやり方と外来のやり方が結びついてるし、内容は奥深いがことばづかいはわかりやすい。ひとつ笑い話をしよう。他の書記が会議をやると、ひたすら眠くて、決まり文句ばかりで面白くない、だが今の書記の会議なら、用足しにも行きたくない、話を聞き逃したくないからな。

俺は県委員会書記を五期やったが、今の書記には及ばないよ。新しい役人が着任して、何もしないのはまずいが、よく考えないと、始めたとたんに問題が起き、人民を疲弊させ、財産をすり減らしちまうことになる。これまでの幹部はみんなプロジェクトをやりたがり、ある年はリンゴを植えて、道路の両脇を塹壕のように掘り返したが、結局リンゴはひとつもならなかった。それから「書記工事」というものもある。各郷が、自分たちの土地に囲いを作って、プロジェクトをやる。一時の熱に浮かされて、実際の情況に基づかず、強引にやり、見栄っぱりで一一〇万元、ふがいなさで数十万元浪費し、結局一面雑草を生やしているだけだ。

俺は、今やっている緑化計画の「ポプラ経済」は、当てになると思っている。指導者たちが大衆動員会を開いたので、俺は個人的な感想を言った。「数畝のポプラを植える智恵があれば、一〇年後には小さな植物油製造所を持っているのと同じぐらいメリットがある」。以前は、指導者たちは、特別なことばかりやって、結局人力と財力を無駄にして、貧困と文化の立ち後れを招いただけだった。一五畝のポプラを植えれば、一年に一本が一寸〔約三・三センチ〕大きくなり、八寸の太さになれば、高さは数丈〔約三・三メートル〕だ。一平方メートル四〇〇元として、半平方メートルに一本だから、一本二〇〇元、一畝にポプラ五四本としたら、どれだけになるか自分で計算してみろ。子供を育てるよりいい。いい子を育てたとして、その子がどれだけ戻してくれるってんだ？　子供は孫を家に置いて、正月に戻ってきて、三〇〇元だか五〇〇元だかくれる。それをありがたがってる。戻ってこないで電話一本寄こすんでも気遣いがある方だ。戻ってきたところで、親父お袋に会いたいんじゃねえ、ガキを家に預けるためさ。手元に金が一銭もなければ、孫だって寄りつきやしねえだろうよ。四、五万元あれば、老後はやっていけるから、ガキをしょいこむことはないさ。耕作放棄地に何本かポプラを植えれば、老後は安泰だ。このプロジェクトを俺は支持する、グリーン銀行だ。

国家の政策が変わってから、少なくとも荒れ地はなくなったよ。才覚があれば出稼ぎして金持ちになる、能力がなくても地元で農業をやってれば困ることはない。総じて言えば、国家の政策はいいんだ。農民にも、村の幹部にも、メリットがあって、幹部と大衆の関係も良くなった。村で慶事をやる以外は、各家から集金することはないだろ。こんな政策はこれまでなかった、天地開闢以来だよ。今はもめごとも減った。

国家が強大であるかぎり、この政策は長く続くだろう。良い政策で、大衆が共産党を信頼するようになり、共産党にも求心力が出てきた。国家がどんどん強大になっているということだ。一時期、一般大衆の心の中で、共産党の威信は下がっていた。今、大衆は確かなメリットを得ている。国家が何か呼びかければ、大衆は喜んで支持するよ。

もちろん問題はあるよな。どんなにいい社会でも、完璧な政策でも、問題はあるもんだ。たとえば遠隔教育はいいことはいいが、テレビをもらって、大隊部に置いたらそれっきりさ。教育番組をやったところで、見に行くヤツなんかいねえ。年かさのヤツは、農業と孫の面倒で忙しくて顔も上げられないからな。事故がなければ御の字で、何か起きたらおしまいだろ、爺さん婆さんでは責任を負い切れないんだ。お前の大おばさんなんか、孫の話になると泣いてばかりだろ〔第三章参照〕。ガキどもはみな、爺さん婆さんが面倒をみてる。留守児童は、抑え切れない。勉強してえヤツなんて一握りだろう。村の連中はたがが緩んじまって、活気がなくなっちまってる。今じゃ、村で死人が出たら、ふたつの隊に頼んでようやく棺を担ぐ人間が揃うありさまだ。これも問題だ。

だが、焦ることはないよ。国家だって少しずつやるしかないんだ。大きな家みたいなもんで、一朝一夕では変わらないからな。

じつは、清道兄さんは、梁庄で強い基盤があるわけではない。清道兄さんの父親は誠実な人で、一生表舞台に出ることはなかった。前任の支部書記の梁興隆が引退してから、一族の人々は興隆の息子が支部書記になることを望まず、清道兄さんにぜひやってくれと頼み、誰も嫌がらず、何も言わなかった。清道兄さんは、任に就いてから奉仕精神と行政能力を発揮し、各方面の関係をじつにうまく処理した。父や老貴叔父《ラオグイ》さんのような「ご意見番」には、敬意を表して、しょっちゅう食事に招いて意見を求め、老人たちを頭がくらくらするほど持ち上げた。興隆の息子を村長にし、老保管係の息子を治安主任に任命して「世襲」させた。清道兄さんは「世襲」ということばを口にするとき、とても得意そうだ。村の普通の人々には意見もあるが、それは彼らがこの利益を手にしたことがなく、その利点がどんなものかわからないからである。そのため彼らは背後であれこれ言ったが、清道兄さんが「清廉」なので、大事にはならなかった。

数十年来、国家は農村政策を絶えず調整してきて、非常に苦しい時期もあった。現在、政府は農村に対して全面的な改革を行い、広範囲にわたって注力している。表面的に見れば、国家と農民、幹部と大衆の矛盾は軽減した。だが、それによってかえって多くの本質的な問題が隠蔽された面もある。たとえば、もう三〇年も民主秩序、村民自治が叫ばれているが、中国の内陸の小さな村では、依然として馴染みのない、概念的な名詞である。というのも、中国の農民は政治生活にあまり関心を持っておらず、政治、権利、民主といった語は、彼らのはるかかなたにあるのだ。国家、政府と農民のあいだには根本的な相互作用が、理解、尊重、平等という基礎の上に打ち立てられた相互作用が欠けている。この三〇年間で、農民は国家の主人公にならなかったばかりか、逆に民衆の認知の中で、負担、暗黒、落伍の代名詞となりはてた。近代性の負の側面、近代化改革の主たる障害というわけである。農村人口の流動性の極端な高さが、民主政治を推進できない主要な原因となっている。家庭の主要な成員は長年不在で、村や土地に対する感情もどんどん薄れてきている。家を出て金を稼ぐことが第一の意義で、土地はもはや農民の重要な収入源ではなく、「命綱」ではなくなっている。政府がどれほどいじくりまわそうと、税金を取ったり取らなかったり、多く取ったり少なく取ったりしているだけで、大きな牽制力は生み出せていない。同時に、基本的な生命単位としての村には生産能力がなく、建設プロジェクトがなく、成員を引きつけ、彼らを村の有機的な組成部分にするだけの凝集力がない。

現職の村支部書記

現職の村支部書記に会うのは簡単だろうと思っていたが、帰郷して一か月あまりになっても、一度も顔を合わせていなかった。以前の支部書記に聞いても、首を横に振ってこう言うばかりだった。「昔の支部書記は毎日村の中を回っていたもんだが、今の村支部書記は毎日どこに行っているんだか。お上だから、どっちみち下々には目もくれないさ」。その日、郷に調査に行き、昼食のときにこの話をすると、郷党委員会書記が「すぐ会えるように手配してやるよ」と言ってくれた。ほどなくして、使いに行った人が戻ってきてこう言った。「村支部書記は今、町でお食事中でして、村の宅地のもめごとを調停しておられるそうです。手を尽くしてようやく双方の当事者を同じ席につかせたので、仲介者としていなくなるわけにはいかないということです。でないと、始めからやり直しになってしまうとおっしゃっていました」。郷党委員会書記は怒らなかった。こういうことに慣れているようだった。一時間ほど待つと、我々の村の支部書記、韓治景《ハン・ジージン》が入ってきた。少し酔っているようで、郷党委員会書記がいるのを見てふざけた調子で挨拶し、一目で二人が非常にいい関係であることがわかった。私を見ると、驚いて大股で近づいてきて握手し、続けて言った。「お兄さんからあんたが帰ってきていると聞いていたよ。いつ一緒に食事をしようかね」。芝居がかった言い方だった。

韓治景、四〇歳前後。痩せぎすの長身で、白い半袖シャツを着ており、軟弱な知識人のようである。目は大きくないが、抜け目なくきらめいており、官界での老練ぶりと円熟味がうかがえる。てきぱきした話し方。村支部書記の任に就いてもう六年になる。まず穀物販売に手を染め、今は道路建設、橋梁建設を兼営し、コンクリートミキサーを数台所有して、おもにレンタルに出している。

その話だったら、たぶんあんたもだいたい知ってるだろう。行政村とまでは言わず、俺たちの梁庄という自然村だけでも、各姓を全部合わせて一三〇〇から一四〇〇人、世帯数は三〇〇から四〇〇だが、一人あたり一畝にならない。金銭的なことは、ほとんど出稼ぎに頼っている。どんな企業があるかって？ 私営のレンガ製造所がふたつあって、掘り出した土を焼いて石灰レンガにしているんだ。韓家の雲龍《ユンロン》が養豚場をひとつ持っていたが、数年前にうまくいかなくなった。ここ何年かは、政策が良く、市況もいい。母豚には保険をかけるんだが、保険料は六〇元で、個人が三〇元、政府が三〇元負担し、最後には保険会社が一〇〇〇元ぐらい補償してくれる。玄関先で豚を放し飼いにしている家が四〇軒あまりある。餌は飼料だ。草を食べさせていたら間に合わない。草刈りに行くような暇人はいないからな。どうして豚を飼う者が少ないかだって？ 家中で養豚をすると割に合わないんだよ。老人は子どもの世話もしなくちゃならん。だから補助があったって、養豚をする者は少ない。

今はポプラ経済だろ？ 村の川原に六、七〇〇畝植えられている。俺も五、六〇畝植えた。いちばん太いのがもう二四センチになっている。毎年化学肥料をやって、年間の投資額は一本につき二五〇元だ。収入は農作物を植えるのと同じぐらいだと思うね。ただ、最後に切り株だらけになっちまうが。一〇年後、今のままいけば三〇万元で売れる。投資を差し引いて一〇万稼げる。定期預金みたいなもんさ、老後の資金だね。

今の農業は基本的にもう機械化されているよな。だが、農業をやる者はやはり少ない。農村の労働力は出稼ぎで金を稼ぐことに慣れてしまって、なかなか戻ってこないんだ。今は、農業をやれば、国家は税金を取らず、補助金までくれる、すばらしいことだ。だがあんたが言う「帰郷ブーム」になるほどじゃないね。あれっぽっちの金じゃあ何にもならない。家を建て、子供を学校にやるには、やはり出稼ぎだ。だが、新しい変化もある。以前他人に譲った土地を取り戻そうとしてる。簡単な農作物を植えて、収穫したら収穫しただけ、金も食糧も納めなくてよく、全部自分のものになるんだ。

俺の分析では、これからは集団化以外ないと思う。集団化は分散化よりいい。一人につきちょっとの土地では、分散しすぎだ。集団で農業をやれば、コストを低く抑えられるし、労働力も減らせるし、大型農機具だって、存分に使えるだろう。

俺たちのところの人間に商売の才はないよ。金を稼いで帰ってきたら、家を建てるために銀行に預け、金がなくなる心配ばかりしているだろう。銀行預金は多いが、空き家を建てて誰も住まず、うっちゃっておくんだからな。南方では生産物が豊富で、市場が発達していて、どの家も加工ができるから、商売を組織することができる。数人の若い連中が一緒に出稼ぎをして金を稼ぎ、相談して何かやり、損が出たらそれでおしまい。俺たちのところはてんでダメだね。気持ちはまとまらんし、結果が出ないうちから意見が衝突する。数軒で寄り合えば、最初はよくて、互いに兄弟と呼び合うが、最後には必ず敵同士になる。結構な額の金を集めて、出稼ぎはやめようと思うヤツもいるが、何をするか考えると、あれこれ目移りして決心がつかず、結局失敗が怖くて、また出稼ぎに行くんだ。

今は村幹部がいちばんやりづらいよ。村には金がないが、人民公社の社員個人の資産を減らすわけにはいかない。たとえばポプラを植えるのだって、村ごとにノルマがあって、支部書記が率先して取り組まされ、月末の決算報告では、村で三万あまり穴埋めした。事業それ自体はいいんだが、ノルマが杓子定規になったらぶちこわしだ。畑の脇の用水路に植えろと言われ、ある村ではノルマを達成するためと、手間を省くために、農地をダメにして、無理やり植えさせた。良い事が悪事に変わったのさ。農村で幹部をやるのは政治的な栄誉だが、村クラスの幹部は奉仕精神そのものだよ。うちの村が「村村通」で道路を作ったとき、数十人を雇ったが、工賃は俺が自分で持つしかなかった。いったい何のためだよ？

農村で仕事をするには、本の通りにやったり、条例の通りにやっても、絶対にうまくいかないんだ。法律や政策の範囲内なら、いろいろ方法がある。生産隊幹部の給料はたった三、四〇元、俺は一六八元、付き合いでやってるんだ。幹部をやってる人間は、村では必ずそれなりの方法を持っていなければならない。たとえば土地を分けるのに、真正面から分けたのではうまくいかない。大騒ぎしてやらなくちゃいかん。郷クラスの副長に来てもらって、自分は端の方に立ち、遠く離れて前には出ない。それでも一か月かかっても分け終わらない。これもいわゆる末端の経験、農村の経験ってやつだ。今日の午後の話をしよう。何のために食事をしていたと思うかね？　あんたたち梁家のことだよ。この前の大雨のとき、宅地の石が流されてな、家の境界がはっきりしなくなって、ふたつの家の間で喧嘩がおっ始まって、誰も話が通じない。俺が出て行くしかなくて、隊で場を設けて食事をさせ、村で話がうまくて人望もあるヤツに、たがいに譲りあうよう取り持ってもらったんだ。二、三回の食事ではダメだ。農村のこういったことは、そういうもんだ。大衆は理屈をこねたがる。心から納得させようと思ったら、相手を見なくちゃならん。でないと、まとまる話もまとまらない。食事をしたって、騒ぎになることもある。もともとちゃんと話をつけてあったのに、一方が「外に人がいるぞ」とはったりをかまして、もう一方は「お前に助っ人を呼ぶ度胸があったとはな、俺は譲らんぞ、監獄へぶちこまれたってな」とやり返した。いったいどうすりゃいいんだか、せっかくの努力も水の泡だよ。

農村では宅地のもめごとは日常茶飯事だ。いつも新しい計画があるが、実行するのは大変だ。計画通りに建てて、誰かの宅地の一角が組み込まれていたとする。両家で協議してまとまらなければ、どうしようもない。新しい計画は実行できない。古い家を取り壊して、新しい家を建てると言うが、みんな新築するだけで、古い家はそのままだ。今の大衆は旦那様で、俺の方がこんなことになっているんだからな！　明らかに相手が間違っていても、こっちに何ができる？　指導者には任務があって、完遂しなければならん。支部書記をやるのは光栄だ。祝い事があれば上座に座らせてもらえるしな。だが祝い金を包まなければ、おしまいだろ。家には毎日わんさと人が訪ねてくる。タバコやらお茶やら出さないわけにはいかない。隠れようかと思ったこともあるんだが、ヒキガエルがベッドを持ち上げるようなもんで、到底無理な話だね。村支部書記ってのは、骨折り損な役回りだよ。誰かがうまいこと言ってただろ、何だっけ。「駆けずり回っても無視されて、金があるヤツには相手にされず、面倒があれば頼みごと、うまくいかなけりゃ罵られ、機嫌を損ねりゃ訴えられる」ってな。

農村のことは、なんとかできればまあ気楽だが、どうにもできないと疲れ果てて、誰にも感謝されない。

それから上に陳情に行くヤツな。これを扱うのはほんとうに難しいよ。真っ当な訴えならいいが、やみくもに訴えるヤツやでたらめに訴えるヤツもいて、そういうのはこっちで引き受けて、ヤツらを旦那様のように扱わないと、また陳情に行きやがる。こういったことだけで、村、郷、県はたいそうな額を使っているよ。俺たちの書記がいちばんよくご存じだ。俺に言わせりゃ、こうだ。引き受けることあない、陳情に行かせりゃいいんだ。筋が通っていれば大丈夫、陳情なんて怖かあない。陳情を怖がっていたら、俺たちに問題があるってことになるじゃないか。こっちで引き受けて、恭しく扱ったところで問題が解決するのかね？ 相手も人間で、二本の脚がついている、こっちの思い通りにはできんよ。俺は、国家のこの方面の政策には大いに問題があると思ってる。絶対に解決しなけりゃならん、でないと大事になる。

今、「村村通」で道路を作っているのはいいが、面倒もある。うちの村のあの道路は、費用の一部を国が、一部を村が受け持ち、個人もいくらか金を出している。遠くに住んでいるヤツはあの道路を使わんから、金を出したがらない。土地を差し押さえても、出したがらないんだ。幹線道路はもうできたが、まだ整っとらん。下水道は配管がむき出しで、夏は雨が降ると蚊の大群で、臭くてかなわん。なんとかせねばならんことは多いが、ともかく金がないんだ。国が出してくれるのはごくわずかだ。どんなことも、コネがものを言うだろう。コネを通じてうまく金を工面できれば、道路工事、ダム工事もできる。だが、話を戻すと、国にこの方面の計画があればずっとうまくいく。

梁庄の川下のあの道路を売った金のことかい？ あれこれ言われていることは知ってるよ。だが、何も怖くない。ともかく俺のところには一銭も残っとらん。あの道路は一七万四〇〇〇元で売れた。大型の砂利運搬車を走らせたから、砂利工場の連中は喜んで、俺たちにも金が手に入った。大型車は道を傷める。重みで道が傷んだら補修に使える。残った分は村の他の道路を補修するのに使えばいい。

それもいいことだ。村の連中は収入だけを見て、支出を見とらん。

今は水利にもいろいろ補助がある。農業総合開発だな。国家の金は特定項目で管理されている。俺はまた県から工事を取ってくるつもりだ。井戸を掘り、配電所を建てて大きな配電盤を備えつけ、高圧線を井戸までひっぱり、灌漑するときには磁気カードで料金を取る。耕地の灌漑率は一〇〇パーセントになる。工事を持ってきても、特別支出金はその費目にしか使えないから、タバコ銭は俺が補塡しなければならん。今、農村の成人労働力は、九割方外に行ってるよな。ここ数年、食糧が値上がってるから、農業をやるヤツもいるが、帰ってきたのは少ないね。政策は良くなった。だが、あれっぽっちの金じゃあ何の役にも立たんよ。もらってももらわなくても変わりゃしない。

俺の個人的な考えだから、正しいかどうかわからんがね。農村で新農村建設をやるなら、補助をひとまとめにすれば、大きなことができると思う。今は国が下に金をくれるから、うちの村全体で、今の補助額だと二六八四畝に対して十数万元もらえる。ひとつにまとめれば、道路工事やら水道工事やら、いろんなことができる。個人に払うよりずっといいだろうが。

だが、なんだかんだ言っても、要するに中国はでかく、農民は多い。どうしようもないな。

村支部書記と交流しているあいだ、郷党委員会書記はときおり口をさし挟んだ。だいたい村支部書記が政策や情勢にそむくことを言いだすのを止めるためだった。たとえば陳情の話になったとき、村支部書記は現在の陳情政策にはかなり問題があると考えていたが、郷党委員会書記は、支部書記の話が終わるのを待たず、口を挟んだ。「ああいう陳情者はだいたい世慣れた連中で、ゴマ粒ほどのことを何か月も何年も訴える。少しばかり偏執狂の嫌いがあるよ。どう解決してやろうと不満なのさ。機に乗じてうまい汁を吸おうというわけさ」。郷党委員会書記の言ったことに全面的に反対する気はない。彼は実際の経験の中で、たくさんの事例に行きあたってきたはずだから。だが、彼の、人をバカにして見下したような態度は、受け入れがたかった。村支部書記は、郷党委員会書記に止められ、すぐにことばのニュアンスを変えたが、無条件に唯々諾々としていたわけではなく、そこにはわずかながら対等性があった。

この件で、私は、郷党委員会書記と村支部書記の関係に興味がわいた。村支部書記が部屋に入ってきたときの二人の挨拶やジョークから、彼らの関係が一般的な意味での上級と下級のそれでないことが感じとれた。まるで義兄弟のようで、在野の雰囲気があった。中国の政治体制において、村支部書記というレベルは、非常にあいまいな政治的身分である。村支部書記は、国家幹部には属さず、いつでも農民に戻れるが、国家の政策を執行する重大な責任を負っている。村支部書記は「役人」のうちには入らないが、大事でも小事でも人々から頼られる「大人物」なのである。村支部書記は、郷党委員会書記のおかげでこの職をやっていられるが、当人がほんとうにやりたくなくなったら、郷党委員会書記はお手上げである。郷党委員会書記について言えば、村支部書記の進退を決めることはできるが、絶対的な権威はない。というのも、村支部書記が郷党委員会書記の力で出世できることはないからである。もし村支部書記にある程度言うことをきかせたかったら、力ずくで命令を執行する以外のものが必要になる。すなわち民間的な文化方式と、ある種の利益に対する黙認である。このような民間の拘束力は、非常に不安定なものだと言うべきである。ひとたび一方がもう一方の要求をかなえられなくなれば、たちまち効力を失い、変数が生じる。

村支部書記が苦労話ばかりするのには、当然自分を美化する傾向が入っている。だが、改革開放以来、農村の村支部書記はやりづらいというのも事実だ。お上は彼を通して政治的、経済的任務を完遂しようとし、農民は不満があったり問題があったりすれば、彼に解決を頼む。一定程度の手腕と力があるか、あるいは宗族のバックアップがなければ、この任務を有効に果たすのは難しい。「「お上に千本の糸があっても、下々の者は村支部書記という一本の針にしか頼れない」ということですね」と支部書記に言うと、彼はとても感激し、知己の友に出会ったかのようだった。そしてさらに、自分がいかに村のために利益を図ったか、いかに村民のために悩みや災難を解決してきたか、苦労話を重ねた。

村支部書記を行政の序列の中に組み込むとか、行政等級を定めるとか、公務員としての給与を与えるといった、農村の村支部書記に対する国の新しい政策について尋ねると、郷党委員会書記が答えるより先に、私たちの村の支部書記は声を張り上げた。「は！　あれも形式さ。ひとつの郷にせいぜい一人か二人だけ、基本的に豊かな村か、町の近くの村の支部書記が公務員になれるだけで、ふつうの村支部書記にはぜんぜん回ってこないよ」。私はこのとき初めて、呉鎮では、町の北の方の村支部書記だけが公務員になっており、それもいくつものコネを使ってようやく実現したのだと知った。私たちの村の支部書記が、おおげさに不満を述べているあいだ、郷党委員会書記は微笑んでいるだけで、これといって不満な表情はなく、止めもしなかった。その表情は兄貴分が酒癖の悪い弟を見ているかのようで、親密な関係を認めていると同時に、地位身分を強調し、はっきりさせてもいた。

夜、兄の家に戻り、父と兄に村支部書記の印象を語ったところ、兄はこう言った。「ヤツはやり手だよ。横暴で、物事を取り決め、金を使い、コネをうまく作る」。父は激怒し、ペッと地面にツバを吐いて言った。「もっともらしいことを言うが、大衆の金を握りしめて心を痛めもせず、せっせと使ってやがる。あいつが自分のことをほめても耳を傾けるな。そんなに大変なら、なんで辞めずに熱心にやってるんだ？」そう言いながら、父は青筋を立てて顔を紅潮させた。「村の者の怒りは大きいぞ。老貴叔父とわしは、どうしてもあいつを引きずり下ろさなければならんと相談しておる。あいつがいたんでは梁庄は良くならん」。この偏屈な老人は一貫して民間の姿勢を保ち続け、いつも村の幹部にけちをつけるのである。

だが、村の幹部がたとえほんとうに村のために力を尽くし、心を砕いても、村民が感謝しないだろうことは見てとれる。というのも、村では、村の幹部たちはやはり特権を享受しており、特権を利用して私利を図り、政府の役人と同じようだからである。この点を解決しない限り、中国の農民と村の幹部、政府とのあいだの矛盾が、根本的な解決を見ることはないだろう。

県委員会書記

農村調査をするにあたり、私は穣県県委員会書記から力強いサポートをいただいた。県委員会書記と交流したことで、国の多くの政策やマクロ的な意味での現代農村政治について基本を理解し、自分の調査や考え方に、より多くのレベルと角度からの視野を加えることができた。

県委員会書記は、はじめは村の学校の教員だった。人文的な気概と知識人の心を持った学者気質の官僚で、中国の県レベルの経済に対して独特の認識と考え方を持っている。末端から一歩一歩上がってきたので、農村問題、政策と民生の矛盾について非常に独特な体得、見解があり、自分の考え方を表明する気概があり、中原の人特有の文学コンプレックスと精いっぱい良い政治をしようという抱負がある。彼のことば、態度、治県方針からは、農村の現状を改革したいという願望と決心がうかがわれた。私は彼の政府報告と学術会議での報告を聞いたことがあるが、空論を唱えず、理知的で近代的な意識を持つ、得がたい指導者だと思った。彼の市街区域改造、エコロジカルエコノミー、「村庄整治」「四プラス二」などの政策は、穣県全体の外在的生態環境を改善したのみならず、農民の参政意識を高め、根本的な言い方をすれば、農民の生活観念を少しずつ近代化させた。しかし現実には積もり積もった弊害がたくさんあり、いざ彼の考えを実践するとなると理念はさまざまに変形し、宙に浮いてしまうのだった。多くのプロジェクト、構想、計画は、さまざまな力の妨害を受け、変わりはてた。だが県委員会書記はとてもタフな人で、彼に言わせれば、一プロジェクトずつ一歩一歩やっていけば必ず効果が現れるのである。

彼が語ってくれたおもな内容を、問題の所在と中身をはっきりさせるため、質問形式で書き出してみた。

長いあいだ末端で政策を実行してこられた幹部として、改革開放から三〇年間の国家の農村政策と農村問題を、どのように見ておられますか?

大げさでなく、中国の農村は大きく転換しましたね。全体的に言って、中国の改革はいつも農村から始まり、田畑の分配をメルクマールとしています。生産隊の集団的な性質、大隊、人民公社といった体制は根本的に破壊されました。文学作品では浩然《ハオラン》の『金光大道』が、人民公社の「一大二公」体制〔人民公社運動の用語。一に規模を大きく、二に財産を共有化すること〕の典型的な例ですね。

一九八〇年代、具体的に言えば一九八三年、一九八四年から、農村の生産力が発揮されるようになり、人々は精製された小麦粉で作った白いマントウをふつうに食べられるようになりました。党中央は連続して三つの「一号文件」〔中国政府のその年の最重要課題〕を発表し、農民を解放し、農民の生産積極性を発揮させせました。不思議なことに、あの数年は天も味方してくれて、自然災害がなく、毎年豊作で、農民には基本的に何の負担もありませんでした。しかしその後、いくつかの問題が出てきたのです。集団化時代の公共施設が少しずつ壊され、昔の水利施設やトラクターは売り払われてしまいました。続いて、国が郷鎮企業を推奨し始め、雑貨の生産を認め、穀物の買取価格を引き上げ、個人経営を推奨し、さらに「統分結合」の家庭請負責任制を整えるよう求めたのです。「統分結合」の「統」とは、土地は集団のもので集団所有制の性質は変わらないことを指します。「分」とは、各世帯が土地を請け負い、家庭経営することを指しています。実践的効果という点から見れば、「統」の効能がかなり減り、「分」の効能が強まり、小生産者と大市場の矛盾が日増しに大きくなりました。このころ、山東ニンニクの芽事件〔一九八七年に山東省蒼山《ツァンシャン》県で起こった農民の抗議行動。県政府の方針でニンニクの芽を植え、豊作だったものの、売れなかったため農民が抗議した〕や、化学肥料工場の倒産など、影響の大きな事件がたくさん起こりましたね。いちばん典型的だったのは、洛陽《ルオヤン》のトラクターが一時期売れなくなったことです。人々は、わけがわからなくなって、方向性を見失ってしまいました。

八〇年代は農村政策の過渡期だったと言っていいでしょう。八〇年代中後期から九〇年代末期まで、鄧小平の南巡講話以降、中国では市場経済がしだいに形成され、産業構造や就業形式にも変化が生じました。それ以前はずっと「土地」が主でしたが、今は「出稼ぎ」が主で、社会全体が激動し、変化しました。出稼ぎで賃金を得るようになり、家庭は小型化し、分散したのです。

九〇年代には、農民の負担が日増しに重くなりました。おもに「三統五籌《さんとうごちゅう》」のためです。三統とは、給与と公共積立金と公益金を、五籌とは道路工事、計画出産、農村教育、民兵訓練、統一防疫を指します。国は農民一人あたりにつき収入の五パーセントを納めるよう定めました。「統分結合」の「統」にあたります。また、農民に七つの労働奉仕、一〇の無償労働を課しました。その後いくらか融通がきくようになって、「労働分相当を金銭で支払う」という方法が示されましたが、その結果、農民は出稼ぎをして金で支払うようになりました。それから、農業特産税や豚屠殺税などもありますね。どれも農村幹部に農民から金を取り立てる口実を与えたのです。農村幹部の権力にはますます制限がなくなり、好き勝手になり、逆に農民の負担はどんどん増えていきました。あのころは、幹部と大衆の関係の矛盾が先鋭になり、全国各地で農村幹部が食糧や税金を取り立てたせいで、農民が毒薬をあおったり首をつったりして死ぬ悲惨な事件が毎年起きていました。農村の状況はやればやるほど悪くなり、少なからぬ地方で集団抗議事件が起こり、夜逃げして行方知れずになる者もあったほどです。

九〇年代は、全体として、農民の負担がしだいに重くなっていった時期でした。二〇〇四年、ここへ来たばかりのころ、調査をしたのですが、県の十数の郷鎮の農地請負には実態がなく、土地を分配できていないことがわかりました。人々が言うには、植えつけの時期になれば、村支部書記が一畝一二〇元で臨時に土地を売り、作付けしたい者に買わせるというしくみだが、大多数の人は農作をしないんだそうですよ。作付けしなければ金を払わずにすみますし、出稼ぎにも行けますよね。私はある村で調査をしました。五〇歳過ぎの女性が私の手を握って、こう言ったのです。「書記、これ以上農業を続けてたら、私らは監獄行きになっちまいますよ。私らんとこは農地が多いんで、一人三畝、一畝あたり一五〇元納めなくちゃなんねえから、三畝なら四五〇元です。五人で二〇〇〇元あまり納めなくちゃなんねえ。そのうえ村はニラを切るようにひっきりなしに金を取り立てる。払わなければ、村書記は私らの印鑑を没収して、こっそり信用協同組合に持っていって、私らの名前で金を借りるんです。返済時期になって返し切れんかったら、私らが信用協同組合に提訴される。すると裁判所や派出所の人らが手錠をゆらゆらさせてやってくる。払わなければしょっぴくぞってね。これじゃあ「農業やったら監獄行き」でしょう?」そういうわけで、一時期農村にはたくさんの耕作放棄地があったのです。農業をやれば損するんですから、誰も農業をやりたがらなかったんですよ!

一九九二年のはじめから二〇〇二年まで、農民の負担の矛盾は最高潮に達しました。いろいろな条例を出して金を取り立てる一方で、農民の負担を軽くするよう再三命令を下すのですから、矛盾していますよね。毎年悪質な事件が起きて、末端の幹部が責任を追及されました。あのころ、省から来た指導者に、私は自分の意見をこう述べました。「末端の幹部はなぜ全国でみな同じ誤りを犯すのか?東北から海南まで、河南から湖南まで、なぜ大衆と対立するのか? この問題についてよく考えるべきです」。農村幹部だって、村の人々とともに成長したのですから、情愛もあります。生まれつき南覇《ナンバー》天《ティエン》〔『紅色娘子軍』に登場する悪徳地主〕だったわけじゃありません。これを転換しなければ、神様でもどうしようもないでしょう。正直なところ、この時期ほんとうに農民の利益をある程度守っていたのは、むしろ勝ち組ではない幹部だったんですよ。いつも賞を取っていたような幹部は、農民をひどく追い込んでいたはずです。

今から見れば、九〇年代は全体として、農村政策がじつにうまくいきませんでした。三農問題は、駅に着いた汽車みたいに、かけ声ばかりかまびすしかったですが、歩みは遅く、文書ばかりで、役に立たなかったのです。農民の負担は減らなかったばかりか、日ごとに増えていきました。

二〇〇二年に税制改革が始まりました。あのころ私は、これはうまくいかないだろうと言っていたものです。中央の関係部門の計画は基本的に「水と泥を混ぜる」、つまり収入で支出をまかなえというものですから、我々のような財政の厳しい県では到底やっていけません。世間でこういう順口溜が流行りました。「党と政府の指導部が、警察、検察、裁判所を連れてきた。タバコ税を取り立てるためさ」。農民にタバコを植えろと強要しました。タバコ特産税が高いからですが、どうにもならないやり方です。

新農村政策は、農民に恩恵があり、国がとてもたくさんの補助を出します。今年の予算では農業に三八〇〇億元あまり投入されています。いまだかつてなかったことです。これは根本的な転換ですね。こんなふうにやっていけば、五年後には、党と農民の関係は最良のレベルにまで改善されるでしょう。以前は私のような県委員会書記が農村へ視察に行くと、郷党委員会書記に道をふさがれ、じっと睨み合ったものです。大衆が訴えるんじゃないか、何か問題を見つけられるんじゃないかと、気が気でないんですよね。今はずいぶん良くなりましたよ。

二〇〇三年前後の中国の農村政策が農村生活に与えた影響について、どのようにお考えですか？どのような意義があったのでしょうか？

二〇〇〇年前後の趨勢が今まで続いていたら、農村はたまらないですよ。想像できません、おそらく危機が生じていたでしょうね。農村問題は崩壊寸前でした。農民の負担は重く、情況はひどく、感情も高ぶっていました。中央の政策はじつに時宜を得たものでした。今はずいぶん良くなりましたよ。金を払う必要も、税を払う必要もなくなり、そのうえ農業をやれば補助金がもらえるのですから。

二〇〇四年以降、国家のマクロ政策全体に質的な変化が生じました。特に科学的発展観が打ち出されて、いちばん利益を得たのは農村、中国の農民です。中国の農民文化の最大の特徴は、感覚的であることです。趙本山《ジャオ・ベンシャン》〔俳優・コメディアン〕のコント「三本の鞭」をごらんなさい、カモフラージュして末端の幹部を罵っているでしょう。パフォーマンスという側面もありますが、やはり農民の心理状態をよく説明しています。文芸作品は生活に対する解釈ですね。当時の状況下での幹部の姿勢を反映しています。同じ雨が降るのでも、干ばつ後に雨が降れば神様のおかげだと言い、長雨が続けばお天道様を恨みますよね。農民の感覚はストレートなのです。今日誰々は自分に良くしてくれたから、その人はいい人だ、自分につらくあたる人は、悪い人だというわけです。

今のマクロ政策は、末端をますます把握し、農民の多くの具体的問題をたちまち解決し、農民の生活状況を変えました。我々が長年解決したいと思いながらなかなか解決できずにいた問題を、解決する条件が少しずつ整いつつあります。私は、新農村建設を理想化してはならない、と述べたことがあります。新農村を唱えて、農民の頭にヨーロッパ風の邸宅、青空に真っ白な雲、車での外出、こぎれいで清潔というモデルをイメージさせ、それを新農村と呼んだのでは、理想化しすぎですよね。理想化は焦って成果を求めるという問題を引き起こします。我々が農村政策を実行する際に犯しがちな誤りが理想化なのです。たとえば一九五八年の「人民公社」や「大躍進」、ひいては「文化大革命」まで、どれも理想化の産物でしょう。現実を理想化されたものに置きかえてしまうと、絶対化を招いて画一的になり、形式主義を招きがちです。農村経済と社会発展に存在するさまざまな問題は、どれも理想化から生じてきています。理想はなければなりませんが、理想化してはなりません。

だが私にはもうひとつ考えがあります。新農村は理想化してはなりませんが、絶対に、思うに任せていてもいけません。新農村建設という国家施策は、〔中国語で〕二〇字の方針です。「生産の発展、生活のゆとり、文明的な風俗、整った町並み、民主的な管理」。この五つのことばの前提は生産の発展で、それにゆとりのある生活がともなってくるのです。一見マクロですが、とても具体的です。党中央はなぜこのように規定したのでしょうか？　新農村に具体的な基準を定めることを避けたかったからです。その過程では、はじめは急激だったがしだいにゆっくりになる、はじめは容易だったがあとから難しくなる、はじめにやったことをずっと続ける、といったことがあります。理想化は形式主義に陥りがちですが、思うに任せていると、人々は理想にはほど遠いと思ってしまいますから、好き勝手にやり、何に取り組めばいいのかわからず、結果的に歌の歌詞にあるように、「星はやっぱり星のまま、月はやっぱり月のまま」となって、農民は近代文明の成果を享受できません。新農村建設は必ず、農民の生産生活の現状を変えることから始めなければならないのです。具体的にひとつひとつ取り組んでいけば、農民に具体的な変化を感じさせることができます。

ひとつひとつ、一村一村進めていく。農民にとって最も直接的で現実的で、関心の高い利益問題、たとえば電気や生活用水、道路、町並みなどを、ひとつひとつやっていく。農民がある程度まで豊かになってからやろうなどと考えてはいけません。というのも、多様な形で発展していくものだからです。以前は、新農村建設を提唱しなくても、村の一部の人は比較的いい暮らしをしていました。ですが、村のインフラを整えず、生存状況や生活条件を改善しなければ、泥の中に小さな家を建てているようなもので、村に道はなく、どんなにいい家でも、外に出られません。

今はまさに農村変革の肝心なときなのです。農民が復活しつつある時期でもあります。

新農村の建設で注意すべき主要な問題は何ですか?

これほどの大転換で、農村の文化理念にも変化が生じ、新たな情況がもたらされつつあります。第一に、農民の子供は大学に進学したところで希望がありません。一九八〇年代のように、必死に勉強し、勉強しさえすれば都市に行けた時代と違って、今は大学に行っても活路がなく、大して役に立たないのです。大学に行くのも高校に行くのも感覚的には大差がありません。進学率が高くなってはいますが、子供の進学への意欲は高くありません。第二に、長期間出稼ぎに行っていますので、家庭教育が失われています。第三に、思想信条の新たな危機がどんどん増え、宗教信仰が曖昧模糊としています。第四に、出稼ぎ労働者たちが、どんどん外の世界に適応できなくなってきています。労働訓練のレベルが低く、農民は系統的な技能訓練を受けられないので、あいかわらず最底辺の仕事をしているのです。第五に、農村のインフラがどんどん劣化しています。第六に、新しい情勢のもと、末端幹部の資質も注意すべき問題になっています。今は、幹部と大衆の感情がある程度修復されていますが、それはマクロ政策のおかげです。あと数年しても、幹部の質が上がらず、新しい理念、新しい思考なしに農村の新しい現実を扱っていたなら、やはり危機が生じるでしょうね。

同時に、新しい政策のもとで、末端の村幹部の任務のほとんどは、中央の福利政策を実行すること、つまり農民に金を払うことになっています。これでは、道徳の危機を招く恐れが高く、新手の汚職のパターンを作ってしまい、農民の新たな不満と社会矛盾を引き起こすことになるでしょう。たとえば生活保護を自分の親類に与えるとか、定員をごまかすなどです。こういう公共福利性を帯びた事柄は、本来人々のためになることを幹部が骨抜きにし、不公平に処理して、農村の矛盾の新たなホットスポットになりがちなのです。

学界では、農村の都市化は、都市と農村の矛盾を解決するための必然的趨勢だと言われていますが、どう思われますか？

この観点は基本的に間違っていませんが、単純化して理解してはいけません。多くの学者は大都市化を主張していますが、単純化すると、中国の国情に合わないのです。私は、未来の中国の農村問題を解決する方法は五つの「中」だと思っています。中小都市、中小企業、中小銀行、中産階級、中程度の所得です。特に突出させるべき点はふたつあり、ひとつは中小都市です。中国は今、典型的な大都市病で、都市はごった返していますよね。農民は都市に集中し、安定した生活手段もなく、都市の無産放浪者になっています。これでは大きな問題になりますよ。簡単にスラム街が形成されます。大都市化が必然的にもたらす病です。第二に、中小企業を発展させ、地元で就職できるようにしなければなりません。我々農村部は労働密集型企業です。事実ですし、我が国の特殊事情でもあります。我々を低品質商品生産者だ、そういう状況を変えるべきだと言う人もいます。しかし、これは別に悪いことではありません。我々の現在のアドバンテージは人口で、発展の一過程でもあります。中国が高度に発展するうえで、農村という労働密集型企業は不可欠なのです。

都市化とは何でしょう? 大都市に住むことが都市化した生活でしょうか? 私は、都市化というのは、まず生活方式を都市化することだと思っています。就業、収入の方式が都市化すれば都市化です。水洗便所を使えること、風呂に入れること、車で外出できること、これが都市化です。韓国に視察に行ったことがありますが、韓国の教授たちはみな郊外に住んでいたのですが、各種の生活条件は完璧に整っていました。これも都市化です。都市の人間が近代文明の成果を享受できるなら、農民だってできます。それに新しい組織理念によれば、専業合作〔「農民専業合作組織」のこと。肥料や資材の共同購買で生産性向上を図る日本の農協に似た組織〕によって形成される生活方式も、都市化です。穣県では、四級レベルの地方都市を目指しています。郷や町の役割を充分に発展させ、農村に貿易集中地を作るのです。都市に負けず劣らず繁華で、ある程度までいけば、外国の小都市のようになるでしょう。

その他に、もとからある民間の定期市を中心にして、数村分の物流拠点を作り、町の機能を発揮させるのです。

農村がちゃんと発展すれば、農民は故郷を離れずに都市化した生活を送ることができるようになります。大都市化の問題も解決するでしょう。今は、新農村建設によって道が通り、雨が降っても外出できます。すぐそこにスーパーマーケットがあり、水道も太陽エネルギーもありますから、風呂の問題も解決しました。親戚や友人と付き合うにも、とても便利です。農民の生活の便利さや快適さは、都市住民にひけをとりません。情報関係は弱いですが、何年かすれば、情報網が通じていない問題も解決するでしょう。農村に住んでいても、何だってできるのです。

改革開放以来、農村の発展の趨勢全体と農村文化の衝突は、おもにどんな方面に表れていると思われますか?

伝統文化との衝突は、現在大きくふたつあります。ひとつは、道路沿いに家を建てることで、それが村落のもともとの構造と衝突し、必然的に村落文化と衝突するようになりました。昔は、三〇畝の畑に一頭の牛、女房と子供がいて、あったかい我が家でした。このあたりには「脱穀機が揃ってる、家のうしろにゃ竹林がある」という俗語がありますが、そういう農耕式の生活では、カゴもふるいも自分で編み、何もかも揃っていて、自足できました。村落構造は互助文化や協働文化を形成し、人々は互いに融通し合っていました。近所同士で住宅地のもめごとはあっても、長くともに暮らして、互助文化を形成していました。摩擦はあっても助け合い、共生文化を形成していました。ですが、豊かになって、道路沿いに家を建てるようになると、村の公共施設は共有できなくなりました。伝統的なものが失われたという問題もあります。昔は何か借りたければ垣根越しに手渡してもらえましたが、だんだんそうはいかなくなり、空っぽの村が増えていきました。ですからここ数年、力を入れて村を改造し、道路を作り、下水道を通したら、外に行っていた農民が戻ってきました。便利だからですよ。もうひとつは、就業方式が変化したために、伝統的な家族システムが崩壊したことです。たとえば老人と子供だけになる問題ですね。中国の文化では潜在的に、三代目をかわいがります。お爺ちゃんは孫を溺愛し、しつけをしません。両親の愛情が長期にわたって欠落していては、子供の成長によくありません。それは伝統的なものへの衝撃にもなります。外来要素との衝突はとりあえずおくとして、このふたつの問題が、目下のところ農村文化に把握しがたい困難をもたらしているのです。以前、フェニックステレビが番組制作に来たことがあって、私は「文化だけが無敵だ」と話しました。文化は強いもので、反応がはっきりしており、美徳も、悪習も、そのままです。たとえば、鉄道沿いのある村は、窃盗や列車のしがみつき乗りをする者がおり、何人もが逮捕されて刑に処されているのに、まだしがみつき乗りをやめません。道徳の堕落が習慣化し、しだいに固定化し、最後には文化を形成したのです。文化はゴムの壁のようなもので、ナイフで突けば穴が開きますが、石を投げても、軽くぶつければ少しへこむだけ、ひどくぶつければゆっくり跳ね返ってきて自分に命中し、壁の方はゆっくりもとに戻ります。

鄧小平はかつてこう言いました。「改革開放以来、最大の失策は教育だ」と。ここで言う教育は、単に学校教育だけを指しているのではなく、道徳教化や伝統文化の欠如も意味しているのです。西洋の思想は防ぎ切れず、封建的なものもまたぞろ出てきていますね。

政策の執行者として、どのように政策を実行し、どこから手をつけますか?

党中央の恵農政策〔農業、農村、農民に対する優遇政策〕にひとつひとつ取り組んで実行しなければなりません。党中央の政策を徹底的に研究し、獲得し、きっちり実行しなければならないのです。たとえば太陽エネルギーの導入は、農民の生活に質の面で重要な変化をもたらします。入浴が習慣になれば、農民の心理は大きく変化します。茶館建設、「村村通」に取り組んで、農民を近代的な文明生活に引き入れるのです。知らず知らずのうちに感化作用が引き起こされるでしょう。農民の足元から、家のまわりからやっていくのです。少なくとも、村落の伝統文化構造にとって、生存方式の改変は保護になり、発展にもなります。末端の幹部は責任感を持って、近代文明の成果をひとつひとつ農民に引き渡さねばならず、能力養成に注力すべきです。農民の生活について言えば、農民は後れているとは言えません。固定電話、携帯電話、テレビは普及していますし、近代文明の要素は農民の生活にどんどん入り込んできています。農民が受け取る情報量が増えるにつれて、農民の視野も広がってきています。ですが重視すべきは、一人の自然人として、その能力をどの方面に発展させていくかという問題です。私は、三つの方面に発展させていくべきだと思っています。第一に、就業、創業の能力です。今の農村教育は、職業技術教育に力を入れるべきで、大学の教育の後を追いかけていてはいけません。

農村の教育はメインストリームを求めず、具体的な職業技術を学ぶべきです。第二には、近代的な生活にとけこむ能力ですね。農民は収入が低い一方で、収入がある人でも消費が下手です。近代的な文明生活にどう適応すればいいかわかっていないのです。『新結婚時代』〔農村出身の男性と都市出身の女性の結婚を描いたテレビドラマ。二〇〇六年〕には、都市の農村に対する見方がよく描かれていますね。農村の大学生がいちばん嫌がっているのは、「あなたってほんとうに農民ね」ということばです。これは文化上の断絶が作りだした都市と農村の差異です。第三は、農民の政治意識を高め、政治権利を守る能力です。農民は、自分の権利をどう守ればいいかわかっていません。知る権利、参与権、選挙権、表現権、裁判権を求めても、末端の幹部から、破壊活動をしている、つまらない問題を追及している、と思われがちです。

我々が行っているもうひとつの仕事は、末端の幹部に、できる限り新しい方法、新しいパターン、新しい思考方式で新しい問題に対処させることです。穣県はそうやって、「四プラス二」という政策を編み出し、今では党中央にも認可され、「中央一号」文件にも書き入れられ、全国の農村で推進されています。「四プラス二」とは「四つの議、ふたつの公開」で、農村の末端幹部の政策実行手順を定めたものです。村の重要な事柄は、政策決定にあたって必ず、一、党支部が提議する、二、村党支部と村委員会が協議する、三、党員大会で審議する、四、村民代表大会で決議する、という四つの手順を踏まなければならず、「二」は、決議の結果を公示する、執行の結果を公開することを言います。

この進め方は、実践的にも理論的にも意義があります。理論的には、党中央と学者の概括の通りの言い方をすると、党の指導体制、村のふたつの委員会の協議体制、党員の民主権利保障体制、村民自治体制をひとつに結びつけ、党の指導を堅持し、充分に民主性を発揚し、厳格に法に則って手順通りに事を行う、有機的な統一を実現したと言えます。実践面では「四プラス二」が我々に与えてくれる啓示はこういうものです。第一に、これによって末端幹部が協議と妥協を身につけます。協議を基礎とする妥協は、民主の基本的な表現形式で、民主の基礎です。第二、末端幹部は手順に従って政策決定するようになります。手続きがなければ民主はありません。第三、一般大衆が、少数は多数に従い、少数者の利益は多数者の利益に従うことを覚えます。「四プラス二」は、末端幹部の民主意識とコンプライアンスを強化し、一般大衆の大局理念を高め、大衆は大局意識と公共理念を自分たちの日常の行動に取り込むようになります。同時に、村民の参政権、知る権利、参与権、表現権、監督権を保障し、村民は公共の事柄に関する政策決定に参与しながら、絶えず自らの政治意識を高めていくようになるのです。

農民が何か言ったところでどうにもならないという状態が長く続くと、間違いなく政治的無関心が生まれますね。集団の一員が、集団の中で地位を得られず、公共の事柄に参与できなければ、すぐに気持ちが冷めてきます。集団の中で自分は不可欠の要素だと感じられれば、自然に積極的になるものなのです。

第七章 「新道徳」の憂い

明太爺

明太爺《ミン・タイイエ》〔太爺はお爺さんの意〕、五八歳、元解放軍兵士。若いころはハンサムで垢抜けていた。パリッとしたカーキ色の軍服を着て、部隊から復員し、こざっぱりして堂々とした、粱庄きっての美形の一人だった。一時期は運送業をやっていたが、女房がキリスト教に入信し、あちこち出かけていつも家を空けるためやめざるをえず、子供の食事の世話をするようになった。一九九〇年代には、北京で自転車修理工をやり、いくらか稼いで町に戻って家を買った。小さな自転車修理店を開き、一日に二十数元稼げるようになった。

俺の一生は波瀾万丈さ。女房のキリスト教のことを話せってのかい。そいつは三日三晩でも話し切れねえよ。俺の一生は、イエスにはめられたようなもんなんだ。まったく一家離散とはこのことだよ。女房はなあ、あいつらの仲間内じゃ「霊蘭《リンラン》姉妹」って呼ばれてる。俺んとこの二人の子供は、小さいころから頭の回転が速くて、勉強は将来有望だった。俺が運送の出稼ぎに行くと、女房は教会のことで家を出て、子供らを俺の親父のところへやった。子供らを連れて教会のことで駆けずりまわり、学校に行かせねえこともあった。だもんで結局、子供らの成績は悪くなっちまったんだ。八〇年代は、ここいらの教会にはまだ教会堂がなくて、女房は歌がうまいんで、あっちこっちの県に出かけてた。いったん出かけると、一〇日、半月と帰ってこねえ。俺は言った。「キリスト教は結構だがな、お前らのボス、韓立挺の家じゃあ、七、八人いる息子は誰も入信してねえだろ。殿魁《ディエンクイ》に、立挺たちにどうやって騙されたのか聞いてみろよ。殿魁は会う人ごとに、「カラクリはわかったよ。宣伝ビラを印刷したら、一銭も残らねえ。だが立挺たちは屋敷を建てて、美食三昧さ」と言っとるよ。みんなろくでもねえ連中だよな。お前らバカをはめてるんだよ。卵があれば卵を取り、穀物があれば穀物を取る。ヤツらは大儲け、こっちはお陀仏、お気の毒さまだ。できるヤツは入信して金儲け、バカは金づるってわけだ。キリスト教のお偉いさんの子供は、みんな車を持ってるが、その車はどこから来たんだ？　金はどこから来たんだ？　全部献金だろ。お前らが献金すりゃあ、ヤツらが持ってくって寸法さ。お前らわかってるのか？　何にもわかっちゃいねえ。ただバカみたいに献金して、自分の家の食糧を売ってまで献金するヤツもいる」。

俺ははじめ女房を罵った。女房は無視して、自分は悟ってる、俺とは違うと、お高くとまっていやがった。だもんで俺はイエスを罵ることにした。お前はイエスのせいでダメになったんだって。女房は自分が罵られても気にしなかったが、イエスを罵ったら心を動かした。

稼がないヤツに一銭だってくれてやれるか?!　子供らの世話もしねえし、家のこともしねえ。大きくなった子供らも怒ってるよ。一度女房が娘を殴ったことがあったんだ。娘は壁に頭をぶつけて泣いていた。ほんとうにつらかった。もともと勉強のよくできる子だったんだよ、娘は。間違いなく家がいつもごたごたしてるせいで、勉強をダメにしちまったんだ。

イエスってのはいったい何なんだかね。数年前、川に落ちた女を、俺は飛び込んで助けてやった。その女ときたら俺に礼を言わねえでよ、「主よ、感謝します」だとよ。くそったれめ、わけわかんねえ。今年の春にこんなことがあった。ある村の婆さんが、外孫二人と暮らしてた。娘も娘婿も出稼ぎで、やっぱりクリスチャンだった。ある日の昼、子供が二人、溝に浮かんでるのを目にしたんだが、婆さんは教会に行かなきゃならねえんで、放っておいた。戻ってみたら、その二人の子供は婆さんの外孫だったんだ。どれもこれも血の教訓ってやつだよな。キリスト教のお偉いさんは、形式主義をやりすぎてはダメだと、はっきり教えなきゃいけねえよな。「日曜日は何があっても教会へ」じゃあ、人間性ってもんがまったくねえだろ。自分の外孫はもちろん、そうじゃなくても、「溝ん中に子供が落っこちた！」と大声をあげて、人が来てから出かけたっていいじゃねえか？

うちの女房はどうしようもねえよ。どうかしようとしても怒るだけだ。家を建てたとき、棟上げをするんで、家の中は十数人もの人で、めちゃくちゃに忙しかった。教会が女房に、歌を歌ってくれと言ってきた。「くそ忙しいんだ、行かねえでくれよ」と言ったんだが、女房は「教会に行って歌を歌ったら帰ってくるわ」と答えた。俺は怒った。「今日はダメだ、どうしても行くってんなら、脚をへし折ってやる！　教会の姉妹たちは、俺たちが家を建ててると知っているくせに、何人かでも手伝いに来たか？　のんべんだらりとしていたい、ものぐさな連中じゃねえか。クリスチャンの家で、こぎれいにしているところはほとんどねえだろ」。結局女房は、それでも歌を歌いに行っちまった。やることは山積み、人はたくさん、俺一人で、てんてこまいだった。今思い出しても腹が立って胃がきりきりするよ。

うちの村じゃあ、平占《ピンジャン》の女房、俺の叔母、拐子常の女房、保貴《バオグイ》の家のモンが入信していた。女が多かった。だが、あとになってみんな信じるのをやめた。ところがイエスにまだ金を払うんだとよ。詐欺だよな。うちの女房は地位が高くて、持ち上げられてる。だが俺の家庭はなくなっちまった。何年も離婚騒ぎをして、ようやく別れたが、離婚しても家を出ていきやがらねえ。戻ってきてここに住んでるんだ。だって、どこへ行かせりゃいいんだよ。

北京で自転車修理工をやっていたときだって、しょっちゅう喧嘩してたよ。娘が出産するんで、女房に付き添いを頼んだが、やっぱり教会のことで駆けずり回ってた。あんたも知ってるだろ、北京ってところは、どこへ行くんでも、往復数時間かかるよな。

俺は先に北京から戻って、この家を買った。女房も、教会の姉妹たちが懐かしいので帰ってきた。一時期は、俺も女房について回った。イエスのどこがいいのか、はっきり知りたかったんだ。農村はつらい。俺は大丈夫だが、年を取ってくると、人生いろいろある中で、信仰は支えにはなる。説教を聞いてみたが、教会の梁牧師は話がうまいんだ。霊験、御利益の話をするばかりでなく、人間を根っから改造する。ほんとうは人間なのによ、自分を神様に仕立てあげるんだ。牧師の話しぶりはやけに筋が通っていて、だもんで女房たちは完全に丸め込まれたんだ。

それから、うちの村の教会堂で堂長を選ぶことになり、女房に副堂長をやらせるってんで、俺は断固反対した。「副堂長なんてダメだ。俺が家長だ、副堂長になるんなら、この家の敷居はまたがせねえぞ。教会にいい人間がいるか？　どいつもこいつも勘定をごまかしてる。支出にはサインがいるんだ。一枚でも間違ったら、責任を負わなくちゃなんねえんだぞ。ふだん家のやりくりもできてねえだろ、お前の頭じゃ、絶対に混乱してろくなことになんねえ」ってね。あちらさんは承服せず、女房は徳望が高いから、どうしてもお願いしたい、とぬかしやがった。それで俺は、「それじゃあこれだけは言っておく。副堂長をやるんなら、ヤツらのでたらめと、お前は関わりを持つなよ」と言った。女房には、「霊蘭、お前は組長をやっただろ、教会にはろくなヤツがいねえ、みんなでたらめじゃねえか」と言ってやったよ。

明太爺の自転車修理店は、町でもかなり辺鄙なところにあるが、ともかく通り沿いの店舗である。前のふたつの大部屋が母屋で、うしろに厨房がある。厨房にはクモの巣が分厚くかかり、炉は冷え切っており、もう長いこと火を熾こしていないのは明らかだった。「明太爺、食事はどうされてるんですか？」と私は尋ねた。「朝は牛肉入りのピリ辛麺、昼と夜は冷たい蒸しパンと水だ。夏は緑豆のところてんと、やっぱり蒸しパンだね。腹がふくれりゃあ、何もいらねえよ」。

明太爺は父の親友で、実際には父は彼より十数歳年上なのだが、いわゆる忘年の交わりだ。私が子供のころ、父と明太爺、そして原さんの三人は、しょっちゅう徹夜で話し込んでいた。昼食を済ませるとやってきて、夕食時分に帰り、また夕食を済ませてやってくることもあった。夏にはうちの庭に腰を下ろして、ガマのうちわをあおぎ、冬には西の部屋の隅でトウモロコシの茎やら木の根を燃やし、燃え尽きて燃えかすが冷めてしまってもまだ帰らないのが常だった。彼らは何を話していたのだろうか？　知るすべもないが、家のことや、村のことだろう。不公平なことに話題が及ぶと、話し声が突然高くなり、罵るのだった。話もせずに、黙って火を見つめ、それがしだいに暗くなっていくのを眺めていることもよくあった。農村ならではの友情である。黙っていても、深く、豊かで、細やかなのだ。

霊蘭さんとの結婚について言えば、話をする中で、明太爺はいくら考えてもわけがわからず、霊蘭さんがどうしてキリスト教にはまり、徹底して家を顧りみず、主イエスを求めたのか、理解できずにいた。

日が暮れると、明太爺の家の電球はワット数が低いようで、部屋の中が仄暗くなった。父はからかって「お前さんの一か月の電気代は、一元にもならんだろう。電気代の集金人をカッカとさせてるな」と言った。明太爺はプッと吹き出して笑った。「くそったれ、一日中電気代の取り立てのことばかり考えてやがる、俺は使わねえんだ、どのみち夜は仕事をしねえしな。テレビを見るのも好きじゃねえし、庭に腰を下ろしていたら風邪をひく、冬はおしゃべりをしに誰かのところへ行き、戻ったらすぐ寝る、電気で何をするってんだ」。若いころはカーキ色の軍服を着て、凜々しく、垢抜けて、意気軒昂だった明太爺が、今では「けち」な親父になってしまったことを思うと、可笑《おか》しく、また感じ入るところがあった。

巨大な蚊が頭上を飛び回り、脚を刺しまくってブーンと音をたてていた。パチンと叩くとたちまち手に血がついた。明太爺は小さな扇風機を持ってきて強い風をあててくれた。蚊は電灯と扇風機に翻弄されてでたらめに飛び交い、それは壮観だった。明太爺はベッドのヘッドボードからメンソレータムを取り出して、塗らせてくれたが、効かなかった。明太爺は夜をどうやって過ごしているのか、まったくわからない。

食事を済ませ、私たちは庭の外へ出て話を続けた。

長距離トラックの仕事をしていたころ、雲南へ行った。昔の戦友が「えらい別嬪で背も高い、学校を出た娘《こ》がいるんだ、見にいこうぜ」と言うんで行ってみた。ほんとうに別嬪だった。あのころ俺は文句なしのルックスだった。あんたの親父がよく知ってるよ。相手もその気になったんだが、結局やめにした。不倫はできんからね。いま後悔してるかって? 後悔して何になるよ、これも運命だよな。それにあのころ女房はまだ入信してなくて、俺にも良くしてくれていた。退役したばかりのころは、ほんと良くしてくれてたんだ。畑仕事をして家に帰ると、子供らには麵のゆで汁を飲ませ、俺には麵をひと椀よそってくれて、下には卵まで入っていたんだ。野良着が汚れていなくても、どうしても洗おうとする、「男の服は女の顔よ」と言ってね。そのせりふははっきり覚えているよ。女房はカッとなって手が付けられなくなることもあったが、そんなほっこりすることを言ってくれたと思うと、許せたよ。

イエスを信じるのは、女房が喜んでるならいいことだ、とかいうヤツもいる。出かけずに家にいて、調子いいことを話してるだけならな。自分の女房が三日もいなくなったら、誰でも喧嘩するだろうが。イエスのせいで、俺は女房の実家に行き、親父さんに「この子ら二人のために、霊蘭に言ってやってください」と頼んだ。親父さんは「イエスを信じるのはいいことだ、共産党が支持しているのだから、わしも支持する」とのたまいやがった。くそったれ、それを聞いて、言うのはやめたよ。あれ以来、女房の実家の敷居はまたいでねえ。女房は入信してから、だんだん家のことがおざなりになった。娘が悲しんでな、俺たちが北京で喧嘩になったとき、こう言った。「母さん、もし離婚して別の人と結婚したら、もう母さんとは思わないから」。女房は倅の嫁も信者でなければとか言いやがる。倅はこう言った。「クリスチャンは絶対にごめんだ、うら若いのに入信してるなんて、根性が曲がってるに決まってる。俺が出す条件は三つだけだ。クリスチャンの女は要らん、役人も要らんし、金持ちの女も要らん。いちばん大切なのはひとつ目の条件だ」。

数年前、倅がテレビを送って寄こした。俺は坐骨神経痛で、歩くこともできなかった。女房に「お前が行ってくれ、届いているかどうか電話で問い合わせてみろ。でなけりゃ、誰かに引き取ってもらってきてくれ」と言った。けど、そのころ女房は教会堂で生誕劇をやっていて、毎日出かけて、全然相手にしなかった。だもんで俺が足をひきずりひきずりして行ったんだ。あのときは、ほんとうに涙が出てきたよ、つらかったねえ。あとになって、子供ら二人に「母さんはお前らを産んだかもしれんが、育てたのは俺だぞ」と言いきかせたもんだ。娘も倅も結婚して、親孝行なことに、こう言ってくれるんだ。「父さん、母さん、お二人はもう仕事を辞めてください。僕らが毎月六〇〇元送りますから」とね。俺は答えた。「働かないのはダメだ、することがなくて暇になっちまう。だが、これ以上いい商売ができるわけでもねえ。一人ではできねえよ。母さんは出かけると言ったら出かけちまって、仕事になんねえからな」。

俺はまっとうにやっているのに、会うヤツみんなひん曲がってやがる。

四川大地震〔二〇〇八年五月一二日に四川省アバ・チベット族チャン族自治州汶川《ウェンチュワン》県で発生した〕のとき、俺はちょうど電話局で通話料を支払おうとしていた。五〇元持っていたんだが、三〇元だけ払って、二〇元はそのまま募金した。あとから党員が募金するように言ってきたときも、五〇元募金した。俺は娘に電話して、娘にも募金させたよ。職場に出せと言われねえようにな。これは道徳の問題だ。火急のときなんだから、命を救わねえとな。被災地にも強奪があって、救済車両のふりをして入り込み、物を奪うんだってな。これは社会が招いたことで、人が悪いんじゃねえ。全部社会の影響を受けてるんだ。最近の子供たちを見てみろ。どれだけひでえか。やっつけなけりゃ、社会はどこまでも悪くなっちまうだろうね。

社会の気風が悪くなってひでえもんだ。丁庄《ディンジュアン》村の子供が人助けをしたせいで死んじまって、家の者が子供を烈士にしてくれと頼んだんだが、一八歳になってねえからダメなんだと。俺は気に食わねえから、その家族と一緒に県政府に陳情に行ったんだが、誰も構ってくれなかった。ほらな、ちくしょう、今の社会は何もわかっちゃいねえ。毛主席はこうおっしゃった。人の行いは、大小にあるのではなく、やったことの価値にあるんだとね。

ひとしきり雑談したあとで、明太爺が突然秘密めいた調子で父に話し始めた。「光正、話があるんだ、あんたはどう思う？　俺にはわからねえから、町へ行ってあんたに相談しようと思っとったんだ。こういう女がいるんだ、二七歳の子連れ、離婚歴のある高卒。標準語をちゃんと話せる。向こうは電話を「かけ間違え」て、俺のところにかかってきて、俺が電話をとったというわけさ。話してみたら、馬が合う。実家は小さなセーター工場をやっていて、親父さんもでたらめにつるし上げられたことのある人だそうだ。彼女はどうしても俺と一緒になりたいと言うんだが、俺が来させないでいる。彼女が言うには、若い人は自分をバカにするから、年上がいいんだとさ」。

父は答えた。「そいつは十中八九肩透かしを食らうぞ、そんなうまい話があるもんか。村でそんなことが起こったためしはない。何坡《ホーポー》村の従兄が山西の娘を娶った。やはり子連れで、村で結婚式までやった。娘はそのあいだに、実家で入用だと言って、従兄に金を送らせた。結婚して十数日したころ、遊びに行って旅館に泊まり、従兄をうっちゃって、どろんさ。従兄はあれやこれやで数万元使ったんだ」。

明太爺は相手は自分を騙せるはずがない、来ればわかる、と思っていた。明らかに入れ込んでいるのだ。じつは、明太爺と霊蘭さんは、離婚してもずっと同居していたのだが、この夏休みに北京から戻った霊蘭さんは、明太爺のところへは来ず、実家に住み着いた。おそらくこの件と関係があるのだろう。まっすぐ剛直で気の荒い明太爺が、思春期の少年のように、耳まで赤くなり、興奮していた。

一二時近くになって、私と父はようやく帰宅した。明太爺は私たちを兄の家の玄関まで送ってくれ、明太爺と父はうしろでずっとひそひそ話を続けていた。私には聞かせたくないようだった。明太爺はきっと父の知恵を借りようとしているのだろうと思った。

空はますます暗くなり、星がいよいよ輝いて、町中が静まり返っていた。ときおりいなずまが町を切り裂いたかのように車が通りすぎたが、町はあいかわらずひっそりとしていた。

霊蘭

私は県キリスト教協会会長に会う約束をとりつけた。彼の方から町の教会で会おうという提案があり、さらに数人の一般信徒も教会に呼んでくれた。会長自身も牧師で、県で最高位の教会関係者である。牧師はとつとつとした、スキを見せない、慎重な話しぶりだった。おそらく郷党委員会書記とその他の郷幹部がその場にいたからだろう。

私は主を信じるようになって、二、三〇年になります。一九七八年に宗教政策がゆるやかになってから、入信しました。生活が苦しくて、入信したのです。家では年中暮らしが困難で、最後にこの道に入りました。入信してから、自分の精神は大きく変わったと感じています。以前は、社会での人付き合いで、功利を求めすぎ、勝気でした。入信してからは、善人になれると思うようになりました。文化的角度から見れば、一種の教養です。宗教としては社会に役立っております。教会は一九七八年以降安定していきました。穣県には一五二の教会があり、だいたい三、四万の信徒を抱えています。よその県や市にくらべると、わりに多い方です。というのもそもそも人口が多く、宗教自由の政策が反映されているからです。この門が開かれて、生活が苦しいからというだけでなく、精神的な必要性から入信する人がでてきました。以前は無知蒙昧ゆえと考えられていましたが、今は退職した国家幹部のような一定の層の人も多く入信するようになり、自分で自分を改造し、ほんとうに心の底から信仰しております。

農村では、信者は男が少なく、女と老人が多いです。やはり若い人はみな出稼ぎに行っているからでしょう。それに、国家の決まりで、一八歳未満は入信できません。ですが、一八歳未満は入党もできませんから、やはり公平です。ここ数年、信者はどんどん増えています。今ではあちこち逃げ回って信仰する者はいません。国は私設教会を許していませんから、必ず指定された教会堂でミサをしなければなりません。

インタビューのあいだじゅう、私たちの町の教会堂の堂長は、ずっと注意深く話を聞き、ノートに何か記録をとっていた。堂長と町の教会堂と信徒はどのような状況にあるのか聞いてみた。

私らの町の教会は、日曜日に礼拝に来るモンが四、五〇〇人、八つの行政村を管轄しております。規定がありまして、一緒にやるのはダメで、それぞれの教会で活動します。夫婦一緒に入信してくるモンがわりに多いです。若い男はやはり少ない、みな出稼ぎに行っておりますから。今の農村は「三八六〇部隊」です。三八は女のこと〔三月八日は国際婦人デー〕、六〇は老人です。ごたごたを起こすモンもおりますし、軟弱なのやら、頑固なのやら、理解の程度が違います。信者の信仰の質については、みな一歩一歩学習して、完全を目指しているというところです。『聖書』はいいもんですが、ちゃんと読めるかどうかは人によります。絶えず改造していく問題です。だから悪人も許されるんです。どうして六日間働いて一日休むかといいますと、この一日は自分を改造するんです。信仰すると子供のようになります。大原則で言うところの罪のある信者はほとんどおりません。小さな問題のあるモンはやっぱりおります。それも人の子、神ではありませんから。キリスト教徒も人間で、一種の信仰を追い求めているだけです。たとえば、盗みたいと思えば、盗まなくてもやっぱり罪を犯している、そう思ったんですから。宗教は法律の補完で、現実的なもんです。魂を束縛しようとしたり、善きことをしないのは罪です。

権限のある職務についておられる方々には服従せねばなりません。その方々は神がつかわした僕で、神が許可したんです。

神は慈愛の人です。人々に善きことをするよう呼びかけておられます。たとえば『聖書』には、「汝らは上から下まで国家に服従せよ」とあります。お役人も神の僕です。キリスト教を信ずる者は、自分で前に進まねばなりません。一人ひとりはわかっていません。たとえば「天は雨を降らせない」と揶揄する人がおりますが、祈りを捧げれば、神は雨を降らし給うのであります。雨が降るも降らないも、神の差配です。お役人も同じです。すべては神の差配です。公益は善です。どのように社会に従うか、一般の信者に身を以て範を示し、善を行っておられます。

キリスト教信仰は国家を助けております。教会に献金するしないは自由で、金額はいくらでも構いません。おもに教会の修繕や教材購入に使い、災害や事故があれば国家の呼びかけに応じることもあります。汚職や贈賄などなく、献金では間に合いません。信者が一人増えれば、善き公民が一人増え、信者が一人減れば、善き公民が一人減るってわけで。

人との付き合いでは、損を厭いません。川の東の陳集《チエンジー》に大きな堀があって、子供らの通学に不便なので信者が自発的に募金を集め、プレハブの橋をかけてやりました。キリスト教徒の行いは善です。

収穫も善です。教会が開いているときには、家で飼ってる豚をつぶしてふるまう教徒もおります。私らは愛国愛教なんです。

牧師と堂長の話から、彼らがキリスト教信仰を愛国、政治と結びつけ、政府に従っていることを示そうとしているのがうかがえた。ある種の話題に及ぶと、ときおり目の端で党委員会書記の顔色をうかがい、そこには微妙なニュアンスがあった。

私は隣で接待してくれている女性に、どうして入信したのか、霊蘭さんと明太爺を知っているか尋ねた。意外にも彼女たちは非常に親しく、十数年来の昔からの姉妹で、まさしく明太爺が罵っていた姉妹たちの一人だったのだ。明太爺の名前を出すと、彼女は大きくかぶりを振った。

主を信じるようになって三十数年、平安のために信仰してるんで、理由も条件もありゃしませんよ。以前は信者ではなかったけど、近所にクリスチャンの人がいて、社会に役立つとか、善いことをして、悪いことはせず、自分の気性を抑えられるとか、信仰のいいところを教えてくれましてね。主を信じると、自分でコントロールできるようになるんです。カーッとなりそうになったら、『聖書』のことばをひとつひとつ思い起こすと、すぐに収まるんです。うちの人は支持してくれないけど、喧嘩になったこともないわ。六日間自分がやるべきことをちゃんとやって、一日空きを作って教会に来る、うちの人も何も言いませんよ。ほんとうに用事があれば来なくたっていい。来られないのに、何がなんでも来なくちゃいけないっていうんじゃ、神様だってお喜びになりません。神様も、額に汗して得たものを喜ばれます。

あんたはわかってないでしょうけど、明太爺の性格は個性とは違うの、粗暴すぎるのよ。あの人は、霊蘭のここが悪い、あそこが悪いと言うけど、霊蘭があの人を悪く言ったことは一度もありませんよ。霊蘭一家のことを考えてみりゃ、どれだけ神様のご加護を受けてるか、すぐわかりますよ。あの人たちの娘さん、息子さんはどっちも北京で家を買ってる、そんな力のある人がいますか？　明太爺は信じないけど。霊蘭は神の善き娘です。争わず、口答えもしない。だから明太爺はごちゃごちゃ言えるんです。霊蘭の内側には神の愛が満ちています。明太爺は、父親も母親も罵らずに、神様だけを罵るんだから、霊蘭にはいちばん耐えられないことですよ。明太爺はあら探しばかりして、口を開けば人を殴って。明太爺って人は弱すぎるんです。霊蘭の信仰のことではなくて、悪い方にばかり考えているんです。

あの明太爺って人は、霊蘭をひどく虐待しているんです。殴って、機嫌が悪けりゃ罵って、反論も許さない。霊蘭があの男を愛せるわけがない。邪推ばかりして、いい方に考えず、悪い方にばかり考えて、霊蘭が暗くなっても外をほっつき歩いて、ちゃんとやっていないとか言う。霊蘭も悪いんです。殴られても逃げるだけで、男は甲斐性なし、女には実家に帰る知恵がない。家のことを構わないと言うけれど、言いがかりですよ。お祈りだって毎日来るわけじゃない、日曜日だけです。それに、今じゃ家では大した仕事をしていませんよ。畑は少ないし、繁忙期になれば、コンバインがあって、日雇い部隊もいるんだから。

私は会長に、家のことを顧みない信者、病気でも薬を飲まない信者はいるかと尋ねてみた。会長は「妄信的な者もおります。家を顧みず、仕事をせず、専業信者になれば、最後には邪教になってしまいます。「東方閃電」はもう邪教になっています。病気で薬を飲まない者は多くありません。ですが、病院で「死刑」を宣告され、教会で治る例はあります」と答えた。会長は意味深長に「宗教には超自然的な行為がある、それでこそ宗教です」と付け加えた。明太爺と霊蘭さんのようなケースについて、会長は、かたや党員、かたやクリスチャン、もともとふたつの信仰で衝突しがちだが、二人とも労働者でもある、と考えていた。

村にクリスチャンを軽視する風潮が普遍的にあることが感じられた。彼女たちの行為、ことばや様式は、しょっちゅう物笑いの種になっていた。たとえば父は、バカで、ひまで、貧しい人がクリスチャンになり、何もわからず、ただやみくもについていっているのだと考えていた。現在の村支部書記に「奥様がクリスチャンになることをお許しになりますか」と尋ねたら、とてもきっぱりと「絶対にダメだ。人に笑われたくはないからね。クリスチャンってのは、みんな婆さん連中で、やることがなくてひまなんだよ。心の支えにしてるだけだね。信仰だとかは、誰もわかっちゃいないさ。それに幹部として、女房に信仰を持たせるわけにはいかん、大勢に流されるのは許さん」と言った。その数日間私たちに付き添った運転手も、こらえ切れなくなった様子で「クリスチャンってのはおかしいと思うよ、ちょっとバカだよ」と自分の考えを漏らした。彼のことばを借りると「くそったれ、あいつらどっからあんだけのエネルギーが出てくんだろうねえ、みんなでバカみたいに、跪いてぶつぶつ唱えて、ひまを持てあましてる人間がやることだよ」なのである。だが同時に彼は、クリスチャンを非常に尊敬してもいた。たとえば彼らの村はずれの橋が壊れたとき、それを見たクリスチャンたちは相談すると、分担して石を拾ったり、木材やセメントを探してきたりして、数日で橋を直してしまった。彼は「あの団結力は、職場の何倍もあるね」と感心した。

明太爺の妻と妻の信仰に対する態度を、「愚昧」という二文字で簡単に評価してしまうことはできないように思われる。そこには、農村の生産力の実際状況、また文化習俗の問題、中国の農村が精神空間をどう見ているかという問題にまで及ぶものがある。農村では、夫婦の協力と家庭内分業は生活の基本的な前提である。生産を放棄して何らかの精神活動に従事すれば、このモデルは破壊され、家庭は困難に陥ってしまう。明太爺が直面した問題と同様である。文化レベルから見ると、農村、とりわけ北方の農村では、高尚で、世俗を超越した文化生活は排斥される。言い換えれば、この文化共同体に属さない異質な文化は白眼視され、「精神病」「不正常」「奇怪」といったニュアンスを帯びるのである。霊蘭さんは村の中でまさしくそうしたものを体現していた。強がりの明太爺は、自分の女房が村の笑い者になることをどうしても許さず、必死に霊蘭さんの信仰を阻止した。表面的な原因は霊蘭さんが仕事を手伝わなかったことだが、じつは強烈な羞恥心を抱き、女房の行為のせいで自分は村で体面が立たないと思っているのだ。ひとつの村は、命を持った全体であり、有機的なネットワークである。そこに身を置く一人ひとりの村民はみな自分の定位置が必要であり、どんなイメージのどんな役柄がいいか考えるのである。そこでは、誰もが自覚をもってひとつの役柄を演じており、その役柄がその人の自己価値と自己イメージを作りあげるのである。いったんそのイメージが破壊されれば、その人は根本的に心の平衡を失ってしまう。

また、農村の大部分のキリスト教徒は、自分が信仰している宗教をおそらく完全には理解していない（これは非常に広く見られる現象である。身近なクリスチャンの親戚と話をする際に、ときおりわざと『聖書』や宗教のことを尋ねてみると、だいたいとんちんかんな答えが返ってくる）。しかし彼女らは、キリスト教に一種の尊厳と平等と尊重されているという感覚を、他人を助ける動力と自我精神の支えとなるものを見出している。それは彼女らがそれまでの生活からは得られなかったものだ。中国では、とりわけ北方の農村では、信仰とは、教えをどれだけ理解するかではなく、多くの場合、生活の抑圧と精神の窮乏ゆえに探しあてた避難所にすぎない。これはまた農村で女性教徒が男性教徒より多い理由でもある。村の生活で、彼女らは決して公に意見を表明しようとせず、まして自分の感覚を開けっ広げにしようとしたりはしない。というのも、彼女らは往々にして、やることのない暇人、頭にちょっと問題がある、あるいはもっとはっきり言えばバカな連中だと思われているからだ。

じつは多くの場合、キリスト教信仰と生産の衝突は必然というわけではない。しかしまわりの人々はキリスト教と労働や日常生活との矛盾をことさらに強調し、それでもって不満を表明するのである。中国の農村文化は依然として一種の実務文化である。地に足をつけて生活することが第一義である。個人の精神に必要なもの、夫婦の情愛は、往々にして嘲笑、諧謔、回避などねじ曲がった形で伝えられ、正面きって穏やかに真剣に述べるなどの方法でコミュニケーションをとることは少ない。こういう精神空間を抑圧し、ねじ曲げるという現象が、家庭の内部、夫婦、親子のあいだに存在するのみならず、近所付き合いの基本方式でもあり、多くの問題を引き起こしている。

正義漢

「正義漢」は私の伯父の一人で、そう遠くない親戚である。彼がなぜ「正義漢」と呼ばれていたかについては、じつに面白い話がある。伯父さんは村で最も初期の大学生と言っていい。まず県政府所在地の高校で教鞭をとり、のちに故郷の建設を支援するために呼び戻されて、町の高校の教務主任になった。生徒には非常に好かれていたが、指導者には煙たがられる人物だった。彼は「論理」が大好きで、強情かつ竹を割ったような性格で、「人間、道義を大切にしなけりゃいかん」が口ぐせだった。学校の食堂の食事が悪かったり、生徒から無茶な名目で集金をしていたり、さらには一部の教員が学校の中の通路を畑にしてふさいでしまったときなど、彼はいつでも仕切りに行った。もし指導者が扱わなければ、直接管理部門に乗り込み、あるいは郷に訴えにいき、解決するまで煩を厭わなかった。そのため、学校と郷は面倒がった。時が経つうちに、人々は裏で彼のことを「正義漢」と呼ぶようになった。伯父さんと息子の関係はあまり良くない。三人の息子のうち、いちばん下の子は大学に受かり、上の二人は高校を卒業してから非正規教員になった。九〇年代初頭は、非正規教員が正規の教員になるケースが非常に多く、彼らの条件も適っていた。だが毎年定員があり、評定でランクづけされた。そこには、一筋縄でいかないことが多々ある。「正義」を重んじる伯父さんは、人に頼まず、贈り物もせず、息子がそうしてほしいと頼むと、「良心に従って仕事をしろ、筋を通せ」と罵倒した。結局二人の息子は評価されなかった。その後、非正規教員を正規教員にすることはなくなり、息子たちは農民になった。数年間、息子と父親はずっと口をきかなかった。その後伯父さんが退職して村に戻ってから、親子関係はようやく少し良くなった。

伯父さんの家を訪ねると、息子の万会《ワンフイ》さんはテレビを見ていた。彼の家はまだ村にある。三部屋一棟の黒瓦の住宅で、立派なひさしがあり、庭には瓦の道が敷かれている。当時は村でも有数の家だった。今は、いささか崩れたあばら家のように見える。伯父さんの写真が、中央の部屋の真ん中に置かれていた。黒い額縁に収められ、上に黒い絹のリボンがかかっていた。


あんたの伯父さんは二〇〇四年に死んだよ、肺気腫でな。死んでなけりゃ、今ごろ留守番をしてもらって、俺は仕事に出かけていられたんだが。六、七年患ってね、前から体は悪かったんだ。死んでから二日間部屋に置き、万安《ワンアン》が戻るのを待った。火葬にするか、土葬にするかで、俺はお袋ともめた。

俺はどちらでもよかった。もう死んだんだ、生前に孝行すればいいことだ。だが親父は生前遺言を残していて、焼かれるのを嫌がり、痛いのが怖いだの、ずっとくどくど言っていた。村の支部書記が見舞いに来たとき、親父は支部書記にまで「焼かないでくれ。たとえ金を払ったっていい」と頼んだ。農村の人間は灰になるのを怖がる。なんとか五体満足な死体になれさえすればいいと思ってる。焼かれた姿は見られたもんじゃないというわけだ。

今はこっそり埋める者が多い。二〇〇〇元あまり出せば、そのまんま土葬できる。直接支部書記に払うのがひとつのやり方だ。もちろんあまり公然にというわけにはいかないが。もうひとつは夜中にこっそり埋葬する。おいそれと泣くこともできない。戻ってきた娘だって泣けやしない。ほんとうなら多少にぎやかに、鐘や太鼓、笛を頼んで野辺送りをしていいんだ。支部書記にいくらか払い、うなずいてもらえれば、夜中に棺桶を担ぎ、遺族が付き従う。遺族は悲しみが高じたら、口を覆って息をこらえる。泣き声を出すわけにいかんからね。実際のところ、村の人間もわかってる、みんなの気持ちは鏡みたいにはっきりしてる。土の中に埋めなくなる日なんて来るわけがないんだ。

だが、間の悪いこともある。うちの村の周家の保良《バオリアン》は火葬しなかった。支部書記に金を払ったら、埋めていいと言われたんだ。棺桶を墓穴に下ろして、まだ土をかけないうちに民政局の役人がやってきた。「もう支部書記さんに払いました」とも言えんから、仕方なく、また一〇〇〇元払ってやりすごした。ぶつぶつ言うのは、その二回の金のせいさ。政策だか何だか知らんが、経は正しくても、どう読むかが問題なんだ。

俺が「焼こう」と言うと、お袋は泣いた。だがあのころは管理が厳しくて、うちの村はサンプルとしていつも見張られていた。支部書記もうんと言えず、ただ「焼いたってなんでもないよ」と言うだけだった。結局万安が帰ってきた。あいつは外で仕事をしているから、ひとかどの人物のうちだ。県で聞きつけた連中が、ついてきた。今度ばかりは、焼かないわけにはいかなくなった。

いったいどうすりゃいい？　親父の遺言に背くわけにもいかないから、あとから方法を考えた。焼く前に墓相を見る占い師に手足の爪を切っておいてもらい、保存しておいた。焼いて戻ってきてから骨と灰を棺桶の中に人型に置いて、爪を四肢の傍らに置いて、完全な体の形状にする。それで本物ってことにした。実際には、棺桶を担いだとたんに人型は崩れてしまうよな。だが他にどうできる？　いくらか気持ちを示せるだけさ。

火葬場への野辺送りのとき、娘婿たちが鳴り物を呼んでくれた。村を離れるときには、爆竹も鳴らした。遺族は地べたに跪いて礼もした。立派な弔いのうちだ。今の農村ではこういうのが盛んで、火葬でも体裁を重んじる。金がある者は車を仕立てて親戚たちを連れて火葬しにいき、戻ってからお骨を埋葬し、さらにみなに食事をふるまう。二回分金を払って、二回やるのと同じだ。

今考えても、すっきりしない。心の中では、人は死んだら何もないとわかっていながら、割り切れない気持ちが残っていた。火葬しにいくと思ったら、つらくてしかたがなかった。それから、火葬場に着いて、親父は火葬場のベッドに横たえられた。顔にうちの村で使う黄色い紙がかぶせられていたが、どういうわけか、落ちてしまった。紙を拾い上げてかぶせたが、また落ちた。それから、親父の腕が身体の下敷きになっていることに気づいた。痛いだろうに、ずっと俺に訴えていたんだろう。俺は泣いた。親父は火葬を望んでいなかったんだ。親父の腕をもう一度整えて、「父さん、俺もどうしようもないんだ、今はこういう政策なんだ、許してくれ」と言ったよ。

火葬後に遺灰をとりにいくと、全部真っ白だった。家の中で豆の茎を燃やしたときにでる灰のようだった。人は土に埋められたら、だんだん朽ちていくとは言うが、ちゃんとした人間のままだと思われてる。もういいさ、一握りの灰になっちまったんだ。お袋は泣いて気を失った。

戻ったら、埋葬もこっそりしなけりゃならない。墓はあらかじめちゃんと掘っておいた。親戚たちが来て、遺族はそこに跪いた。親戚に呼びかけ、跪いて礼をする「支客」[*]も頼んだ。ただし小声でな。

＊（原注）北方の農村の冠婚葬祭で親族の席についてもらう。この過程で特に礼を重んじる。一般に「支客」になるのは、村で威信があり、人を心服させられ、村の親戚関係に比較的詳しい人である。

遺族も泣こうにも泣けず、息を殺して、ただ目に涙をためていた。親父もかわいそうだよ、一生苦労して、この世を去るとき、息子、娘、親族にちゃんとした弔いもしてもらえなかったんだから。

いつ火葬を定着させられるかだって？　簡単には答えられないね。今は、墓は昔と同じくらいの数で、ただ中の人間は火葬されている。以前に生産大隊ではこう言っていた。どこかに建物を建て、村の組ごとに場所を決め、骨壺を死んだ順番に一人ひとり割りあてられた場所に収めると。だがもう何年も経っているが、どこにもそんなものはない。農村ではとても実行できない。干支が一回りしたってダメだ。そういう風俗習慣がないんだからな。

あの数年は、墓を掘り返して火葬しなおすことでいろいろあった。うちの村の、華《ホワ》の女房の気がふれたことは、あんた知らんだろう。華は外で他の女とできちまって、女房は精神を病んだんだ。そして穴ん中に落っこちて溺れ死に、こっそり埋められたんだが、どうやってばれたのか掘り出されちまった。埋められて半月あまり経ったころで、死体は溶けかかってた。執行部門の連中が鉄鉤で引っぱり出すと、尻も腐乱していて、みんな逃げだした。墓を掘り返したとき、華は家にいなくて、兄弟たちも構わなかった。どうしようもない、執行部門はやむをえず遺体を町に運んで火葬した。それから子供が帰ってきて、ようやく母親の遺骨を受け取ったんだ。あのときはほんとうに大騒ぎだった。車に乗っている者まで降りてきて見物してたよ。

椅子に腰かけた万会さんは、話すほどに声が低くなり、昔私たちを教えていたころの風采はまったくなかった。あのころ、万会さん、それに前に出てきた万明さん〔第三章参照〕は、郷でも評判の教員だった。彼らは高卒で、風采も文才も花盛り、意気軒高で、教えるのが上手で、重責を担っていた。まさに彼らの努力のおかげで、梁庄の小学校の卒業成績は、郷のトップクラスを保ち続けていたのである。彼は現在の送葬制度と農村の現状に非常に不満を持っているが、ただ言っているだけだった。彼はかなり意気消沈しており、問題について深く考えようとはしていなかった。結局農村に戻って農民をさせられたことが、彼にとっていかに大きな打撃だったかが見てとれた。

町に戻り、一人の友人とおしゃべりをしていたとき、彼はこんなことを話してくれた。

これはほんとうの話だ。一九九四年、一九九五年のことだ。ある日突然通知を受け取った。マスクをして農村へ行けという。たくさんの野次馬が見物に来て、人でごった返していた。俺たちはある村に墓を掘り返しにいった。あのころは火葬政策が始まったばかりで、一人を血祭りにあげて見せしめにしようという意図も少しあった。農村では、他人の祖先の墓を掘り返すのは気の滅入ることだ。大なり小なり不道徳で、普通の人間はそんなことはしないもんな。だから、ごろつきや「労働改造」の釈放犯にやらせ、政府の人員が見張ったんだ。俺たちの五人グループもそんな集団で、俺が組長だった。

掘り返したのは女の墓で、死んでからまだそれほど経っていなかった。掘り出した死体は、膨張し始め、顔は腫れあがり、真っ白でぶくぶくしていたうえに、蛆虫が這いまわり、ほんとうに恐ろしかったよ。死体を墓穴の縁に横たえたが、誰もそれ以上動かそうとしなかった。それから石油をぶっかけた。誰が火をつけるかはあらかじめ決めてあった。数人のごろつきだ。結局は、油が少なすぎて半分焼けたところで消えてしまった。どんなにひどいありさまかあんたには想像がつかんだろう。すぐにもう一度火をつけた。その墓地には埋葬されたばかりの人が七、八人いたが、みんなその日の午後に焼かれたばかりだった。煙が周囲に立ち込め、あの臭いは今思い出しても吐き気がする。火をつけて、またひとしきり焼いて、どんな風に焼けるかには構わず、俺たち火つけ担当は立ち去った。

壮観だったよ。人が押し寄せてね。火をつけると一部のヤツらは臭いを嫌って逃げ出した。しばらくしてまた戻ってきた。どんな様子か見ようというんだ。家族たちは、はじめは泣きわめいて取りすがったが、警察に押しとどめられた。よそでは、墓を焼いたことで、警察と民衆の衝突になったところもあるそうだ。俺たちのときは派遣された警官が多くて、騒ぎにはならなかった。それから、とにかく臭いがたまらなくて、家族でさえ頑張り切れなくなって、泣きながら逃げていったよ。少しすると戻ってきて泣くんだが、また逃げた。

今思い返すと、ほんとうに人を尊重していないよな。あの数年は、墓を掘り返したり焼いたりで喧嘩になり、捕まったヤツがたくさんいたよ。ここ数年はそれほど厳しくなくなった。罰金を取るだけだ。特に金のある連中は直接埋葬する。もちろんこっそりとだがね。普通はまず焼いて、それから埋葬する。焼いて、罰金を払いさえすれば、墓に埋めても誰も文句は言わない。見て見ぬふりってわけさ。

煥さん

まるまる二日間雨が降り続いた。雨水に洗われた原野はすがすがしく、清潔感があった。木の葉、農作物は緑色に輝き、薄暗い空が、密閉された静かな、それでいて果てしなく広い世界を作りあげていた。雨季が来た。南方ではないが、毎年この季節にはいつも十数日連続で雨が降る。じつは私はこういう雨の日が好きだ。雨が「ざあざあ」降っているが陰鬱ではなく、灰色のキラキラした空が広々として厳かな印象を与える。

川沿いの斜面の樹林はここ数年に植えられたものだ。林にはまだ充分厚みを持つほどには草地が育っておらず、地面を覆う草もまばらである。砂地の道を素足で歩くと、細かい、湿った砂利が足に触れて、ちょっと痛いようなこそばゆいような、非常に心地いい感触である。川の水はどーっと勢いよく流れていき、力をみなぎらせて進んでいく。巨大なアシの茂みは雨水に洗われて、重厚で生命力に満ちている。雨の中の川は、霧が立ちのぼり、どこまでも蒼然としているが、永遠に変わらぬすがすがしさをも有している。

川沿いの斜面には小屋がたくさん点在している。基本的には農作物を見張るために建てられたものである。広々とした砂地に、スイカと落花生がたくさん植えられている。スイカや落花生は砂地に植えるのに適しているのだ。ときおりスイカ畑で忙しそうにしている人影を一人二人見かけることがある。おそらくスイカの状態を点検しているのだろう。このような長雨は、スイカなどを育てている人に言わせると、じつにまずいことなのだ。扉が開けっ放しになっている小屋の外から、中で女性が一人家事にいそしんでおり、傍らに三、四歳の女の子が遊んでいるのが見えた。私たちの声を聞きつけて、その女性は振り向いた。兄が笑って「煥さんじゃないか」と言った。

煥さんは今年四二、三歳くらいである。昔私たちの村の張家の若者と恋仲になって、村まで遊びにきた。みな彼女の美しさにうち震え、ひとしきり大騒ぎになった。農村の娘で、一年中畑仕事をしているのに、肌は真っ白で、目はきらきらして澄み切っており、長い髪が風になびいて映画スターのようだった。弾むように道を歩き、魅力があった。唯一の欠点は鼻が真っすぐすぎることで、顔の調和を損なっていたが、かえってこの人はしっかりした、芯の強い人だと感じさせた。煥さんがしっかりした人であることは、事実が証明した。彼女は嫁いでくると、夫と出稼ぎに行き、こっそり子供を産んだ。彼らはまず小さな食堂の給仕になり、夫はのちにラーメン打ちの職人になった。数年様子を見て貯えができると、天津の郊外にラーメン屋を開き、大成功して少なからず儲けた。一家は村の中心街沿いに家を建てたが、村でも珍しい三階建てである。

ひとつだけ残念なことに、煥さんにはずっと男の子ができなかった。うちの村には他に張姓の家はなく、三人の兄弟はそれぞれ分家した。この三兄弟の結婚後に生まれたのが、全員女の子だった。農村ではこのような状況は「跡取りなしの家」と言われ、一種の侮辱である。煥さんの夫は長男で、結婚して十数年、おそらく五、六人娘がいるが、今に至るまで息子はない。

煥さんの傍らで遊んでいた女の子は末の娘である。煥さんを見てみると、昔の面影が残っており、あいかわらず美しい。ただ日に焼けて、痩せ、憔悴して見えた。「どうしてここにいるの？　天津でレストランをやっているんじゃなかった？」と尋ねると、煥さんは微笑んだ。戻ってきてもう十数日になる、治療のためで、腰椎が痛み、めまいもするとのことだった。医者の見立てでは、椎間板が飛び出しており、薬を出してもらっているが、すぐに治るものでもない。数日したら天津に戻る、あちらでの商売は忙しく、離れられないとのことだった。ここは姑のスイカ畑で、長雨だったので様子を見にきたのだという。ひとしきり雑談してから、私は慎重に、彼女の考えを聞きたいという自分の希望を述べた。焕さんはとても真面目に私の話を聞いてくれ、ずっとうなずいていた。最後に「喜んでお話しするわ、いいことだから」と言ってくれた。彼女自身、自分の一生やいろいろなことが、それでよかったのかどうか、わからなくなるときがあるのだった。玄関の傍らのスツールに腰かけて、利口そうなお嬢さんを抱いて、焕さんは出産のことを話してくれた。

うちは息子を産みたいだけなのよ。張家のような立派な家で、兄弟が三人いて、男の子が一人もいないなんて不完全でしょ、うちが一人産まなきゃ、どうしたって一人は要る。

女の子だってもちろん大好きよ。うちのかわいい綿入れちゃん。この子を見て、ほんとうにかわいいでしょ。ほしくてたまらなかったのよ。はじめ、もう少しでこの子をあきらめるところだったの。妊娠五か月のとき、超音波検査ですぐにまた女の子とわかって、中絶すればいいと思った。その前に産んだ女の子は、生まれてすぐによそへやったけど、どれだけつらかったか。今でも顔さえ見ていなくて、産まない方がよかったくらい。うちの遠い親戚でお医者さんがいて、うちらはいつもその人の顔を立てて超音波検査してもらってるのよ。その人が中絶はやめろって。そのときになったら、いい人探して、同じ県内だから会いたくなったら、こっそり会いにいけばいいって。うちは思った。女の子だってひとつの命。初めて娘を中絶したときは、ほんとうにつらかった。もう五か月になってた。眉や目や五臓もちゃんとあるんだって。でももう女の子が二人いて、どうしても男の子がほしいし、これ以上無理だから中絶した。胸が苦しくて苦しくて、でもどうしようもなかった。それからあと二人、考えもせずに中絶したわ。うちは産むつもりだったけど、うちの人が反対で。あと何か月もかかるし、そのときになったら別れられなくなるかもしれないし、人にやったらもう自分の子とは違うから、あれこれ考えても意味がないって言うんだもの。

先生に止められて、うちも心が動いた。その人たちに会わせてほしいと頼んだの。教養のあるご夫妻で、うちと年もあまり変わらず、まだ若くて、政府機関で働いておられて、息子さんはもう大学生。お会いするなり大好きになって、産むことにしたの。ただ、引き取ったあとは親子の対面はしないでくれって。それでもいいかって、うちも納得した。娘をいい人に送るんだから、それでもいいかって。

この子は月足らずで生まれたの（煥さんは話しながら、いつくしむように傍らの娘を見やり、手で彼女の顔を撫でた）。予定日より一〇日くらい早く、夜に急に陣痛が来て、病院に着いて三〇分もしないうちに生まれてね。引き取り手への連絡も間に合わなかった。うちはほんとうは娘に会うつもりじゃなかった。そのまま送ればいいと思ってた。会ったら耐えられなくなるのが怖くて。でも、この子は向こうで泣いて泣いて、のども張り裂けんばかりに泣いているのに、引き取り手はまだ来ない。何かあったらいけないと思って、看護婦さんに連れてきてもらって、あやそうとしたのよ。そうしたらどうなったと思う？　うちのそばに来たとたん、この子は泣きやんだの。おくるみを開いたら、ほんのりピンクで透けるように白くて、目を大きく見開いてうちを見つめた。とたんに心がくじけてしまって、もうやらないことにしたの。それからあちらのご夫妻もやってきて、見目麗しい子だとわかると、とてもほしがられて、お礼をはずむし、親子の面会をしてもいいとまで言ってくれた。でもうちはどうしても手放せないと言った。遠縁の先生はむちゃくちゃ怒ってね。先生はこのせいで相手に失礼をしてしまったからね。ほら、人にやらなかったから、この子はうちにすごく懐いてるし、聞き分けもいいのよ。

ほんとうのことを言うと、年をとったら娘たちが頼りよ。娘はいいよ、細やかで、嫁いでも実家のことを気にかけてくれる。息子なんて何がいいの、うちははっきりわかってるよ。見てごらん、農村でどこの息子が結婚してから老いた母親の面倒をみてる？　親孝行の気持ちがないってわけじゃない。自分の家だけでもやってけないのよ。せいぜい親にちょっと小遣いを送るくらい。ほんとうに両親のことを思いやって、身近であれこれ声をかけられるのは、やっぱり娘。そのことは、うちは心ん中じゃよくわかってる。でも、やっぱり男の子がほしいの。やっぱり根を絶つわけにはいかないからね。うちの人もほしがってる。ことば数の少ない人だから口には出さないけど。あの人もうちがここ何年か苦しんできたことを知ってる。息子を望んでも無理だってことはわかってる。でもあの人がときどきつくため息には、ほんとうにこっちの気が滅入る。年越しで家に帰って、息子がいないもんで人より劣ってるみたいな顔をされると、見ててほんとうにつらい。みんなは、うちらが男の子をほしがるのは、お金のことを考えてる、建てた家を受け継がせたいからだと思ってるけど、そうじゃない、ただ男の子がいなきゃいけないと思ってるだけなの。立派な家庭で息子が三人いるのに、誰にも跡継ぎの男の子がいないと笑われて、自分でも嫌なのよ。

体を壊していないかって？　なんともないよ、うちらの父さん母さん世代は誰でも四、五人子供がいるでしょ。体がどうかなるとは限らないよ。女が子供を産むのは天性、体に影響なんてあるわけないよ。だけどここ数年、年をとって、あちこちいろいろ出てきて、あんまり疲れるのはダメ。三人の娘のうち、上の二人は中学に上がった。お婆ちゃんが見てくれてる。ふだんは学校の宿舎で、日曜日に戻ってくる。

ない。

このちっちゃい子はうちらと一緒に天津にいる。ちっとも手がかからないんだ。ふだんは、食堂では人を雇っていて、うちは集金と買い付けをやるだけで、すごく疲れるわけじゃない。ただ離れられないの。

もう十数年になるけど家が貧しくて、二人目の娘が生まれたころ産児制限が厳しくて、生まれそうになっても捕まって中絶させられた人がたくさんいた。万明の奥さんも予定日まであと二十数日で何もないだろう、ひどいことになるはずないと思ってた。捕まったって、もうすぐ生まれるんだから、いくらなんでもひどいことはしないだろうって。それでも結局は捕まって手術されたでしょう？　今でも万明の奥さんは思い出しては、ぴちぴちの元気な子を無理やり殺されたって、さんざん泣くのよ。うちらは遠くまで逃げた。新疆や甘粛まで行った。うちの人は仕事に行き、うちは借りた家に閉じこもって、外にも出られなかった。家の方じゃあお婆ちゃんが捕まって何日もぶちこまれた。罰金を払えなくてもう少しで家を売る羽目になるところだったんだけど、なんとかうちの実家から借金して保釈された。ほんとうに大変だったよ！　それから天津へ行って、ようやく落ち着いた。今の農村は管理がそれほど厳しくないし、二人目も産める。ほんとうのことを言うと、決まりより多く子供を作る人はあんまりないよ。今は子供を育てるにもお金がかかって、たくさん産んだら養い切れないし、世話をする時間もないからね。

それからもうひとつ、あんたに話したいことがある。今度帰ってきたのは、占い師に見てもらうためなの。占いの先生が言うには、うちは七仙女の運命なんだって。七仙女が揃ってからようやく男の子を授かるんだって。考えたんだけど、人工中絶した子も入れれば七人くらいになるでしょう？　もう一度妊娠したら男の子なんじゃないかしら？　うちは、最後にもう一回だけ試してみようと思ってる。年が年だから、先延ばしにしたら産めなくなる。もしまた女の子だったらもうあきらめる。ねえ、男の子が生まれると思う？　うちの人にはまだ話してないのよ。

美しく泰然として、さわやかな煥さんを見ながら、私はいささか惑わされたような気持ちだった。煥さんは間違いなく見識があり、ものごとのやり方を心得ており、ものの見方、現代世界に対する認識があり、天津での商売の理念を語るときも先見性があった。だが、男の子を産むという問題については、語るべき道理を持ち合わせていないようだった。彼女は繰り返し「男の子が産みたいだけなの」と言った。観念が遅れているのではなく、ただほしいだけなのだと。

私はひそかに数えてみた。煥さんは全部で七人の女の子を産み、三人を手元に置き、三人を人工中絶し、一人を他人にやった。現在の文明の観念、知識のある都市住民の視点からすれば、このような出産大戦争はほとんど残忍に思える。

一九五〇年代の「英雄母親」と違って、農村の女性にとって、出産とは生命に対する破壊、軽視とともに起こるものである。妊娠し、中絶し、また妊娠し、また中絶することが当たり前になってしまうと、母親の神聖さや喜びは薄くなる。最後には、強いられたことが自分から望んだことになり、苦痛は麻痺に変わり、さらには内在的自我欲求になるのである。さながらこの目的に到達できなければ、人生は不完全で、任務が完了しないとでもいうかのようだ。

だが、状況はゆっくりと変わり始めてもいる。農村では子だくさんがどんどん減ってきている。清道兄さんの見方によれば、農村では、一人目が男の子ならふつう二人目は急がないか、女の子を養子にもらう。二人目がまた男の子なら、みな「わーっ」と一声、取り乱す。なぜかと言えば、嫁取りにお金のかかる男の子は養い切れないと思うからだ。一人目が女の子なら、九九パーセントが男の子をほしがる。跡継ぎなしにだけはなりたくないのである。三人目を作る者は現在ではほとんどいない。ほんとうに産みたければ、罰金を払えば方法はある。計画出産政策それ自体に拘束力はなく、むしろ経済が人の意識を縛っているのである。

生命はときに、じつに理解しがたい強靭さに満ち溢れている。目の前の煥さんは、健康で、ほがらかで、どんな傷も痛みも自分で吸収して消化するか、主体的にシャットアウトしている。彼女は兄に、町の寄宿学校でいいところはどこか、どの先生のクラスがいいか尋ねていた。彼女のいちばん上の娘はもう中三で、県のトップの高校を受けたがっており、煥さんは娘に大きな希望を抱いている。私は彼女に天津の「移民政策」を知っているかと尋ねた。天津で家を買えば、戸籍を取得でき、子供は天津の学校に通い、大学も受験できる。天津全体の点数は河南よりずっと低い。彼女はとても驚いて、「そんな政策があるの?」と言った。知らなかったのだ。天津で、彼女は朝は五時起きで、夜は一一時より前に寝たことなどない。毎日忙しくて、めったにテレビを見たり新聞を読んだりはしない。私は、もしたまたまこういうニュースを見ていたとしても、彼らはやはり自分たちには関係ないと感じたかもしれないと思った。天津で生活していても、「天津」という名詞が自分たちとは無関係であるのと同じように。彼らの注意力、努力のすべては、やはり故郷に注がれている。天津で家を買うには四、五〇万元かかると理解したとたん、煥さんはさっぱりした表情になった。はなから買えないのだ。

数年間かけて稼いだお金はすべて家を建てるのに使い、手元に残っているのはせいぜい十数万元程度で、まったく買えない。煥さんの表情を見ていて、私は少しつらくなった。彼女がさっぱりした表情になったのは、買えないからではなく、「分不相応」なことを考えなくてすむようになったからなのだ。

もう正午に近かった。また細かい雨が降ってきた。煥さんはドアに鍵をかけ、末の娘を連れて、私たちと一緒に村に戻った。女の子はほんとうにおとなしく、黒いつぶらな瞳をくるくる回し、母親の手をしっかりと握って、警戒するように私たちを見ていた。生まれたばかりのとき、彼女が煥さんを見て突然泣きやんだのは、まったく賢明だった。もしかしたら彼女は自分が母親に捨てられそうになっていることを予感していたのかもしれない。その泣き声で反抗し、母親を感動させようとしたのかもしれない。彼女は成功した。

兄の家に戻ると、雨水が道路でびちゃびちゃ跳ねていた。下水道の流れが悪いため、水は行き場がなく、道路に溢れかえるしかないのだ。たとえ町でも整った下水道はない。とても浅くて細い溝があるだけで、上部は石の板でおおざっぱに覆われている。生活ごみも汚水も泥土も石も、全部その中に流され、しょっちゅう詰まる。雨が降るとたちまち問題が発生して、あれやこれやの汚いものが浮き出て強烈な臭いをまき散らすのである。

巧玉

韓家の巧玉《チアオユー》と梁家の万青《ワンチン》は駆け落ちした。深圳まで逃げ、一人は工場で賃仕事をし、一人は三輪車乗りになった。同じ村の人間が深圳で出稼ぎしていたが、彼らは構わず一緒に暮らし始めた。残された夫の明は、梁庄で猛り狂い、村の端から端まで罵倒してまわった。数か月後、明は数人の同族の男たちを引き連れて深圳に巧玉を捕まえにいった。ところが十数日後、土気色の顔をして帰ってきた。話では、巧玉が彼らに汽車の切符を買ってやったのだという。

韓家の巧玉はもともと韓という苗字ではなかった。三歳のとき、寡婦だった母親が彼女を連れて韓家に嫁ぎ、韓という姓になった。巧玉はこの家ではかわいそうだった。巧玉の継父は村でも有名なお人好しで、寡黙で、稼ぎがないので食べるものも充分になく、巧玉の母親が隠れて村や村外の独り者の相手をして、引きかえにもらう食糧や食糧配給切符、金に依存していた。隠れてと言っても、村人はみな知っていた。そのため、梁庄での巧玉の家の評判は悪く、自然に彼女たちも村人と付き合わなくなった。とりわけ巧玉の母親は顔つきが朴訥としており、道で行き会うと遠目にちらっと視線を向けるだけで、厳しいような警戒するような表情で頭を垂れて歩き続け、一言も発しなかった。私の印象では、村人にとっては彼女たちの存在は奇妙で、話題になることもなく、まるで彼女たちなどまったく存在していないかのようだった。

やがて巧玉は年頃になった。いつも伏し目がちでしおらしく、背が高くふくよかで、切れ長の目と面長の善良な顔つきとが相まって、いわく言いがたいやさしさと輝きをたたえていた。それに、いつもどうしていいかわからず緊張している様子には、不思議な可愛らしさがあった。韓家の明が巧玉を追い求め始めた。明の家は村でも有名な金持ちで、父親は村の幹部だった。家には粉挽き機、搾油機があり、代理販売店も一軒持っていた。巧玉は学校を中退して明の家の粉挽き小屋で手伝いをし、毎月いくらかの駄賃をもらって、ときには小麦のふすまを家に持ち帰ることも許されていた。村人の話では、これは巧玉の母親と明の父親のはっきり言えない関係のためで、明の父親はこういうやり方で巧玉一家の生活を間接的に援助しているのだという。

明の父親は、息子と巧玉の恋愛にかたくなに反対した。明の父親は数年間、殴る、罵る、軟禁するなどさまざまなやり方で、反対という自分の決心を示し続け、明はいつも耐える、言い争う、逃げるというやり方で、何がなんでも巧玉を嫁にもらうという自分の決心を表し続けた。結局、明と巧玉は村の東のぼろ屋で結婚した。父親からの祝福は得られず、巧玉の母親だけが何も言わずに娘のために布団やら、台所用品やらを揃えてやった。これは梁庄ではちょっとしたニュースだった。同じ村で、同じ韓姓の者が結婚することはめったにないのである。だが結局のところ、巧玉はほんとうの韓姓の人間ではない。みなはひとしきり議論してから、彼らが揃って村を出入りするのに慣れ、しだいに受け入れていった。

彼らは一男一女をもうけ、家を建て、明がカッとしてときおり巧玉をひどく殴る他は、まずまずの生活をしていた。

どの年のことだったかよく覚えていないが、ある時期、私と妹は突然しょっちゅう巧玉の家に出入りするようになった。彼女の面長の善良な顔、切れ長の目、やさしい笑顔と軽やかな声は、母の愛を充分に受けられなかった私たち二人には、魅力に満ち溢れていた。彼女の家に行くと、彼女はいつも私たちにおやつを出してくれ、お茶も淹れてくれた。正面の部屋の円形の肘掛け椅子に腰を下ろして、私たちはおしゃべりをした。背が高いため、彼女は少し猫背で、腰を下ろすとますます猫背になった。彼女の手はとりわけ大きく、広々としていた。何気なく手を上げたときなど、私たちを抱きよせてくれそうに思え、彼女によりかかると不思議な安心感があった。私たちが何の話をしていたのか私はまったく覚えていない。三〇歳前後の二人の子持ちの、一日中畑で働いている女性と、十数歳の小娘二人のあいだに、いったいどういう共通の話題があったのか、とても不思議だ。ただ、私と妹は毎回長居をして、おいしくおやつを食べ、ときには彼女の家で昼ご飯をいただいたりして、幸せに、夢心地で家に帰った。今思い返してみてもまだ心に幸福感と安心感が満ち溢れる。

巧玉と万青にいつ関係ができたのか、誰も知らない。私の従兄である万青は、村の他の男と同じで一年中外で出稼ぎし、畑の忙しい時期と正月にしか戻ってこなかった。その後女房が病死し、出稼ぎに行く時間は減って、家で二人の子供の面倒をみるようになった。万青は聡明で、気の利いたことを言うのがうまく、村では活発な方だった。巧玉は伏し目がちでしおらしく、公の場に出てくることは少なかった。彼らは顔を合わせる時間もなかったはずだ。村人のことばを借りれば、彼らがどうやって互いを気に入ったのか、ほんとうにわからないのである。村の男たちが明と遊んだり、トランプをしたり、テレビを見たり、酒を飲んだり、語り合ったりするために巧玉の家に行っても、巧玉はだいたい食事を作って配膳すると、台所に控え、自分から男たちに挨拶することはめったになかったし、村の他の既婚女性のように男たちをからかうこともなかった。

その後数年のあいだに、巧玉と万青の関係は、人目を忍ぶものから半ば公然のものになっていった。この間、巧玉は何度殴られたことか、数え切れないほどだった。梁庄の人々は巧玉の家から一〇日、半月も空けずに聞こえてくる叫び声にも冷静だった。以前は明を非難して、仲裁に入る者もあったのが、今ではただ首を横に振って苦笑するだけになった。巧玉の年老いた寡婦の母親も「あの母あってこの娘あり」という古い言い方で、今さらながら取りざたされた。

巧玉と万青は深圳に根を下ろし、数年間戻ってこなかった。やがて、巧玉の上の娘と万青の二人の子供が深圳に出稼ぎに行き、ひと家族のように一緒に暮らし始めた。とても奇妙なことに、明は巧玉がどこにいるのか知っており、娘が母親についていったこともわかっていながら、もはや探しにいこうとはしなかった。しばらくすると、明は見るからに落ちぶれた感じになった。剛直で火のような性格だった人が、しだいに一日中押し黙って、畑仕事に没頭する農夫になっていった。ある年の正月、彼はとうとう巧玉との離婚手続きをした。

離婚した翌年、明は脳血栓と診断され、中風で床についた。息子が深圳に電話をかけたその日の夜に、巧玉と万青は家に帰る汽車の切符を買った。彼らは再び梁庄に戻ってきた。ただ単に明を見舞いにきただけでなく、長く留まった。巧玉と万青は、誠心誠意明の世話をし始めた。巧玉は明の家に住み、病人の看護を引き受け、家事をこなした。万青は自分の家にいて、二軒分の家の畑を耕し、農閑期には町に出稼ぎに行った。明が注射のために再診にかからなければならないときには、万青が三輪車を押して、巧玉が傍らに付き添い、三人一緒に町へ行ったり、車で県の病院に行って病人の世話をしたりした。一時期、彼ら三人の姿はこのあたりの景色となり、背後ではあまたの議論が繰り広げられた。一年後明は世を去った。万青は明の家をひと通り修繕し、梁家、韓家の年長者を招いて食事をした。みなに対して自分は明の宅地と家を占拠しないと保証してみせたのである。これは人々がずっと背後で疑っていたことでもあった。

古い農村の大地で、真の美徳を行えば、人々は他のことは気にしなくなるものである。とうから「万青は明の宅地を占拠するために戻ってきたのだ」と言われていたし、明は彼らに腹を立てて病気に罹ったのだから、彼らはやましいのだと言う人もいた。だが、どうであれ、悪臭をぷんぷん放つ、もはや関係がない人の世話を一年間もやり通すのは並大抵のことではない。巧玉が誠実で控え目なので、彼女の声望はしだいに回復されていった。万青も融通を利かせて、公正にさまざまなことを処理できるので、またたく間に韓家一族の理解を得た。巧玉と万青はとうとう正真正銘の、人々に祝福される夫婦になったのである。

夕暮れどきになり、夏日の乾燥した空気が落ち着き、風が吹いてきた。伯母さんの家の玄関からにぎやかな笑い声が聞こえてきた。笑い声につられて入っていくと、なんと巧玉と万青も家にいた。尋ねてみてようやくわかったのだが、万青の息子が結婚するのだそうで、彼らは結婚式を挙げるためにわざわざ深圳から戻ってきたのだった。巧玉の髪型は昔と変わらず、全部うしろに梳いて、カチューシャで留めていた。五、六〇年代の女性のいでたちのように古くさいが、彼女は若いころからこうだった。ずいぶんあとになってから知ったのだが、巧玉の頭の真ん中には髪の毛がない部分があり、それは結婚したばかりのころ、気の荒い夫が彼女に残した印だった。

巧玉は顔を赤らめ、驚いて嬉しそうに私を見つめ、遠くに座っていた。小さな椅子に腰かけた背中はあいかわらず猫背だった。彼女は私を見つめていた。一見他人行儀のようだったが、顔には驚きと喜びの表情があり、少し恥ずかしそうにふたつの大きな手をもみ続ける様子に、内心の緊張が表れていた。彼女が私を見かけて心から喜んでいるのが見てとれたが、しかし何らかの理由で、よりいっそうの親近感を示すことはできないらしく、気兼ねしたまま遠くから私を見つめているのだった。私は彼女にいつ戻ってきたのか、生活はどうかと尋ねた。彼女は自分では話さず、従兄の方を向いて、まるで何もかも彼が言う通りとでもいうかのように、従兄に話させようとした。私は従兄に「人の話では、深圳でもうひとつ職業を持っているそうね」と尋ねた。もうひとつの職業というのはマージャンの助っ人で、代理でマージャンをし、勝ち負けに関係なく、時間決めで報酬をもらうのだという。従兄はマージャンがうまく、はじめはたまたま人を助けただけだったが、その後プロになったという噂だった。従兄はそれを聞くと、ハハハと笑って言った。「いったい誰がでっちあげたんだい。まったく俺に恥をかかせて。そんなにマージャンがうまかったら、もう三輪車になんぞ乗ってないよ」。だが、彼の目にちらっときらめいた狡猾さは、疑いを抱かせた。村を出て行って、外で生活している人に秘密のない人などいない。

従兄の話に注意深く耳を傾ける巧玉を見ると、あの善良でやさしい女性はまだ存在し、あのふたつの大きな手もまだあって、しっかりと生命力に溢れていた。だがそれらすべては、おとなしい従順な天性に覆い隠され、彼女に近づきたいと思い、彼女を愛する人にしかわからないのである。私はほんとうにいわく言いがたい気持ちの高ぶりを感じ、彼女に抱きつきたいとさえ思ったが、こらえた。

第八章　故郷はいずこに

ぬかるみ

朝起きたとき、どこか重く、けだるい感じがした。農村の生活はぬかるみのようだ。帰郷して一か月足らずだが、沈んでいきたい感覚が、ずっと抑えがたくある。何か外からの強い力で押されるのではない。自分でも知らないあいだに沈んでいくのである。精神がしだいに散漫になり、序々に沈んでいき、どれほどの深さかわからない深淵に落ちていく。この感覚は何度も繰り返してきた。毎年、帰省する前には、今年こそ家で長く過ごそうと決意するのだが、いつも決まって逃げるようにそそくさと離れる。

私は、この調査の可能性と有効性に不安を感じ始めた。どう言ったらよいだろうか。私が家を離れたのは、つまりほんとうに農村を離れたのは二〇歳以降である。しかもこの調査のあいだ、いつも村の人々と一緒にいた。しかし、農村の深層構造にはなかなか入れず、彼らの言説のシステムに入っていけそうにないと深く感じた。支部書記や会計がほのめかすもの、あの狡猾そうな眼差しを見ると、興味を引かれるのだが、ひとたび追究し始めると、いつも話題をそらされる。農村は大きな網のようで、網目が多すぎて、手をつける糸口がない。

芝叔母さん、大おばさん、および農村の留守老人を前にしたときも、彼女たちの内心は厚い城壁に囲まれており、中に入るのは難しいと感じた。あるいは、私のような外来者や、目的を持った者を前にすると、彼女たちは自然に沈黙し、感情の交流がなくなり、同じ立場に立たなくなるのかもしれない。そのような状況に陥ると、どうやってもう一度話題を戻したらいいかわからなくなり、ほとんど失語状態になる。彼女たちにとって、また私自身にとっても、私はすでに農村の外部の人間だった。私の思考と彼らの気持ちはいつも食い違っていた。あの日、芝叔母さんの家の前で、彼女の五歳の孫がゴミと緑色の藻が浮かぶ溜め池の近くで遊んでいた。私の息子が行きたいと泣いたが、私は厳しく叱って行かせなかった。子供を引き止めた瞬間、私は芝叔母さんの顔に、「わかった」という笑顔が浮かんだのを見た。私は恥ずかしさを覚えた。たとえ私の目的が「大地に再び戻る」、「村に再び戻る」であったとしても、たとえ彼らの中に戻り、彼らの一員になりたいと望んでいても、ほとんど不可能なことなのだ。私は自分の優越感と、都市と田舎の生活の違いから来るある種の嫌悪感を拭い去ることができなかった。

国も多くの努力をしている。数多くの政策において、たしかに農村に目を向け、関心を注いでいる。たとえば義務教育であるとか、耕地の免税であるとか、さまざまな補助金であるとか。国は努力しているのである。しかし、まさにそれゆえに、危機とブラックホールもよりはっきりと現れてきた。

義務教育はついに実施されるようになった。農民はもはや教育の雑費のために困らなくてよくなった。私が子供のころは、しばしば期限までに納金できなかったため教室を追い出された。いつも学年のはじめには、父親が家々を訪ね歩く姿を見かけたものだった。父は私たちのために借金をして学費を払っていた。しかし、ほんとうに楽に学校に行けるようになったときには、子供の学校への意欲も、農民の子供の教育へのこだわりも、さほど高くなくなっていた。小中学校の教育は小さくなり続けている。もちろん人口減少のためであるが、農村の文化的雰囲気が希薄になっていることも関係している。子供は学校に行く気がなく、十数歳になったら外に出稼ぎに行けばいいと思っている。ここにある種の矛盾が生まれている。農民は懸命に金を稼ぎ、自分の子供がより良い教育を受ける条件を手に入れることを望んでいる。ところが子供は多くの場合学校に行こうとせず、より早く出稼ぎに加わるのだ。

これはまた別の現象も生み出している。農村の結婚がますます低年齢化しているのである。多くの家庭が、子供が面倒を起こすことを恐れ、また子供が外地で恋愛することを恐れている。よその土地の男性や女性と結婚したら、親戚訪問の面倒をおくとしても、万一喧嘩になった場合は調停が難しく、簡単に離婚してしまう。村で離婚した何組かの夫婦は、いずれも離れた地域の相手との結婚であった。夫婦が喧嘩をして、離婚すると言ったらすぐに別れ、それぞれ自分の家に戻ってしまい、交渉の余地がほとんどなかった。こうした状況を前にして、多くの親は、子供が出稼ぎに出る前に近隣の親戚や友人に頼んで子供の結婚相手をみつけ、婚約を交わし、急いで結婚させる。そのあとに二人そろって出稼ぎに行かせる。相手をどう思うか、性格が合うかどうかなどは、まったく考慮されない。隣村の私の従姉の息子は、江西省でポンプ修理をしていたときに江西省の女の子と恋愛した。従姉はそれを聞きつけると自ら江西省まで駆けつけ、息子を連れ戻した。家で結婚相手を見つけ、結婚させてからまた外に出すという。旧正月のとき、この甥に会った。服装はおしゃれだった。彼が話してくれた。恋人のことを、彼はとても好きだったが、母親がものすごく強硬で、どうしようもなかったという。しかし彼は母親の決断に理解を示してもいた。つまるところ現実の問題なのだ。従姉は息子の結婚相手を見つけた。川の向こうに住んでいる女の子だった。その娘は性格が良く、なかなかの美人だと甥は言った。彼は、江西省の彼女のことは忘れることにした。旧正月に結婚したら、妻を連れて別のところに行って、また油ポンプ修理をするつもりだという。

耕地は免税になった。しかし、私の父が計算したところによると、耕地の税金を払わないとしても、肥料や種、工賃が上がり続けている。一年間土地を耕作したところで、現状維持ができるだけで儲けはない。そのため、出稼ぎ労働者の、故郷に戻って農業をする意欲はあまり高くない。ただほんの少し喜んだだけだ。

兄の家の診療所は、午前中のあいだ一人の患者も来なかった。ふたつの部屋で内装工事をしているのが原因なのかと聞いたところ、兄嫁は笑って、「いや、いつも誰も来ないのよ」と答えた。農村で「合作医療」〔互助的な性格を持つ医療保険制度〕が始まってから、国家が医療費の一部を支払うので、農民がこのような農村の診療所に来ることはほとんどなくなった。コネのある人は、合作医療の項目のいくつかを自分の診療所に引っ張ってきて、なんとかこらえている。他の個人診療所はどこも半廃業状態で、兄ぐらいの年若い人たちは他の仕事を探しているという。しかし、彼らのような直接的に影響を被る人々からすら、恨み言はさほど聞こえてこない。なぜなら、民衆にとって合作医療がきわめて良いことは、彼らも理解しているからだ。

中国の農民はつねに満足している。ほんの少し良いことをしてやれば、恩を忘れない。老人と話をしていたとき、合作医療、免税、補助金の話になると、誰もが興奮して、歴代どの王朝にもなかったことだと言った。ある老人の言い方を借りれば、「今は朝から晩までお客さんのような服を着て、もうボロ着をまとうことはない。話し方も仕事の仕方も変わった。家にいながら、南京でも北京でも、国内でも国外でも、各地のことが何でもわかる。いろいろな知識をテレビから学び、見ることができる。嬉しいに決まっている」のである。

兄の家の門はまだ工事中だった。工事の作業員は村の王一族の人だった。昔の顔なじみを見かけて、心中感嘆した。何人かいた女性の一人が、かつて村でいちばん美人だったお嫁さんだった。浅黒い丸顔にキラキラの目をしていて、とても活発だった。ただ王一族に嫁いだので、村で彼女に注目する人はほとんどいなかった。

アメリカ在住の中国系社会学者ユンシアン・イエン（閻雲翔・Yunxiang Yan）の『社会主義下のプライベートライフ――ある中国の村における愛情、親密性、家庭の変遷』*を読んでみた。この著作は、社会学者にありがちな農村に対する構造的な考察を避け、農村の感情の問題に重点を置き、そこから農村の家庭関係、人間関係の変化、およびそれらと伝統や近代とのあいだの内在的な関連を考察している。農村社会学が初めて「内部に目を向けた」ものであるとも言え、農村の感情生活という微妙にして豊かな存在を明らかにしていて、非常に啓発的である。しかし、著者は社会学者であり、彼が注目するのは、依然として全体的な変遷と結論的なものであり、つまるところ定式化、体系化の仕事である。しかし私は文学者であり、そのような高い次元の結論を出す能力はおそらくない。私はむしろ、視線を一人ひとりの生命存在に向け、彼らそれぞれの差異および個人としての感情の存在、さらに彼らがこのような時代に経験してきた、「その人」だけの喜怒哀楽を見出し、叙述したいと望んでいる。

忘れられた人

震撼すべき荒廃ぶりであるとはいえ、村全体からある種の温かさ、自在さも感じることができる。村はたしかに変化している。しかし自然な変化であり、時間やスピードとは無縁なので、危機感や焦燥感はない。村はずれの樹の下でトランプをしている女性たちがいる。孫たちを連れてブラブラしておしゃべりをしている人もいる。畑で仕事をしている人もいる。わずかに残った青年もそれぞれ忙しく働いている。調査を始めたばかりのときは、悲傷、苦痛、やるせなさといった感情、農村の没落といった問題を予想していたが、それらはしだいに消え去り、ついには否定された。ここでは、そういったことは問題にならないからである。それらは生活の一部分でしかなく、吸収し、消化されるものなのだ。

私は新しい詩を作るために無理に憂いている〔宋代の辛《しん》棄《き》疾《しつ》の詞〕ような気がする。無理やりあら

＊（訳注）Yunxiang Yan, *Private Life under Socialism: Love, Intimacy, and Family Change in a Chinese Village, 1949-1999*, Stanford: Stanford University Press, 2003

探しをしているとすら言えそうである。しかしこうしたはっきりした感覚の背後に、ことばにならない困惑もある。それ以上に重大なのは、私が語っている農村の物語、一人ひとりの生命、彼らの矛盾と苦痛が直面している問題は、つまるところ何を示しているのかという問題である。この社会の不公平が彼らにもたらしている苦難だろうか。それとも他の何かだろうか。なぜだかわからないが、私は彼らの人生、彼らの生命のありさまを、社会へと安易に帰結させたくない。私はいつもこう思っている。ここにはより複雑で、より多義的なものが内包されている。それは政府と関わっているだけでなく、伝統、文化、道徳と、またこの土地と、この空、原野とも関わっている。それは土壌の中に深く根を下ろした数千年の民族の生活と深く結びついたものであり、古《いにしえ》からの暗号である。それは民族の無意識なのである。時代の政治や政策およびそこからもたらされる変遷は、横断面にすぎず、一時的な影響でしかない。強大な外の力がひとたび消えれば、すべてが昔の姿を取り戻すだろう。

私の視点はこのようにためらい、定まっていない。外からものを見るのと内部から見るのとでは、永遠に違いがある。底辺からものを見るのと上層から見るのとでも、まったく違った結果になる。底辺の問題は、単純な抑圧と被抑圧の問題ではない。それは文化の力がせめぎ合うプロセスである。このことも、あの墓地に住む人が私に与えてくれた啓示であった。

最も重要な問題が見逃されているのかもしれない。中国の農民の政治に対する無関心である。農民にとって、社会は依然として他人のものであり、彼らはその中に属していない。良いことも悪いことも、すべて受け身で受容するだけである。彼らは「救われる者」でしかなく、主人公ではない。「郷土中国」〔費孝通の著書に基づく概念。中国農村の基本的構造を分析した〕とは、地理的な意味における農村を指しているだけではない。それは中国社会の文化全体の基本的な特徴を意味している。中国の当面の現実について言うと、政治的にも文化的にも、農民は依然として社会の厄介者であり、向き合わざるをえない巨大な負担であって、彼らが主体として扱われることはない。彼らをこの政治社会の主体の中に組み込み、何らかの方法で彼らを政治生活に参与させない限り、郷土の問題は解決しえないと、私は思う。

畑の狭いあぜ道を歩いていると、遠くから一人の人がやってきた。黒いビニール袋を手に持ち、歩きながらキョロキョロしている。ゴミ拾いをしているに違いないと思った。少し近づいて見ると、着ているものはボロボロで、白い上着はうす汚れて黒くなっていて、黒いズボンと、八〇年代に農村で流行したゴム靴を履いていた。軍《ジュン》兄さんではないか。どうして乞食になってしまったのだろう？　興兄さん、軍兄さん、それに名前を忘れてしまった弟がいた。三人兄弟で、早くに父母を亡くし、みな結婚しなかった。私が物心ついたころから、三人で道端に建つ土でできた家に住んでいた。興兄さんは退役軍人だった。弟はハンサムで、とても活発だったが、のちにこそ泥になり、長いあいだ監獄に入り、監獄で死んだ。彼については、いかにしてこそ泥になったのか、いかにしてものを盗み、女を盗んだのかなど、村に多くの伝説があった。村で暮らしている二人は寡黙だった。冬の夜、誰かの家に行っておしゃべりするときも、部屋の暗い片隅で聞いているだけで、彼らが発言したのを見たことはなかった。さらにその後、家が朽ちていくにつれて、三人兄弟も行方が知れなくなった。数日前、興兄さんに会い、そして今、軍兄さんに会って〔第三章参照〕、彼らがまだ村にいることがわかったのだ。

私を見かけると、軍兄さんの目がちょっと輝いたように見えた。しかしすぐ視線をそらし、もとの素知らぬ表情に戻った。私は立ち止まり、「軍兄さん、早いですね」と言った。彼は口をもごもごさせて、何か言いたげだったが、結局ことばは出てこなかった。目も私の方に向けず、周囲をキョロキョロ見回し、きまり悪さをごまかしている。彼は歩みを止めず、私とすれ違って通り過ぎた。彼がどうしてこれほど強く素知らぬふうを装うのか、私は不思議だった。自分を世間から遮断して、我々とも、知り合いとも、村とも関係がないふりをしているようだった。

村や生活の集団に、このように忘れられた人はどれだけいるだろうか？　私は旧正月のとき万虎の家で目にした光景を思い出した。旧暦一月二日の昼、万虎は青菜も何もなく、上にレバーをふたつばかり載せただけの麺を食べていた。それが新年の食事だった。厨房は散らかっていた。彼の奥さん、かつて才色兼備だった女性は、夏に井戸の冷水で水浴びをしたため頭がおかしくなってしまったのだが、釜の向こうに座って、じっと私を見つめ、お椀を落としてもわからないでいた。万虎の二人の子供は、寒風にさらされて頬を赤くしていた。服もどれくらい洗っていないかわからないほどであった。彼らは庭の腰掛けに座って麺をおいしそうにすすっていた。私は万虎に、奥さんの具合はどうかと聞いた。彼は答えた。「いろいろなところで診てもらったけど、お金がなくなったので、やめた。今はことばも話せなくなっている」。万虎もややどもっていて、顔を真赤にして話した。長いこと聞いてようやくわかった。彼は現在村のレンガ工場で働いていて、一か月に数百元稼いでいるが、妻の薬代にも足りない。私は尋ねた。「合作医療があるんじゃないの？」「今の農村では、病院に行ったらあとでその分をもらえるのでしょ？」彼は頭を振った。どうしたらいいかわからないようだった。私はようやくわかった。万虎の奥さんのような病気は、医療保険に該当しない。これは慢性の病気で、入院もしないので、保険の対象になりづらい。ことばもはっきり話せない万虎が権利を獲得しにいくのはきわめて困難であるし、我らが政府の目が彼らに届くことも、もちろんない。

このように忘れられた人はどれほどいるのだろうか？ 小柱、清立、姜疙瘩、昆生……そうだ、それに万善《ワンシャン》もいる。彼は伯父の家の長男で、小さいころ溺れて頭がおかしくなった。今ではもう五〇歳過ぎのはずだ。彼は村の外を年中さまよい、ときおり村に帰ると、きまってこっそり壁を伝って誰かの家に入り、隅の方に座る。人に挨拶するときは、礼儀正しく、正常である。さらに話を続けると、芝居を始める。手で耳をつまみ、標準的な発音で話し始める。「チン、中央人民ラジオ局です。只今より放送を始めます」。それを聞いて、みな彼にお金をやる。ここ数十年間、彼が毎晩いったいどこで寝ているのか、謎である。兄に聞いたら、こう答えた。「どこかって？ 麦藁の山、釜、野原、どこだって自分の家さ」。

曲芸をする少女もいた。田舎劇団はこのような少女を何人か連れて村々を回り、風の吹きつけない場所を選んでドラを鳴らして、公演を始めたものだった。「ガチャン」と音がすると、少女たちの腕がダランと下がった。まるで麺のようにグニャグニャと、風に揺れながら垂れた。頭もずっと下げた。まるで上げることができないかのように。ときには効果を狙って、腕と身体がたしかに分かれていることを示すため、少女たちは腕を震わせるよう求められることもあった。あの奇妙な震えと力のない腕は、永遠に忘れられない印象を残した。公演が終わると、大人は少女たちを連れて家々を回り、食糧を受け取った。くれるだけもらうことになっていた。

あの人たちはどこに行ったのだろう？

小柱はどこに埋葬されたのだろう？　彼の四歳の娘はどこに行ったのだろう？　彼の存在を覚えている人はいるだろうか？　そもそも彼は存在したのだろうか？　あんなに活き活きとした、健康だった生命は。小柱は、私と同じ年の生まれだった。子供のころ、私たちは仲良しだった。同い年なので、ことのほか仲が良かったような気がする。七歳か八歳のころ、村の人が「あなたたちどちらが年上なの？」と聞いた。私はさえぎるように答えた。「もちろん私が年上よ。私は一〇月生まれ、彼は四月、私が年上に決まっているでしょ」。これは私の笑い話になった。小柱のお母さんも、村の人も、私たちが一緒にいるのを見ると、いつも笑い、この話をしたものだった。

私が最後に小柱に会ったのは、一三、四年前の旧正月だ。旧暦一月一日の朝、私たちの村では、特に梁一族の家はみな、お互いに料理を持って回る。小柱が料理を持って私の家に来たとき、もう九時になっていた。私は小柱を見るととても嬉しくなり、彼を引き止めて、私の家で食べさせようとした。彼は私の家で食べた。あのとき、私たちはちょうど二〇歳になったばかりだった。小柱は背が高く、一八〇センチくらいあった。垢抜けていて、農村の人らしくなかった。もともと快活な性格だったが、何年か出稼ぎ生活をして、都会の雰囲気も身につけ、とりわけ格好よく見えた。彼は一六歳で出稼ぎに行った。北京で保安の仕事や溶接工をやり、鋳造工場で働き、建築現場の仕事もやった。あの年は青島のアクセサリー工場に行ったばかりだった。旧正月の前に帰って結婚し、旧暦一月五日まで過ごして戻るつもりだった。

小柱がいつ病気になったのか知る人はいない。彼はあのアクセサリー工場で一〇年働き、二年前に血を吐き始めた。県の病院に二か月近く入院したが、血が止まらず、どうしても病因がわからなかった。最後の数か月は、さまざまな器官が不全になり、いつも喀血した。最後には、鼻からも口からも血が出て、ちょっと咳をするだけで血が噴き出てきた。家中血の臭いでたまらなくなった。兄弟姉妹は、はじめのうちこそ積極的にお金を出したが、貯蓄をほとんど使い切って、希望がないのが見えてくると、お金をめぐって争いが起きた。小柱が死ぬのを待たず、みな自分の出稼ぎ先の都市に戻った。小柱が死んだあと、彼の奥さんは娘を連れて別の人に嫁いだ。翌年、小柱の母は胃がんが発見され、すぐに死んだ。

梁庄から出稼ぎに行く人は、ごく少数が油ポンプ修理をやり、専門学校を出て技術職につくが、大多数は建築現場、アクセサリー工場、プラスチック工場の高温の現場、鋳造工場などで労働者となったり三輪車こぎになる。趙姐さんの二人の子供はプラスチック工場の高温の現場で働き、さらに同じ村の数名の男を連れていった。聞いた話では、労働環境はひどいものだという。いつも頭痛をうったえ嘔吐をしている。しかし、そこに何か必然的な関係があると考える人はいない。たとえわかったとしても、問題が自分に出てこない限り、他人事だと思う。というのも、彼らの仕事や環境は、中国で最も悪いものではないからである。

私の幼馴染みの少女たち、清麗《チンリー》、冬香《ドンシアン》、多子《ドゥオズー》は、どこに行ったのだろう？ 彼女たちの生活はどうだろう？ 彼女たちも春梅のように、家で一生懸命耐えて、一年のうちの数日を待ち望んでいるのだろうか？ ほんの数日の幸福な日々のあと、また夫婦別れ別れになっているのだろうか？ 王家の娘は十数歳で家を出たあと、二〇年近く家に連絡をしたことがない。彼女は生きているのだろうか？

それとも都市の暗い片隅に葬られたのだろうか？

しかし、すべてが絶望や悲嘆であるわけではない。農村の痛み、農村の悲しみは、つねに温かさと強靭さを内包している。それゆえ、つねに希望も存在し、かすかにきらめいている。大おばさん、芝叔母さん、趙姐さん、その子供たちのように、たとえどれほど苦しみ、恨み言を述べ、争っても、その裏には親しみと許しがある。

野菜づくりをしている韓家の老夫婦に道で会った。私は彼らをどう呼んだらいいのか、ずっとわからなかった。韓一族と梁一族の関係は、家系図の上でいったいどうなっているのか。父は、山西省洪洞県から来た第一世代から説き起こさないといけないと言うが、気の遠くなるような話だ。いずれにせよ、私とこの老夫婦は家系図上同じ世代に属していたので、韓兄さんと呼んだ。彼はすでに七〇歳過ぎだったが。韓兄さんは、天秤棒の両側に二籠の野菜を担ぎ、よろよろとこちらに向かってきた。腰はほとんど九〇度に曲がっていた。韓姉さんは手に野菜を持って、あとからついてきた。やはり体が小さく震えていた。しかし二人が健康で、畑仕事をして、自分の労働によって日々の生活費を稼いでいるのは明らかだった。

そうだ、これもまた生命力である。ある日、親戚の奥さんが私を訪ねてきた。彼女と夫は北京で十数年野菜売りをして、故郷に家を建て、さらに貯金もある。私と話しているあいだ、彼女はなまりのない共通語をしゃべった。表現への欲求が強く、大きな問題に及ぶと必ずありったけの力で自分の観点を語った。話の中で、都市市民の風潮を強く軽蔑した。というのも、市民は決まってわずかな金のために争うからである。現在の不動産市場の話になったときも、自分の意見を述べた。彼女のような強気の調子や得意満面の気迫は好きではないが、長きにわたる都市生活と自分の生活に対する満足によって彼女が自信を得ていることは、認めないわけにはいかない。別の日、町に嫁いだ農村の娘さんの家で食事をして、彼女の家の装飾がモダンで、生活も都市化されていることに驚いた。完全に都市のライフスタイルだった。金銭が農村生活にもたらした巨大な影響が見てとれた。

しかし、都市にいるときは、出稼ぎ者は永遠に異邦人である。故郷に帰ると、野菜売りの奥さんは自信たっぷりになり活発になる。しかし都市では、彼女は無数の農村出身の出稼ぎ者の一人にすぎず、野菜市場の不器用な野菜売りでしかない。北京の建築現場で働いている従兄がいる。私の家に来るたびに、緊張で固まった様子になる。あの沈黙、あきらめきった表情を見ると、私はいつも震撼する。じつのところは、彼は高校を出ていて、頭の回転が早く、能弁で、自分の考えがあって、村では頭の良さで通っていた。ところが都市に来ると、ほどこしを受ける出稼ぎ者でしかなくなる。彼の感情、知力、生命は、都市とまったく交わらない。

いわゆる現代社会においては、農民が郷土社会で形作ってきた思考の習慣、ことば遣いおよび生活のモデルは、完全に無効になる。「見知らぬ人で構成される現代社会は、郷土社会の風俗習慣では対応できない」*。都市の町角の幾千万の出稼ぎ労働者、彼らのボロボロの服、奇異な表情、不自然な動作は、とても愚鈍に見える。まるで水から離れた魚のようで、半死半生である。しかし誰が気づくだろう。彼らは農村では、彼らの家では、水を得た魚のごとく、活き活きとして自然であることを。

＊（訳注）費孝通『郷土中国』（北京大学出版社、一九九八年）、一一頁。

新生

一般に考えられているところでは、経済の衰退は文化の混乱と衰退をもたらす。文化が伝承されるためには、ある種の安定的な要素に支えられる必要があり、生活が安定し、経済が豊かであってこそ、文化の内実と形式が充分に立ち現れるからである。しかし現在の中国の農村は、まさに逆の状況にある。もし広い意味での農村の全体的な経済状況、つまり農民の家庭の総収入から見れば、農村経済はたしかに発展している。夫婦二人が出稼ぎに出ることができて、子供も少し大きくなれば都市に出稼ぎに行っている。その仕事がどのようなものであれ、単に農作業をしているよりは収入が多い。しかし文化は、伝承という意味でも個人の精神のレベルでも、あるいは知識の追求という点でも、断絶と衰退の中にある。この断絶は一般に「転換期」と概括、形容されるが、しかしその転換の背後で発生している「ブラックホール」の働き、および巨大な破壊力は見逃されている。私がここで言う「文化」とは、伝統的な観念、道徳および風俗習慣だけを指しているのではない。それは現実における文化的な状態を指している。

梁庄について言うと、宗族や血縁を中心とした、ひとつのまとまりとしての「村」は、しだいに薄れ、消え去りつつある。それにとって代わったのは、経済を中心とする集落である。村の大一族に属する人は、あいかわらず安全を感じ、自分が主人公だと感じているが、そうした感覚は、もはやほとんど無視できるほど弱められている。一部の発展した地域において、経済的利益のために村の宗族が再び力を持ってきたのとは、逆の現象である。北方の内陸の村において、宗族が経済的利益をもたらすことはほとんどない。なぜなら、現地には利用可能な資源がほとんどなく、大部分の村民は外に出て生計を立てているからである。

同時に、村の建設プラン、家庭のあいだの内在的関係も変化している。村で最も良い場所は、しばしばいちばんの金持ちが住む場所になり、村の新しい階級と階層を生み出している。また同じ宗族に属する家庭間の感情も、たいてい薄くなっている。特に若い世代の家庭は、みな出稼ぎに出て、旧正月に戻るだけである。村の政治や公共的な事柄、たとえば選挙、道路建設、レンガ工場の去就、学校の建設などに、彼らはさほど関心を示さない。

家庭の内部も変化している。かつては父母が日常生活を通じて子供に行動の規範を教えていたが、祖父母、あるいは親戚が代わりに教えるようになり、父母と子供の関係は金銭関係に置き換えられた。村の学校の閉鎖にともない――学校は村全体の向上心を総括する象徴と言える――、また名望の高い老人の逝去にともない――彼らは村の精神の指針であり、道徳的な抑制だった――、文化的な意味における村は内部から崩壊し、ただ形式と物質としての村が残るばかりとなった。この崩壊が意味しているのは、中国の最も小さい構成単位が根本的に破壊され、個人が大地の確固たる支えを失ったということである。

村の崩壊は村人を故郷のない人間に変えた。根がなく、思い出がなく、精神の導き手も落ち着き先もない。それが意味しているのは、子供が最初の文化的な啓蒙を失い、身をもって教えられる機会と、温かく健康的な人生を学ぶ機会を失ったことである。同時にそれは、民族の性格となっていた独特な個性と資質が消失しつつあることを意味している。なぜなら最も基本となる存在の場を失ったのだから。村とは、ある意味では民族の子宮である。その温かみ、栄養の多寡、健全な機能が、子供の将来の健康、感情の豊かさ、知恵の有無を決定づけている。

改革開放が始まって長い時間が経ち、中国の農村はたしかに大きな発展をとげた。しかし同時に、いまだかつてない問題がもたらされた。そうした問題が、新しい環境、新しい血液となりつつあり、農村の全体的な生存環境に大きな影響を及ぼしている。こうしたすべてを「転換期」ということばだけでカバーするのは、とうてい無理である。「内在的視角」によって農村に入ってこそ、わかることがある。改革が進む中で、伝統的文明と伝統的生活を否定する思考が無限に拡大され、政治化されてきた。普通の民衆であれ知識人であれ、農村についてのイメージは、ほとんどこうした思考と同質である。

私が以上のような疑問について穣県委員会書記に話したとき、彼もまったく同感だと言った。私が故郷に戻って一か月以上になり、実家に住んでいると聞いたとき、彼は賛嘆した。「これまでも学者が調査に来たが、いつも三〜五日で帰ってしまい、その後数万字の論文を書く。本質的なことが書けるわけない。農村の現状、農村の問題は、数日ではっきり見えたりわかったりするものじゃない」。彼は私に大きな権限をくれた。自分の秘書を派遣して、私と一緒に県内どこでも村を訪ね、視野を広げて、さまざまな面から農村の全体的な発展について理解できるよう取り計らってくれた。

私たちが最初に行ったのはある町だった。九〇年代初頭に発展した全国的に有名な農村の洋服卸売市場で、製作、卸売、小売がひとつになった大きなチェーンを作り上げていた。毎年宣伝のため、数百万元を投入してスターや歌手を招いて、ショーを開催した。しかし九五年以降、製品が粗悪でニセモノが出回ったため、この町はしだいに没落した。二〇〇〇年以降になると、町の住民さえかつての栄光を忘れた。

町の党委員会書記は四〇歳前後の退役軍人だった。話に余計なところがなく、筋道立っていた。自分の指揮のもとで服飾市場を大きく改造し、かつての輝きを取り戻そうとしていた。大きな影響力を持つようになっていた服飾市場が没落したのはなぜかと聞いてみた。彼の答えはきっぱりしていた。「管理者が悪かった。大型の市場にしようとするなら、書記も商人であるべきで、先進的な管理と経営感覚を持つ必要があったのだ。それに、商人の資質もダメで、商品の品質に注意を払わなかった」。彼の仕事はおもに四つあった。一、道路環境の再開発を行うこと。これには下水道、電力、路面整備が含まれる。二、政府の行政執行の効率を上げ、各部門の職権を縮小、集約して、商人の手続きを簡素化すること。三、中心となるブランドと企業に特に注意を払うこと。四、広く宣伝し外資を引きつけること。

彼はよく話す人だった。どうやら実務家のようだった。彼は私たちをセーター工場に案内した。そこは香港の会社だった。経営者の先祖がこの町の出身だったため、親戚訪問で来たときに説得を受けて工場を開いたという。工場の設備は貧弱だった。巨大な空間が開け放たれ、扇風機が回っていた。機械が音をたて、女工たちが忙しく働き、活気があった。

私が興味を持ったのは、工場の現場にいた子供だった。ある女性の足元に一人の子供がいて、轟音の中で寝ていた。彼の顔には白い毛くずが落ちていて、滑稽に感じた。母親の懐で乳を吸っている別の子もいた。母親は抱っこひもで子供を抱き、両手を忙しく動かしていた。さらに機械のまわりで鬼ごっこをしたりゲームをしたりしている子供たちもいた。私は思った。工場長であれ、書記であれ、誰もこの情景を気にしないだろう。農村地区では、こうした光景はとても当たり前だからだ。まして母親が故郷を離れずにすみ、子供を連れて村の近くで仕事を見つけることができるのは、めったにないことである。都市で出稼ぎをして、子供を故郷に置かざるをえない母親、あるいは子供を借り家に閉じ込めている母親にくらべれば、彼女たちは幸せである。

私は思わず、「これでは危険ではありませんか？　何か解決の方法はないんですか？」と工場長に聞いた。工場長は、危険はあまりないと考えていたが、彼もこれが規則違反であることは認めた。とはいえ、もし母親たちに子供を連れてくることを禁止したら、おそらく仕事ができなくなる。党委員会書記がすばやく話を引き取った。「近ごろは、こういう子供が多い。工場に公立の幼稚園を作り、母親が子供を預けて、工場を家代わりにできるようするつもりだ」と言った。そうすれば、母親は安心して仕事ができ、子供の教育問題も解決できる。書記の考えは、すばらしい。しかしそれもひとつのアイディアにすぎない。誰がその経費を出すのか。そうした問題も考えなくてはならない。

この党委員会書記は、末端の役人に対する私の認識を変えた。中国にも、このように進取の精神を強く持ち、何かを成し遂げようと望んでいる役人がいる。個人の昇進や名誉のためであれ、他の何かのためであれ、客観的に言って、彼は公衆のためを考え、現実的なことをしている。何であれ、中国の農村にとって、このような役人がいることは幸せである。

続いて、私たちは農村改造の代表例となっている村々を訪ねた。それは穣県の南のいくつかの郷にあり、私たちが行った村は、郷のモデル村にもなっていた。県政府所在地から出発し、ずっと平坦なアスファルトを行った。道の両側は美しいポプラ並木だった。どれも一五センチばかりの太さで、県委員会書記が来てからポプラ経済を発展させるために植えたものだった。さらに遠くを見ると大きな畑があり、トウモロコシ、サツマイモ、コーリャンが青々と茂っていた。私はふと南方に来たような気がした。モデル村に到着すると、新しい農村計画はすでに完成していることがわかった。一列に並んだ家屋は北方の普通の構造であったが、どれも高さがそろっていて、ひとつの規格で建てられていた。家の前後は土ではなくセメントで固められ、均一的な下水道、ゴミ溜め、さらにメタンガス・タンクまであった。メタンガス・タンクは、ここ数年、県で推進している省エネプロジェクトで、タンクを作った人は政府から三分の二の補助金をもらえる。

私たちはある家に入った。家にいたのは老夫婦だけで、息子は長いあいだ出稼ぎに出ていた。家で家畜を飼っていて、メタンガスを作るため、さらに二頭の豚を飼っていた。私たちは豚小屋とメタンガス・タンクを見学した。強烈な臭いのせいで息をするのも困難だった。使ってみた具合を聞いたところ、老夫婦は、これはたしかに石炭や豆炭の代金の節約になると答えた。ただ夏は臭いがきついとも言った。

次にまた別の郷の戸建て村に行った。それは公道の近くにあった。青空と白雲のもと、戸建て村はとても美しかった。郷党委員会書記が自ら手がけたプロジェクトだった。建物は中国風と西洋風を結合させたスタイルで統一され、赤レンガに白壁、ドーム型丸天井とアーチ形の門があり、寝室、客間、キッチン、シャワールームなどの機能がすべてそろっていたが、農民の実際の状況も考慮していた。たとえば屋根が平らなのは、農民が食糧を干す習慣があるからだ。中庭には車庫があり、トラクターや農業用トラックが置けた。ちょうど村民がマージャンをしていたので、戸建て村のことを聞いてみた。戸建て村は郷の統一規格に基づき、コミュニティとして建設されたという。各種の関連施設、たとえば医療室、掲示板、健康設備などもそろっている。最も目立つのは道路の変化だった。もともと村の道路は雨が降るとぬかるんで歩けなかった。狭い急坂でトラクターすら通れないところもあった。今では道路は広く平らになり、すべてが近代化され、農民も泥にまみれない生活をほんとうに送れるようになった。

おしゃべりをしながら、みなの意見を聞いてみた。だいたいにおいて、農民は戸建て建設のことを喜んでいた。統一の規格で、清潔でさっぱりしており、自分の土地やもとの村から遠くなく、そのうえ公道のそばにあって、商売のチャンスもある。望まない人がいるだろうか。しかし、すべての家に建築資金があったわけではなく、すべての家が村から引っ越すことを望んだわけでもなかった。沈んだ表情で黙りこくって、一言もことばを発しない男性がいた。家の状況を聞いてようやくわかった。彼の家では息子も嫁も出稼ぎに出ている。いいときは一年に一万元以上稼ぐ。しかし悪いときは仕事も見つからず、逆に赤字になることがある。この家を建てるために、数万元の貯蓄をすべて使いつくし、さらに二万元借りても、まだ四、五万元必要になった。彼はどうしたらいいかわからず、鬱々としていた。他に、村で家を新築したばかりで、政府の動員を受けても引っ越しを望まず、新しい村と古い村を共存させることになり、かえって耕地を増やした者もいた。

昼に郷党委員会書記と食事をした。彼はやや大げさな、典型的な官僚という印象を与えた。一心に自分の成果を誇示しようとした。町の様になっていない欧風建築はすべて彼が下賜した物で、国際レベルの町を作りたいという話だった。戸建て村はその後に計画したもので、少なくとも農民の現実的要求も考慮していた。戸建て村の話になると彼は非常に得意げになり、これは県にひとつの模範を作ったのだと言った。農民が喜んでいるかどうか、下水道管や家畜の飼育、新しい村の外部の施設など、細かい点が適切かどうかと聞くと、せせら笑うように答えた。「そんなことにこだわるのはまったくの農民意識だ。あまりに浅はかだ。最終的にはあいつらにとって良いことなのに」。

何人かの郷党委員会書記と交流してわかったことは、中央政府は農村に対して全面的な資金援助政策と管理政策をとっていることだった。水利については灌漑計画があった。その具体化の程度は、井戸掘りにも専用の資金があるほどだった。環境については水質汚染の改善、生態状況の調査があった。

近年、環境保護局の仕事の力量と職権が拡大し続けている。まさにそのため、湍水の上流の製紙工場や、穣県の大型製紙工場および化学肥料工場が閉鎖された。

国家は農村の発展をますます重視し、農村に適した発展の道を探す努力を続けている。しかし、非常に不思議なことに、農民は一貫して受動的で消極的な態度で、ほんとうの意味での参加意識を持っていない。これは一考に値する問題である。政府—村幹部—農民の三者関係は、いつも三枚の皮の関係で、有機的な統一をなしていない。現在の農村政策はつねに変化し続けている。ときに良くなり、ときに悪くなる。その中に身を置く農民は、どれがほんとうに自分のことなのか、わかっていない。土地についてもそうである。権利を持ったことがないので、自分が関心を持つべきことだとは、農民は考えない。国家が何かをくれればもちろんいいが、くれなくても当たり前なのである。

消えつつある古い農村がどのようにして再生するのか、どのような心理、形態で健康な再生を遂げるのか、それは大きな課題である。

文化茶館

村々を訪問している中で、村の文化的素養を向上させるため、穣県で「文化茶館」という名の文化活動が展開されていることを知った。この活動に私は強い興味を覚えた。ある意味、これはまさに「村がいかにして再生するか」という問題に対する解決策である。

文化茶館は県と郷が提唱し、個人が運営を請け負っている。自分の家や大隊の部屋を使って（新しく建物を作らない)、請け負った者が椅子、テーブル、お茶の道具を準備し、県の文化館が専用の経費から書架と書籍を購入し、茶館に置く。中央政府が進める「通信教育」の受信機など、農村の公共リソースも茶館に置く。「通信教育」用のテレビも政府が購入する。番組は多岐にわたる。各種伝統演芸があり、香港・台湾および中国国内のテレビドラマもある。中でも最も重要なのはさまざまな科学知識番組である。かくして、農民は茶館でおしゃべりをして、お茶を飲みながら、同時に本を読み、テレビを見て、科学知識を得ることができる。

私たちは文化茶館のひとつを見学した。時間がゆっくりと進む、暑い真夏の午後だった。村に入ると、遠くに子供たちが溜め池で水浴びをしているのが見えた。裸になって飛び込んだかと思うと、水鉄砲を打ち合い、にぎやかだった。近くまで行くと、溜め池と思っていたものはセメントで作られたよどんだ水溜まりだった。階段が作られていて、見たところきちんとしていたが、水面は油で黒々と光り、汚いものが浮かんでいた。一人の女性が衣服と、化学肥料を入れていたビニール袋を洗っていた。水源をよく見ると、水は上の井戸から引き込まれていた。おそらく政府に迎合するための「溜め池改造」プロジェクトなのだろう(これも村の建設プロジェクトのひとつである)。清潔を保つためには水を換えなければならないが、一度も水を換えたことがないのは明らかだった。

文化茶館はその溜め池の傍らにある高くて広い舞台、新たに作られた芝居用舞台のすぐ横にあった。私たちが茶館に入ると、何人かの人がテレビを見ていた。香港か台湾のチャンバラドラマに違いない。チャンチャンバラバラと音が響いた。うしろの壁にふたつの書架があった。二人の子供が本を読み、他に一人の中年の農民も、とても集中して本を読んでいた。浅黒い肌で、真面目な顔をしていた。別の方ではマージャンをしているテーブルが二卓あった。

茶館の主人は七〇歳になろうかという老人だった。歩くのもおぼつかず、頭がかすかに震えていて、背中は曲がっている。聞いてみたら、まだ五六歳だった。これほどの老衰は、農村の男性でも、現在では珍しい。

私たちは、お茶を淹れ、腰かけた。おしゃべりをしているうちに、茶館の主人が現在二人の孫を育てていることを知った。息子は別の郷の変電所で働き、嫁は出稼ぎに出ているそうだ。七歳と三歳の二人の子供が彼のもとにいる。息子と嫁は半年も帰っていない。もともと夏休みになったら上の子を父親のところにやることになっていたが、息子の仕事が忙しく夜勤もあったため、やめたという。茶館の収入はお茶の代金とマージャン卓の上がりである。お茶一杯が一元、お湯のおかわりは自由である。マージャンは一卓で午後いっぱい遊んで一〇元、お茶代はいらない。毎日午前と午後にそれぞれ三、四卓あれば、利益が出る。

茶館で二時間半くらい過ごした。中年の農民は身じろぎもせず、一心に本を読んでいた。四時半ごろになると彼は立ち上がり、本を書架に戻して、外に出て自転車を押していった。自転車のうしろのカゴには鋤とカマがあった。私は彼が本を戻したところに行って、彼が読んでいた本を見てみた。『射雕英雄伝』〔金庸の武侠小説〕だった。二人の一〇代の子供は、本を読んだり、テレビを見たりして、出ていった。テレビはずっと香港か台湾のドラマをやっていて、誰もチャンネルを変えなかった。マージャン卓の人たちは、ずっと続けていた。途中で出入りした人もいたが、多くはマージャン卓のところに立ってしばらく他の人がやっているマージャンを見るばかりで、本を読みに行く人は少なかった。じつのところ、本を読むという点から言えば、民間で読書をする場は、きわめて縮小している。残っているのは、学生の試験対策で必要な教科書と、官製の新華書店くらいである。そのような状態で、読書の質など言うまでもない。私は呉鎮の私営の書店を数えてみたことがあるが、全部で四軒あり、DVD貸出を中心とする一軒がいちばん商売がうまくいっていた。三分の二は香港映画で、ごく少数の伝統演芸と中国映画があった。その他の三軒はいずれも閉店すれすれだった。その中に「希望書社」という店があった。私はこの店名が好きだった。三方の壁は武俠小説で埋め尽くされていたが、どれも赤や緑のけばけばしい粗雑な装丁で、典型的な海賊版だった。もうひとつの面に並んでいたのは児童書と文房具だった。すみに小さなコーナーがあり、現代小説、外国文学、自己啓発書、エンターテインメント小説などが積まれていた。唐詩や宋詞やその他の古典はなかった。書店の主人の話では、借りにくるのは大部分が町の中学生と高校生で、住民が来ることは滅多になく、しかもほとんどが武俠小説に突進していくとのことである。すでにこんな状況だが、売り上げはさらに悪くなる一方だという。理由の第一は、近年、呉鎮の高校・中学が学生を閉じ込めるような管理を行い、週末の午後の一、二時間しか外出を許さなくなったためであり、第二は、学生が課外の時間をほとんどネットのゲームに費やし、本を読まなくなったためである。ただ一人だけ、他の子と違う生徒がいた。高校一年の男子で、隔週でやってきて中国の小説や散文を借り、『白鹿原』〔陳忠実《チェン・ジョンシー》の現代小説〕、『結婚狂詩曲――囲城』〔銭鍾書《チェン・ジョンシュー》の現代小説〕なども借りていったという。書店の主人とのおしゃべりで、意外なことを知った。町に民間の蔵書家もいる。年配の非正規教員で、家に数千冊の本があり、しかもかなりの部分は線装書〔古典籍〕だという。それを聞き、とても興奮した。この蔵書家と彼の書籍を訪問したいと思い、主人に頼んで仲介してもらった。しかし結果はじつに残念なものだった。蔵書家は一年前に逝去していた。息子は彼の本をすべて廃品として売ってしまい、さらに父親の蔵書部屋を三部屋の大きな空間に改造して、金物の商売を始めていた。

私たちは茶館を出て、芝居用舞台を見た。舞台は高く、広々としていた。舞台はセメント造りで周囲を鉄筋で囲まれ、石綿瓦と鉄のフレームで屋根がしつらえられていた。村の支部書記にいくらかかったか聞いたところ、一万元くらいだとのことだった。どうやらその額は嘘でないようだ。他の村の支部書記もみなそう言った。しかし支部書記は、この舞台は実用的でないと言った。建築してから現在まで二回しか上演してないという。正規の劇団を招くにせよ、民間の劇団を招くにせよ、経費がかかる。三、四日演じてもらうのに、三〇〇〇元くらいかかる。経済的にあまり余裕がない村にとって、それは小さくない出費である。今はどの家にもテレビがあり、夜のドラマだって見きれないほどだから、そもそも誰も外に出たがらない。それに加えて、村に住んでいる人が少なく、観劇に来られる人はさらに少ない。ただ冠婚葬祭の際には、この舞台で映画が上映され、かつての麦脱穀場の役割を果たしている。村の支部書記も、もし良いプログラムをしっかり組織して、芝居を上演したり、映画を上映したりすれば、まわりに屋台を出して商売をすることもでき、見物客を引きつけることができてにぎやかになる、と認めた。彼らも一回やったことがあるという。しかし、大変だった。そんなことを引き受ける余裕のある人はいない。

県政府所在地に戻り、友人たちに文化茶館の話をした。友人たちは大笑いした。この町にも文化茶館は少なくないけれど、ほとんどすべてマージャン茶館になっているという。中には、本すらいらないと言い、許可証だけ受け取って、合法的にマージャンをする場所にしている人もいるという。穣県では、マージャンは町中で行われる活動になっている。役人であれ、一般の職員であれ、個人商店の商人であれ、ほとんどみなマージャンを愛好して、決まったマージャン友達を持っている。昼食の付き合いのあと、もし午後に大事な仕事がなければ、お互いに約束して決まった場所に向かい、午後から夜の一二時ごろまで打ち続ける。毎日そうしている。おそらく穣県だけでなく、中国じゅうの県政府があるような町の人は大半がそのような生活をしているのではないだろうか。

県委員会書記と、文化茶館と芝居用舞台の話をしたとき、彼がこれに期待していることがはっきり見てとれた。彼はこれを使って、政府の援助と民間の参与によって、農村が受け入れ可能なやり方で農村の文化の質を向上させ、文化的雰囲気を強め、農民に影響を及ぼしたいと望んでいた。しかも、それによって伝統的な文化形式、たとえば伝統劇や地方劇、獅子舞などを復活させたいと思っていた。しかし現状から見ると、理想にはほど遠かった。この施策は村民の支持を得ることなく、ある意味では、逆に良くない風紀を助長させた。役人にも問題があった。村の支部書記、郷の役人および管理責任者は、これを達成すべきノルマとしてだけとらえ、しっかりと組織し、監督しなかった。国家の文化普及のための施策も確たる効果を上げなかった。清道兄さんが言うように、通信教育はテレビを与えたが、かつての生産大隊の部屋に置かれ、昔に戻ったようになっている。いくつかの行政村では、生産大隊の部屋にはパソコン室もあって、何台かのパソコンがネットにつながっている。訓練室もあって、何台かのミシンがある。さらに図書室があり、それなりの図書もある。しかし例外なく、どこも埃が積もっている。私たちが見学に行ったとき、村の支部書記は慌てて鍵管理人を呼びに行った。

鍵管理人は、畑で仕事をしていたり、町に仕事に行っていたりして、長いあいだ待たなければならなかった。村民が本を借りるためにこんな面倒をして待つわけがない。こうした諸々のため、最初の美しい考えは絵に描いた餅になったのである。

農村の町には、まだ民間の旅芝居一座があるところもある。しばしば冠婚葬祭に呼ばれて伝統劇の一節を歌う。しかし、これを文化の復活と呼ぶことはできない。ほんとうの意味での「文化の復活」とは、形式だけを指すのではなく、中国の伝統文化、生活様式、風俗習慣、道徳観など全体に対する新たな思考と、新たな生命力の付与であるべきである。しかし、そうしたことはどれもきわめて困難になっている。文化が、わずか数十年で壊滅的な打撃を受けることはありうるが、元に戻すのは、きわめて困難なことである。ましてかくも強力な近代化の渦の中に身を置いているのだから。

文化茶館のマージャンの音を聞きながら、あの空っぽの舞台に漂う寂しい空気を思った。それに数億人の子供たちの、進むべき方向を知らぬ呆然とした眼差し。私の目に映ったのは、民族の文化と生活の退廃と、挽回不可能な衰退だった。

さようなら、故郷

一人で墓地に来て、母に別れを告げた。

何はともあれ、故郷が悠久で深遠なある種の郷愁のような感情を抱かせるのは、それが原野、山、川と本源的に結びついているからである。それは人間の眼差しを広々とした豊かな自然に向けさせ、どこまでも伸びる天空に向かわせ、自分の魂がどこから来てどこに向かうのかに、思いを馳せさせる。

大地は、つねに永遠である。母の墓から遠くを眺めた。左側は緑の農地だった。どこまでも平坦で、丈の低い新鮮な作物が生命力をみなぎらせ、空は薄い青色でかすかに暗く、地平線近くに真っ赤な霞がかかっていた。右側を見下ろすと、幅広い川の土手、生い茂る林が見えた。薄紅色のネムノキの花が茂みの上に連なり、風に舞い上がって、精霊のダンスのようだった。林のまわりを見ると、うす白い霧がかかっていた。なぜかわからないが、その瞬間、母が一緒にいると感じた。彼女はこの大地に眠っている。彼女の娘は、彼女の魂と精神によって、この大地を感じとっている。何か温かい気持ちが、しだいに心に入ってきた。お母さん、会いにきました。来る回数はしだいに少なくなっていますが、この大地を思い起こすたび、この大地にあなたが眠る墓があることを思い起こすたび、私たちは心が通じ合っていて、あなたが私たちを見つめていると思うのです。

子供のころ母親を失ったことは、私にとって永遠にことばにできない痛みだった。母がベッドに横たわり、私たちが学校に行くのを見ながら、「あ、あ」と泣くことしかできなかったことを思い出すたび、私は涙をこらえられなかった。あれは身体の自由を失い、ことばを失った母の絶望であった。彼女は自分の愛を表現することができず、この家庭に深い災厄をもたらしたことを申し訳なく思っていた。彼女の泣き声は、長い陰影のようにいつまでも私から離れなかった。私の軟弱さ、コンプレックス、敏感さ、内向的性格など、いずれもそれに由来している。

私には、母が骨壺の中にいるとは想像できない。特に彼女の墓の前に立っているときは。もしこの象徴的な土まんじゅうがなかったら、もし彼女がこの大地に横たわっていなかったら、私のことをまだ気にしてくれているかどうか、私がこれほど深く彼女と通じ合っていると感じられるかどうか、イメージできない。家で大きなことがあるたび、いつもここに来て、紙を焼き、跪拝をし、そのあと、墓のあたりに腰かけて、あれこれ母に話した。子供のころ、兄が父と喧嘩をして、深夜に包丁を持って墓地に走っていったことがある。私は転びながら後を追った。とても怖かった。兄が死んでしまうことを恐れただけでなく、家でこんな恐ろしいことが起きたと母に知られることが怖かった。あの瞬間、私は心から、時間が永遠に止まることを望んだ。今でも、兄の泣き声を思い出すことができる。力の限りに泣いていた。あの無念さ、依存心は、母親の前でしか出せなかったのだろう。兄は母の墓の前に横たわり、転がりまわり、訴え続けた。まるで母が抱きしめ、孤独な哀れむべき魂を慰めてくれるのを渇望しているようだった。今回故郷に帰って初めて知ったのだが、以前父が手術をして、成功したとき、そのために家に帰ってくれていた姉たちは母の墓に行って、母に報告したという。こういう大事なことは必ず母に話さなければならない。そうしてこそ真の厳粛さを達成できる。

　このような古くからの弔いは、ほんとうに過去のものになってしまったのだろうか。ある南方出身の友人から、彼女の故郷の弔い方を聞いたことがある。清明節〔中国の伝統的節句、祖先を弔う習慣がある〕の日、朝起きると、一家の人が食べ物と飲み物を持って親族の墓に行き、紙を焼き、爆竹を鳴らし、跪拝をし、そのあと、そこで食事をして、おしゃべりをしたりトランプをしたり、丸々一日を過ごして、空が暗くなってから立ち去る。その話を聞いたとき、私の心にことばにならない感動、温かみ、痛みが浮かんだ。なんと温かく、自然な記念の仕方だろうか。親族と丸一日付き合い、まるでまだ生きているかのように、ともに生活する。農村の土葬がどれほど土地を浪費しているか、私には判断がつかない。しかし、もしほんとうに強制的な手段でこのような文化風習をなくさせたならば、民族の心理と性格を傷つけることになる。

農村は、単なる改造の対象ではない。あるいは、まだ残せるものがたくさんあるのかもしれない。なぜなら私たちはそこに、民族の奥底にある感情、愛、善、純朴さ、素朴さ、肉親の情などを見出すことができるからだ。それを失うと、じつに多くのものを失うことになる。

おそらくこうした頑固な農村と農民根性が存在しているからこそ、民族の個性、独特な生命のあり方と感情のあり方も、いくらか保存できるのであろう。

啓蒙論者と発展主義者の目から見ると、それは農民の劣った根性であり、農民が新しい生活や文化のあり方を受け入れず落伍していることを示している。だが、私たち――

いわゆる権利と知識を掌握している者たち——の思考の方に問題があるのではないだろうか？　私たちは自分の民族に自信がなさすぎる。すべて根こそぎにして、面目を完全に一新したいと望んでいる。ある学者が言っていた。「近代化とは古典的な意味での悲劇である。そこからもたらされるすべての利益は、人類に対して、まだなお価値のあるその他のものを代価として差し出すよう求める」。

なぜかわからないが、今後、故郷に帰る回数が少なくなるような気がした。故郷がひとつのものとして、思い出の形で心の中に存在していたとき、帰りたいという欲求は非常に強く、故郷への愛も完全なものだった。この数か月、機微にまで分け入る分析と発掘をしたことで、私の心の中の故郷は、まったく変わってしまった。愛も痛みも、もはや神秘的でなくなり、あらゆるものが功利的な意味を持つようになり、また帰ってきたいという願望と原動力がなくなった。あるいは、私の功利主義が、故郷に対する神聖な感情を破壊し、冒瀆したのかもしれない。大おばさん、小柱、故郷の人たちに対する私の感情は、もはや純潔ではない。

さようなら、故郷。

さようなら、お母さん。あなたがいてくれるので、私は戻ってこられるでしょう。私の生命が止まるそのときまで。

あとがき

私はいつも、自分が農村で生まれ育ち、家が貧しく困難が多かったのは、幸せだったと思っている。それこそが私に、埃で厚く覆われた農村の生活には真実と矛盾が内在しており、その真実と矛盾は、一般的な意味での訪問者にはうかがい知れないものだと、深く教えてくれたからである。それは暗号のように、この村に生まれ、この村の道路、溜め池、田畑を熟知し、何年も村はずれの敷石の上を歩き、数え切れないほどの足跡を残した人間だけが理解できる。

また、一人の文学者として、大地と樹木と河川の幼年時代を持っているというのは、比類のない幸せである。おかげで、生命がより広がり、より敏感になり、いっそう豊かに、深遠になった。故郷の道を歩くたびに、村はずれの優雅なエンジュの木を思い出し、家の玄関のところにあった、春になるといつも白い小花が満開になる古い棗の木を思い出す。紫色の花が満開になるセンダンの木もあった。そよ風が吹くと、故郷のようにはるかな、かぐわしい香りがした。村の裏手の川の長い土手を子供のころ毎日登下校した。雨が降ると大地は水浸しになり、農作物は青々と輝き、空気が潤ってさっぱりした。これらの記憶は、いつも私に幸せを感じさせてくれる。また、一人の人文学者として、郷土中国の感性に対する理解があることは、天から与えられた重厚な蓄えであり、一人の人間の精神世界で最も貴重な部分である。それは、どんな問題について考えるときでも、私の思考の基本的な起点になっており、おかげで私の世界観の中に土地と広大な世界の問題が入った。これは私の村が私にくれた贈り物である。私は一生その恩恵を被ることができる。

村に深く入り込んでみて、そこがやはり貧しい土地であることを初めて意識した。生活はグローバル化し、テレビ、インターネットなど、さまざまな情報が外と同時にここにも届いているが、精神的に、ここは依然として貧しかった。郷土と近代のあいだの関係は依然として遠かった。ずっと一種の困惑があった。もしかしたら近代というのは、すべて良いものとは限らないのかもしれない。すべてがこの土地に適しているのではないかもしれない。中国の農村が、ヨーロッパのように、しだいに都市になり、風景となっていかなければならないわけでもあるまい? 農村が必ずグローバル化モデルの発展をとげなければならないわけでもあるまい? 「知り合い」と「家庭」の郷土文化モデルが、「見知らぬ」「個人の」都市文化モデルに取って代わられなければならない理由などあるだろうか? 私たちは、「近代的」と言うとき、過度に絶対化していないだろうか? この土地の根を考慮しているだろうか? もしかしたら、この根が、我らが民族の根を深く張らせ、葉を生い茂らせているかもしれないではないか?

古い農村モデル、村落文化、生き方には、たしかに大きな変化が起きている。その意味で、郷土中国は終わりつつある。だが私から見ると、この結論は、再考し、警戒すべきものだ。今生まれつつあり、モデルチェンジしつつある文化を現実と見なし、そこから出発して新しい道を探ることで、私たちが見逃してしまっているものは何だろう？　それは、その文化のただ中にいる人々である。彼らの感情、思想、生き方は、全面的にこのモデルチェンジとともに変化しているわけではない。正反対に、彼らはおそらく今でも、伝統モデルに戻りたいと渇望している。なぜなら、そこには、彼らの感情の拠り所、彼らが熟知していて、頼れる習慣があるからだ。このような渇望は、落伍であり、考慮するに値しないものなのだろうか？　そこに合理性はないのだろうか？　それを見逃すことで、どんな落とし穴にはまってしまうのだろう？

農民が自分の村を離れず、都市に行って貧民層、最底辺に陥ることなく、彼らの祖先が暮らしてきた場所で、幸せに、家族そろって、近代的に、主人公であるという感覚を持って生活することはできないのだろうか？　あるいは、彼らが正々堂々と都市に生存空間を獲得し、夫婦がそろって暮らし、子供たちは学校に入り、社会保障、医療保険、住居手当など、都市の住民の基本的な生存条件を享受することはできないのだろうか？　その日はまだ遠いのか？

今なお故郷で生活している親族――父、姉、姉の夫たち、兄、兄の妻、妹、妹の夫たちに感謝する。この本は彼らに捧げる。彼らが文学に対して、また私がやっていることに対して示してくれた熱意、知識に対する尊重から、私はこの民族がまだ自信を失っていないこと、文化と思考に対する追求がなくなっていないことを感じとった。そこには私に対する愛という支えがあるにしても、厳粛な意義への彼らの本能的な追求がある。

父は病身にもかかわらず、私と一緒に何軒もの家に行って話をしてくれた。父は、私が話を切り出しにくいことを敏感に察し、積極的に雰囲気を調整し、あれこれ細かい配慮をして、糸口を引き出してくれた。

いちばん上の姉も、熱心に私についてきてくれ、断ることなどできなかった。姉のほがらかな熱意で、同郷の人々に溶け込み、私をあっという間にその雰囲気の中に入れてくれた。いちばん上の姉は、一七歳のときから母代わりで、普通の人には想像もできないような苦労と苦痛を経験し、私たちを育て上げ、六人の弟妹を一人ひとり独立させてくれた。彼女がいてくれるおかげで、私たちの魂は安寧を得られる。

三番目の姉は、母が発病したとき自発的に退学し、十数年間、私を学校に通わせながら家で母の世話をし、私たちのために炊事洗濯をしてくれた。そのために彼女は、深刻なリウマチと栄養不良症になった。数年間、姉は腰をかがめなければ道を歩けなかった。ある時期、私たちは、いつ永別の悲しみがやってきてもおかしくないという心情で生活していた。だが、生命はかくも強靭で、現在三番目の姉は、あいかわらず小柄で病気に悩まされてはいるものの、楽観的になり、毎日出かけて体を鍛え、家族にも一緒に鍛錬するよう促している。

妹は、あの手この手で息子を連れ出し、私が充分な時間、散歩したり、おしゃべりしたりできるよう、はからってくれた。妹が本心では、私と一緒にいたかったことを私はわかっている。というのも、彼女はこの村のあらゆる物語に通じていて、私の村への理解はそもそも、彼女が電話で語ってくれた真に迫った描写がもとになっているのだ。もし彼女が文学を仕事にしていたら、私という姉は「とてもかなわない」と嘆息していただろう。

兄、私たち六人の姉妹が愛する兄。兄のことを思うと、私の心はことばにならない喜びと愛に満たされる。兄が私たち兄弟姉妹の中でたった一人の男性だからというだけではないはずだ。うまく言えないが、ともかく、顔が黒く、目が小さく、肩が広いが品があって、自分の恋愛と結婚を心から大切にしている兄は、私と妹の心のハンサムボーイだ。

二番目の姉は、夫に交渉し、甘え、一生懸命努力して、とうとう私と一緒に村に戻ることができた。彼女はあいかわらず文学少女でロマンチックな夢を見ているが、実際には一日中くず鉄の山を相手にしている。村に戻り、小川に戻った彼女は、子供のように興奮した。兄の家に行ったときには、午後中マージャンをし、夜になっても帰ろうとしなかった。なんと可笑しく、真実であることか。

それから私の息子。列車から降りるとき、県政府所在地は雨が降ったばかりで、プラットホームはどろどろだった。三歳二か月の息子は足を下ろす気になれず、「汚い！」と言って泣いた。迎えに来てくれた親類たちが目に入って、私はいささか恥ずかしい気持ちになり、こっぴどく叱りつけた。数日経つと、息子は泥が大好きになった。夏真っ盛りの昼どき、出かけると頭がくらくらするほどなのに、息子は太陽にさらされたまま、どうしても家に戻りたがらなかった。二か月経つと、真っ白だった子が、真っ黒な、たくましい少年になった。家の前や裏で、仲間の子供たちと泥をすくい、土を掘り、蟻をつかまえる。やがて汗だくになって、真っ赤な顔をして駆けてきて水を欲しがるが、飲み干さないうちにもう駆けていった。私は息子のこういう様子が嬉しくてならなかった。健康で、大地と、日光と、植物とじかにつながっている。私は息子に大自然に触れる機会を与えることができてよかったと思った。冬にもう一度戻ると、息子は水を得た魚のように、従兄と楽しく遊び、壊せるものは何でも壊しつくした。爆竹鳴らしが、しばし息子が最も熱中する「事業」になった。

夫にも感謝したい。彼の農村と農村問題についての深い理解は、私にとって啓発的だった。二〇〇九年の旧正月、彼の休暇と私の冬休みを利用して、彼は私と息子を連れて故郷に帰ってくれた。問題に対する彼の感性の鋭さは、私の思考をより広い方向へと導いてくれた。本の骨組みと構成について、たくさんの有用な提案をしてくれた。

著述の過程で、私は多くの友人に自分の考え方を話した。彼らはみな、それぞれ程度の違いこそあれ、とても良い提案をしてくれた。心から感謝する。

訳者あとがき

本書は梁鴻氏の著作『中国在梁庄』の日本語訳である。これは中国文学の研究者でもある梁鴻氏が、自分の故郷に帰り、故郷の農村の現状を描き出した文学作品で、発表されるや中国で大きな話題となり、二〇一〇年の人民文学賞などを受賞した。

この作品が話題になった最大の理由は、中国農村の痛ましい現状が、読者の心を揺さぶる筆致によって表現されたことにあるだろう。ただし、中国農村の貧困を記録したもの、あるいは告発したものとは言えない。そのことを確認するため、ここではまず、本書の舞台である梁庄から説明しよう。ちなみに本書は、基本的には梁鴻氏の故郷の現実を描いたものであるが、地名や人名は少しだけ変わっている。梁庄も現実の地名ではない。

梁庄は河南省のある村である。河南省は中国の内陸部に位置し、有名な都市としては古都洛陽などがある。古くは文明の中心地の一つであり、地理的にも、地図を見れば、中国全体の中心に位置している。しかし現在では、内陸部でよく見られるように、経済的には後進地域であり、全国各地に出稼ぎ労働者を送り出す省として知られている。河南省出身の出稼ぎ労働者は、じつはあまり評判が良くない。近代文明を理解せず、喧嘩っ早い粗野な人間とされている。河南出身者の立場からすれば、古の文明の習慣を残しているとなるのだが、河南以外の目からは、前近代の遺物のごとく見なされている。

省の下の行政区分が市と県である。市と県は同じ区分に属するが、一般的には、市の方が大きな行政単位である。県城（本書では県政府所在地と訳した）は、県の中心となる町である。日本語の「県」の語感と異なり、中国の「県」は地方の町でしかない。とはいえ、地方においてはちょっとした都市であることも事実である。本書にも、梁鴻氏が初めて県政府所在地に行ったとき、にぎわいにとまどったことが書かれている。梁庄が属しているのは穣県という県である。穣県というのは古称で、おそらく現在の鄧州市のことだと思われる。鄧州市は河南省西南部、湖北省に近いところにある町で、河南省の中でも中心から離れた地域にある。八〇年代に市となったが、本書では県と記されている。

県の下に郷と鎮がある。郷や鎮は、都市と呼べるほどの規模はないが、周辺の農村の物流の中心地であることが多い。たいてい商店や学校などの行政機関が集まっていて、周辺の農村から人がやってくる。梁庄にいちばん近いのは呉鎮という町であった。さらにその下が村となる。村にも商店や学校がないわけではないが、その機能は限定的で、村の主たる産業は農業である。近年は小さな工場が置かれることもあるが、いずれにせよ生産の場である。

村の一般的な生活は、もし暮らすだけならば、ほとんど村の中だけでやっていける。ときおり郷や鎮まで買い物に出かけるだけで、朝から晩まで村を出ないことも可能である。県政府所在地まで行くのは、就学や就職などの事情を除けば、よほどの場合だけである。すなわち村と鎮だけでほとんど自足的な生活圏を形成している。別の言い方をすれば、ほとんど徒歩か、せいぜい自転車によって生活が完結する。そのことが村の生活スタイルを形作った。その中にいるかぎり安定した生活が送れるが、閉鎖的で文明社会から隔絶されているとも言える。そのような村のひとつとして梁庄がある。ちなみに本書では、鎮と村によって完結しうる生活のありようと両者の関係を表現するため、鎮に「町」という訳語を当てた。

梁庄は特別な村ではない。むしろ現在では経済的には後進地域である河南省の、ありきたりの村にすぎない。しかし梁鴻氏が自分の故郷の村である梁庄を描いたのは、そこが中国の貧困地域であるからではないと思われる。言い換えるならば、梁庄を描くことは、後れた中国の農村を悲しんでみせる行為ではない。河南省が地図上の中国の中心であることに象徴的に示されているように、梁庄は、現在の中国の問題の核心を集約的な形で表す場であると、少なくとも梁鴻氏は考えている。そして本書が話題を呼んだことから見て取れるように、中国の多くの読者にとっても、梁庄は他人事として憐れむべき対象ではなく、むしろ自分と無関係ではない中国が抱える問題の核心を示す場であった。

なぜありきたりの農村が中国の核心たりうるのか。梁鴻氏が繰り返し使ったのは、「郷土中国」という概念であった。この概念は、現在では一般名詞のように使われているが、もとは社会学者である費孝通の著作の題名であった。『郷土中国』の初版は一九四七年で、イギリスで人類学を学んだ費孝通が、欧米社会と中国社会を比較しながら、中国社会の基本的な構造を描き出そうとしたものであった。『郷土中国』の冒頭に次のような一文がある。「末端のレベルから見れば、中国社会は郷土的である。」ここで費孝通が述べる「郷土」とは、基本的には農村社会のことだと考えられる。「末端のレベル」を強調することについて、費孝通は、西洋文明と接触して生まれた近代社会が上層にあるからだと説明した。しかし彼はすぐに、そのような近代社会は末端の郷土から生み出されたと述べた。つまり費孝通の見るところ、中国は西洋文明との接触によって変容しつつあるが、その根幹は農村の郷土社会にあるという。そこで中国社会の基本的な構造を見るためには、根幹の郷土社会こそを見るべきということになる。

費孝通の著作は半世紀以上前のものであり、しかも社会学者の立場からの研究である。それを梁鴻氏がそのまま受け継いだと考えることはもちろんできない。中華人民共和国建国前夜である一九四七年と異なり、現在はグローバル化の波が農村まで押し寄せている。また社会学者の費孝通が中国社会を理解するための構造を見出そうとしたのに対して、梁鴻氏はむしろ中国社会が変化しつつあることを重視して、変容のダイナミズムを描こうとしている。そのような違いはあるが、しかし梁鴻氏が「郷土中国」の概念を踏まえていることも明らかである。本書を読めばわかるように、梁鴻氏は「郷土中国」という概念によって、中国社会に内在する文化、感情、生活スタイル、心理など、社会の根底にある要素を表現しようとしている。「郷土中国」とは、中国社会の根底に迫ろうとする意思を示す概念なのである。本書において梁鴻氏は、グローバル化の波に洗われつつある中国の現状を象徴的に示す場である中国農村に目を向け、中国社会に内在する要素に迫り、そのことによって大きな激動に見舞われている郷土社会の根底を描き出そうと試みたと考えられるだろう。

しかしながら、郷土中国を的確に把握し、それを表現するのは、決して容易なことではない。梁鴻氏が本書で用いたのは、ノンフィクションのスタイルであった。

本書の原型となった作品「梁庄」は、中国を代表する文学雑誌『人民文学』二〇一〇年第九期に発表された。「梁庄」が発表される前の二〇一〇年第二期、それまで「中篇小説」「短篇小説」「散文」「詩歌」などジャンル別を基本としてコーナーを分けていた『人民文学』に、新たに「ノンフィクション」のコーナーが設けられた。雑誌の編者の言によると、ノンフィクションを厳密に定義することは難しいが、いわゆるルポルタージュとは違うもので、個人の観点や感情を含んだ社会調査の類であるという。どうやら編者の意図は、フィクションに収まらない形で、社会や現実と切り結ぶ新たな文学ジャンルを生み出したいということだったようである。「梁庄」はそのコーナーに発表され、大きな話題を呼び、二〇一〇年の『人民文学』の「ノンフィクション」を代表する一作となった。

『人民文学』の「ノンフィクション」コーナー設置は、多くの議論を引き起こした。議論の中で、梁鴻氏も、ノンフィクションとは何か、「梁庄」の書き方はどのようなものであるかについて、様々な場面で回答している。そもそも梁鴻氏は中国文学の研究者である。魯迅から始まる農村を描く中国の小説について、研究者の立場から考察をしてきた。それを経て「梁庄」の書き方にたどりついた。梁鴻氏のノンフィクションに対する考えは、『中国在梁庄』を再版したときに付録としてつけた文章「艱苦に満ちた「帰還」」に記されている。

この文章で梁鴻氏は、本書が故郷の村に帰還しようという試みであったと述べた上で、それがいかに困難で、ほとんど不可能であるかを論じている。たとえばノンフィクションに対してしばしば問われる「真実」について、彼女は、文学作品の真実とは「このようだ」と示すものではなく、「私が見たのはこうだ」と提示するものだと述べた。ただし、個人の観点の強調は、自分の好き嫌いによって勝手な語り方をするという意味ではもちろんない。ここで梁鴻氏が述べたのは、いわゆる客観的な描写が、往々にして前提となる認識の枠組みに基づくため、対象の生きている姿を取り逃すことであった。現在の中国の農村のような対象は、描写した瞬間に、その描写が対象からかけ離れてしまう可能性がある。したがって常に書いている「私」を疑う必要がある。自分に対する疑いを手放さず、執筆した瞬間に対象を取り逃しているかもしれないと意識しつつ、一歩一歩描写を進めていくしかないというのが、梁鴻氏の考えである。

作者である自己を疑った書き方のひとつの帰結であろうと思われるが、本書で梁鴻氏は、人物の語りをそのまま書き写す手法を意識的にとっている。彼女はインタビューの録音を聞きながら、農民のことばの「豊かさ、智慧、ユーモアに揺さぶられた」という。そこで農民のことばを梁鴻氏のことばに置き換えることをやめ、「できるかぎり、彼らのありのままの語り、話しぶり、話しことば、方言を書き表し、テーマとあまり関係がないが話し手が強く語りたいと思っていたことばを残し、それによって梁庄の歴史と生命の状態を提示したいと思った」と述べた。

農民たちのことばは、必ずしも整理されていなく、ときには矛盾することすらある。本書は、そうした矛盾をそのまま文字として残すことによって、理知的に整理された文章によっては表現できない郷土社会の真実を表現しようとした。書き手である「私」を疑い、農民の理知的ではない声をそのまま提示すること、それは社会の底辺にいる農民の声を知識人が代弁することに疑問を持ち、農民の声なき声を表象する道を探るという意味において、あたかもスピヴァク『サバルタンは語ることができるか』と問いかけを共有しているとも考えられる。本書はもちろん中国の農村を描いた作品であるが、その射程はより広い問題系にまで届いているのではなかろうか。

梁鴻氏は本書発表後、フィクションに近づいた。ノンフィクションとフィクションの境界を問うような作品をいくつか出したあと、最近では、彼女の父親とおぼしき人物を主人公として中国農民の心理構造を描いた小説『梁光正的光』を発表した。農村をいかに表象するかをめぐる彼女の探究は、フィクションやノンフィクションという形式にとどまることなく、まだ続いている。

なお、梁庄については、梁鴻氏のガイドのもとテレビカメラが村を紹介した動画「理想国　梁鴻的梁庄」三部作がある（https://v.qq.com/x/cover/ww5uw2y13cgbir2/m0022al71fv.html など）。長い映像ではあるが、梁庄の内部および川、呉鎮など本書の舞台を映像として見ることができる。また『中国在梁庄』は、現在までに、中国大陸以外でも、香港（二〇一一年）、台湾（二〇一五年）、フランス（二〇一八年）で出版され、チェコでも抄訳が出ている。世界的に読まれつつあることがうかがえる。

「梁庄」は『人民文学』に掲載されたあと、構成と内容を大きく変え、江蘇人民出版社から『中国在梁庄』と題して単行本として出版された。その後、多少の修正を施した再版が、二〇一四年、中信出版社から出版された。日本語訳は中信出版社のバージョンを底本にした。ただし日本での出版に合わせて、一部割愛したところがある。

翻訳にあたっては、鈴木、河村、杉村の三人で分担した。鈴木が第一章、第二章、第三章、第八章、河村がまえがき、第六章、第七章、あとがき、杉村が第四章、第五章の初稿を作った。その後三人で訳文の相談を行い、語り口を調整した。しかし、本書の最大の魅力である農民のことばは、日本語で充分に表現することはできなかった。それは原理的に不可能だとも思われるが、とはいえ訳者の力不足を謝罪したい。

本書の翻訳にあたってもっとも感謝すべきは、作者の梁鴻氏である。訳者の問い合わせに丁寧に対応し、また多くの貴重な写真を提供し、最後には文章の割愛も許可してくれた。

訳者が梁鴻氏にはじめて会ったのは、早稲田大学文学学術院の千野拓政教授主催の講演会の席上であった。また翻訳の実現にあたっては管可風さんにお世話になった。お礼を述べたい。

そして本書が出版できたのは、なによりもみすず書房中川美佐子さんの熱意のおかげである。深く感謝申し上げる。

訳者を代表して　鈴木将久

著者略歴

（リアン・ホン）

中国人民大学文学院教授．1973年生まれ．北京師範大学文学博士．米国デューク大学客員教授，中国青年政治学院中文学院教授を経て現職．本書の舞台である農村に生まれ，20歳までそこに暮らす．村からの出稼ぎ労働者を描いた本書の続篇『出梁庄記』のほか，『巫婆的紅筷子』『外省筆記——20世紀河南文学』『霊光的消逝——当代文学敘事美学的嬗変』『神聖家族』『梁光正的光』など著書多数．本書で第11回華語文学伝媒大賞「年度散文家」賞，2010年度人民文学賞，2010年度新京報文学類好書，第7回文津図書賞，2013年度中国好書など多数の賞を受賞．

訳者略歴

鈴木将久〈すずき・まさひさ〉1967年生まれ．東京大学大学院博士課程修了．博士（文学）．明治大学政治経済学部，一橋大学言語社会研究科を経て，現在，東京大学大学院人文社会系研究科・文学部教授．専門は中国近現代文学．著書に『上海モダニズム』（中国文庫），編訳著に賀照田『中国が世界に深く入りはじめたとき——思想からみた現代中国』（青土社），羅永生『誰も知らない香港現代思想史』（共和国）など．本書の翻訳者チームによる共訳著に柴静『中国メディアの現場は何を伝えようとしているか——女性キャスターの苦悩と挑戦』（平凡社）がある．

河村昌子〈かわむら・しょうこ〉1969年生まれ．お茶の水女子大学大学院人間文化研究科博士課程修了．博士（人文科学）．千葉商科大学商経学部を経て，現在，明海大学外国語学部中国語学科教授．専攻は中国近現代文学．著書に『巴金——その文学を貫くもの』（中国文庫），共編著書に『国際未来社会を中国から考える』（東方書店），共訳書に『中国現代散文傑作選　1920—1940　戦争・革命の時代と民衆の姿』（中国一九三〇年代文学研究会編，勉誠出版）など．

杉村安幾子〈すぎむら・あきこ〉1972年生まれ．お茶の水女子大学大学院人間文化研究科博士後期課程単位取得満期退学（修士）．現在，金沢大学国際基幹教育院教授．専攻は中国近現代文学．共著書に『アカンサス初級中国語』（金沢電子出版），『鳳よ鳳よ——中国文学における〈狂〉』（汲古書院）など．

梁鴻
中国はここにある
貧しき人々のむれ
鈴木将久・河村昌子・杉村安幾子訳

2018年9月25日　第1刷発行

発行所　株式会社　みすず書房
〒113-0033　東京都文京区本郷2丁目20-7
電話　03-3814-0131(営業)　03-3815-9181(編集)
www.msz.co.jp

本文組版　キャップス
本文印刷・製本所　中央精版印刷
扉・表紙・カバー印刷所　リヒトプランニング

ISBN 978-4-622-08721-2
[ちゅうごくはここにある]